LA ÚNICA MUJER

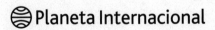 Planeta Internacional

MARIE BENEDICT

LA ÚNICA MUJER

Traducción de Pablo Duarte

 Planeta

Diseño de portada: Estudio Lafeciega / Domingo Martínez
Fotografía de portada: Robert Coburn / John Kobal Foundation / Getty Images
Fotografía de la autora: © Anthony Musmanno

Título original: *The Only Woman in the Room*

© 2019, Marie Benedict

Publicado por acuerdo con The Laura Dail Literary Agency, Inc. y International Editors' Co.

Traducido por: Pablo Duarte

Derechos reservados

© 2019, Editorial Planeta Mexicana, S.A. de C.V.
Bajo el sello editorial PLANETA M.R.
Avenida Presidente Masarik núm. 111, Piso 2
Colonia Polanco V Sección
Delegación Miguel Hidalgo
C.P. 11560, Ciudad de México
www.planetadelibros.com.mx

Primera edición en formato epub: septiembre de 2019
ISBN: 978-607-07-5875-1

Primera edición impresa en México: septiembre de 2019
ISBN: 978-607-07-5867-6

Impreso en los talleres de Litográfica Ingramex, S.A. de C.V.
Centeno núm. 162-1, colonia Granjas Esmeralda, Ciudad de México
Impreso y hecho en México - *Printed and made in Mexico*

Para Jim, Jack y Ben

PARTE UNO

Capítulo 1

17 de mayo de 1933
Viena, Austria

Abrí los ojos con dificultad, los reflectores me cegaban. Discreta, apoyé la mano en el brazo de mi coprotagonista para guardar el equilibrio y me esforcé por dibujar una sonrisa segura mientras conseguía ver con claridad. Los aplausos me aturdían. Mi cuerpo se mecía en esa reiteración de luz y sonido. La máscara que había llevado con firmeza durante toda la obra se deslizó por un momento y dejé de ser Elizabeth, la emperatriz bávara del siglo XIX, para ser la joven Hedy Kiesler, nadie más.

No podía permitir que el público del famoso Theater an der Wien me viera vacilar al encarnar a la amada emperatriz de esa ciudad. Ni siquiera durante los aplausos finales. Ella fue un emblema de la otrora gloriosa Austria de los Habsburgo, imperio que tuvo el poder durante casi cuatro siglos, y durante los humillantes años posteriores a la Gran Guerra la gente se aferró a su imagen.

Cerré los ojos y me concentré, dejé a un lado a Hedy Kiesler con sus pequeños problemas y aspiraciones sin importancia. Hice acopio de fuerza y una vez más me puse el disfraz de la emperatriz, su necesaria frialdad y sus pesadas responsabilidades. Entonces abrí los ojos otra vez y miré a mis súbditos.

El público se materializó ante mí. Me di cuenta de que no aplaudían desde la comodidad de sus mullidas butacas de terciopelo rojo. Se habían puesto de pie para brindarnos una gran ovación, honor que mis compatriotas vieneses no otorgaban con facilidad. Como emperatriz, desde luego, no merecía menos, pero como Hedy me preguntaba si esos aplausos en realidad eran dirigidos a mí o a otro de los actores de *Sissy*. El que interpretaba al emperador Franz Josef, Hans Jaray, era, después de todo, un legendario integrante del Theater an der Wien. Esperé a que mis compañeros agradecieran. Aunque el resto del elenco recibió un aplauso nutrido, el público enloqueció cuando avancé al frente del escenario para hacer mi reverencia. Sin duda ese era *mi* momento.

Cómo me habría gustado que papá presenciara mi actuación. Si mamá no hubiera fingido un malestar para desviar la atención de mi noche especial, él habría visto mi debut en el Theater an der Wien. Le habría encantado la reacción del público y, de haber atestiguado él mismo aquella gran ovación, quizá hasta habría olvidado la vergüenza del provocador papel que tuve en la película *Éxtasis*. Aquella era una actuación que deseaba dejar atrás lo antes posible.

Los aplausos fueron apagándose y una inquietud se apoderó de los espectadores cuando una procesión de acomodadores comenzó a desfilar por el pasillo central con los brazos llenos de flores. Aquel gesto tan ostentoso, realizado en ese preciso momento, cuando todo el mundo tenía la atención en el escenario, incomodó al reservado público vienés. Casi podía escucharlos preguntarse quién se atrevía a interrumpir la función inaugural en el Theater an der Wien con un espectáculo tan extravagante. Solo el desmedido entusiasmo de un padre lo habría justificado, aunque yo sabía que mis discretos progenitores jamás se habrían atrevido a hacer tal cosa. ¿Serían los familiares de alguno de mis compañeros los culpables de la incómoda situación?

Conforme los acomodadores se acercaban al escenario, vi que sus brazos rebosaban no de cualquier tipo de flores, sino de unas exquisitas rosas de invernadero. Parecían sumar una docena de ramos. ¿Cuánto habría costado aquella abundancia de preciosos botones rojos? ¿Quién podría pagar exuberancia semejante en una época como esta?

Cuando los acomodadores subían los escalones, comprendí que tenían la precisa instrucción de entregar los ramos a su destinatario a la vista de todo el mundo. Sin saber cómo manejar aquella evidente transgresión al decoro, miré a los demás actores, quienes parecían estar tan sorprendidos como yo. El director de escena hizo señales para que se detuviera aquel ridículo, pero a los acomodadores debieron haberles pagado muy bien porque lo ignoraron y se colocaron frente a mí.

Uno a uno, me entregaron los ramos hasta que fui incapaz de sostenerlos, y entonces los depositaron a mis pies. Sentía que las miradas de reproche de mis compañeros me recorrían la espalda de arriba abajo. Mi carrera escénica podría elevarse o descender en función de los caprichos de esos venerables actores; muchos de ellos tenían el poder de tumbarme de mi pináculo con unas cuantas palabras y reemplazarme por cualquiera de las jóvenes actrices que se disputaban mi codiciado papel. Me sentí obligada a rechazar los ramos, hasta que un pensamiento asaltó mi mente.

El remitente podía ser cualquiera. Podía tratarse de un importante miembro de uno de los partidos en pugna por el poder: un integrante del conservador Partido Socialcristiano o del Partido Social Demócrata. O, peor aún, mi benefactor podría ser simpatizante del Partido Nacional Socialista y anhelar la unificación de Austria con Alemania y su nuevo canciller, Adolf Hitler. El péndulo del poder oscilaba a diario y nadie podía darse el lujo de arriesgarse. Mucho menos yo.

El público había dejado de aplaudir. En medio de un silencio incómodo, volvieron a sentarse. Todos excepto un hombre. Ahí, a la mitad de la tercera fila, en el asiento más envidiado de todo el teatro, estaba un hombre de torso fornido y quijada cuadrada. Entre todos los asistentes al Theater an der Wien, él permanecía de pie.

Mirándome.

Capítulo 2

17 de mayo de 1933
Viena, Austria

Cayó el telón. Mis compañeros me miraron perplejos y yo respondí encogiendo los hombros y negando con la cabeza, con la esperanza de que esos ademanes les transmitieran mi confusión y rechazo a tal exhibición. En medio de las felicitaciones, tan pronto como me pareció prudente, regresé a mi camerino y cerré la puerta. Un sentimiento de enfado y preocupación me invadió al pensar que esas flores me habían distraído de mi triunfo, del papel con el que por fin dejaría atrás *Éxtasis*. Necesitaba descubrir quién me había hecho esto, y si se trataba de un cumplido, por desubicado que fuera, o de algo más.

Saqué el sobre escondido entre las flores del ramo más grande, era de color crema. Tomé mis tijeras para las uñas y lo abrí. Descubrí una gruesa tarjeta con borde dorado. La acerqué a la lámpara del tocador y leí: «Para una Sissy inolvidable. Suyo, señor Friedrich Mandl».

¿Quién era Friedrich Mandl? El nombre me parecía familiar, pero no podía ubicarlo con certeza.

La puerta de mi camerino se sacudió cuando alguien tocó con fuerza.

—¿Señorita Kiesler?

Era la señora Else Lubbig, una de las antiguas ayudantes de camerino que desde hacía veinte años asistía a las protagonistas de las

14

producciones del Theater an der Wien. Incluso durante la Primera Guerra Mundial y los desolados años que siguieron a la derrota austriaca, esa mujer de pelo encanecido había ayudado a las actrices que subían al escenario a interpretar los papeles que confortaban el espíritu de los vieneses, como el de la emperatriz Elizabeth, que recordaba a la gente la histórica valentía de Austria y la animaba a imaginar un futuro prometedor. La obra, claro, no tocaba los años finales de la emperatriz, cuando el lazo dorado del disgusto del emperador se convirtió en un yugo alrededor de su cuello, un yugo que le restringía cualquier movimiento. Los vieneses no querían pensar en eso y, además, eran expertos de la negación.

—Por favor pase —respondí.

Sin voltear a ver la abundancia de rosas una sola vez, la señora Lubbig comenzó a liberarme de mi vestido amarillo sol. Mientras yo me untaba crema en la cara para remover las gruesas capas de maquillaje —y con él los últimos vestigios de mi personaje—, ella me pasaba un peine por el cabello para deshacer el complicado moño que a juicio del director le venía bien a la emperatriz Elizabeth. Aunque guardaba silencio, yo sentía que la mujer se tomaba su tiempo para hacer la pregunta que sin duda recorría todo el teatro.

—Bellas flores, señorita —comentó por fin, después de haber elogiado mi actuación.

—Sí —le respondí, esperando su interrogante.

—¿Puedo saber de parte de quién vienen? —preguntó y pasó del cabello a mi corsé.

Hice una pausa, sopesando mi respuesta. Podía mentir y atribuir el equívoco de las flores a mis padres, pero este tipo de chisme era una moneda que a ella le serviría en sus transacciones, y si le respondía con la verdad, entonces me debería un favor. Un favor de la señora Lubbig podía llegar a ser muy útil.

—Un tal señor Friedrich Mandl. —Sonreí y le entregué la tarjeta. Ella guardó silencio, pero escuché un suspiro involuntario, que dijo mucho. Entonces pregunté—: ¿Sabe algo de él?

—Sí, señorita.

—¿Estuvo en el teatro esta noche? —Sabía que ella observaba cada función tras bambalinas, siempre vigilando a su actriz designada para poder auxiliarla rápidamente si se le descosía una bastilla o se le enchuecaba la peluca.

—Sí.

—¿Era el hombre que permaneció de pie después de la ovación final?

—Sí, señorita —respondió con otro suspiro.

—¿Y qué sabe de él?

—Preferiría no decirlo, señorita. No me corresponde.

Oculté mi sonrisa por su falsa modestia. En muchos sentidos, con su botín de secretos, ella tenía más poder que nadie en el teatro.

—Me sería usted de gran ayuda.

Hizo una pausa, tocándose el pelo perfectamente recogido, como si considerara mi petición.

—Solo he escuchado chismes y rumores. Y ninguno halagador.

—Por favor, señora Lubbig.

La observé a través del espejo: miré su rostro con delicadas arrugas en acción, como si estuviera revisando el archivo depositado con extremo cuidado en su memoria para decidir cuál sería la pizca de información adecuada.

—Bueno, el señor Mandl tiene mala fama con las mujeres.

—Al igual que todos los hombres de Viena —dije riendo. Si de eso se trataba, no había que preocuparse. A los hombres los podía manejar. A la mayoría por lo menos.

—Es algo más que las triquiñuelas comunes, señorita. Cierto romance condujo al suicidio de una joven actriz alemana, Eva May.

—Oh, no —susurré, aunque, al considerar mi propio pasado como rompecorazones y el intento de suicidio de un pretendiente después de que lo rechacé, no podía juzgarlo con tanta severidad. Era terrible. Sin embargo, esta perla de información no era lo único que la señora Lubbig sabía. Su tono me transmitía la sensación de que seguía ocultándome cosas, que había algo más que comunicar. Pero no me lo diría con tanta facilidad—: Si hay algo más, quedaré en deuda con usted.

Dudó.

—En estos días, uno siente que debe tener cuidado al revelar ese tipo de información, señorita.

En esos tiempos inciertos, el conocimiento era moneda de cambio.

—La información que me dé será solo para mí, para mi seguridad. —Tomé su mano y la miré a los ojos—. Le prometo que no la compartiré con nadie más.

Hizo una pausa larga y al final añadió:

—El señor Mandl es dueño de la Hirtenberger Patronenfabrik. Su empresa fabrica municiones y armas, señorita.

—Un negocio desagradable, supongo. Pero alguien tiene que hacerlo —respondí. No veía por qué un negocio tendría que determinar al ser humano.

—El problema no es el armamento que fabrica, sino las personas a las que se lo vende.

—¿Ah, sí?

—Sí, señorita. Lo llaman el Mercader de la Muerte.

Capítulo 3

26 de mayo de 1933
Viena, Austria

Nueve días después de mi debut teatral en *Sissy,* una luna menguante se cernía sobre el cielo vienés y a su paso dejaba sombras color violeta oscuro. La luz lunar alcanzaba a iluminar las calles de la ciudad, así que, cuando pasaba por el elegante decimonoveno distrito, decidí recorrer a pie el resto del camino, del teatro a casa. Aunque ya era tarde me bajé del coche. Ansiaba ese intermedio silencioso, una pausa entre la locura del teatro después de la función y el caudal familiar en el que me adentraba al llegar a casa.

Por las aceras aún caminaban algunos peatones —una pareja mayor que andaba de vuelta a casa tras una cena nocturna, un joven que silbaba—, lo que me hizo sentir segura. Conforme me acercaba a la casa de mis padres en el barrio de Döbling, la ruta se hacía más opulenta y adinerada, y por eso sabía que las calles serían de fiar. Nada de esto, sin embargo, habría aplacado las preocupaciones de mis padres si hubieran sabido que caminaba sola. Sobreprotegían a su única hija.

Saqué a mamá y papá de mi mente y sonreí por la reseña publicada esa semana en *Die Presse.* Los elogios por mi interpretación de la emperatriz Elizabeth provocaron que se agotaran los boletos, y las últimas tres tardes solo quedaron lugares de pie. Mi estatus en la jerarquía del teatro había mejorado; incluso recibí cumplidos en público de nuestro director, quien por lo general era muy crítico.

Los elogios se sentían muy bien después del escándalo que provocó mi desnudo en *Éxtasis* —una decisión que me había parecido aceptable y acorde con la sensibilidad artística de la película hasta que los espectadores, mis padres entre ellos, se escandalizaron—, y supe que regresar al teatro luego de mi incursión en el cine había sido la decisión correcta. Era como volver a casa.

La actuación había sido un refugio para la soledad infantil, una manera de poblar mi existencia silenciosa con personas ajenas a mi siempre presente nana y tutora y mis siempre ausentes mamá y papá. Comenzó con la simple creación de personajes e historias para mis numerosas muñecas en un escenario improvisado bajo el enorme escritorio del estudio de papá, pero más tarde, de manera inesperada, esas interpretaciones se transformaron en algo mucho mayor. Cuando entré a la escuela y comencé a estar en contacto con una enorme y desconcertante variedad de personas, actuar fue mi manera de moverme en el mundo, una especie de moneda de la que podía echar mano cada vez que era necesario. Tenía la habilidad de convertirme en lo que las personas a mi alrededor deseaban en secreto y a cambio yo obtenía lo que quería de ellas. No fue sino hasta que pisé por primera vez un escenario cuando entendí la magnitud de ese don. Podía sepultarme a mí misma y adoptar la máscara de una persona completamente distinta, creada por un director o un escritor. Podía mirar al público y ejercer mi capacidad de influir sobre él.

Entre toda la luz que me dio *Sissy*, lo único oscuro fue la entrega nocturna de rosas. El color había cambiado, pero las cantidades no. Recibí flores fucsia, rosa pálido, marfil, rojo sangre e incluso un tono raro, un violeta muy delicado, aunque siempre eran doce docenas exactas. Era obsceno. Pero por fortuna el método de entrega también se había modificado. Ya los acomodadores no me las entregaban sobre el escenario con gran ceremonia; ahora las colocaban discretamente en mi camerino durante el último acto de la obra.

El misterioso señor Mandl. En varias ocasiones creí haberlo visto entre los asistentes en el codiciado asiento de la tercera fila, pero no estaba segura de ello. Él no había hecho ningún esfuerzo por comunicarse conmigo más allá de la tarjeta que acompañó a las primeras rosas…, hasta esta noche. En una tarjeta de borde dorado que hallé entre las flores color amarillo vibrante —idéntico al de mi vestido— se leían estas palabras escritas a mano:

Querida señorita Kiesler:

Deseo tener el honor de invitarla a cenar al restaurante del Hotel Imperial después de su función. Si está usted dispuesta, por favor envíeme la respuesta con mi chofer, que estará esperando en la puerta de actores hasta la medianoche.

Suyo,
Friedrich Mandl

Aunque mis padres se desquiciarían si yo considerara siquiera reunirme a solas con un desconocido —en especial en el restaurante de un hotel, aun cuando se tratara del importantísimo establecimiento construido por el arquitecto Josef Hoffmann—, la información que había recabado sobre el señor Mandl era suficiente para que no me animara a cruzar esa brecha. Mis cuidadosas indagatorias arrojaron más información acerca de mi benefactor misterioso. Los pocos amigos que tenía en el mundo insular del teatro habían escuchado que era una persona a quien importaban más las ganancias que la moral de la gente a la que vendía armas. Pero la información más relevante me la dio, sin yo buscarla, mi proveedora de secretos, la señora Lubbig, quien me susurró que el hombre era bien visto por el grupo de líderes déspotas de derecha que emergían en toda Europa. Ese dato fue el más preocupante, ya que Austria luchaba por mantener su independencia en medio de dictaduras sedientas de territorio.

Aun cuando no me atrevía a ir a cenar con el señor Mandl en el Hotel Imperial, no podía seguir ignorándolo. A todas luces era un hombre con conexiones políticas y la situación requería que los vieneses actuáramos con cautela. Aun así, no sabía cómo lidiar de manera adecuada con su atención, porque todos mis flirteos del pasado habían sido con jóvenes maleables de mi edad. Sin haber formulado aún un plan, solicité la ayuda de la señora Lubbig para distraer al chofer y evadir la puerta de actores a fin de salir por el frente.

Al avanzar por la calle Peter-Jordan, mis zapatos entonaban un *staccato*. Iba contando las casas que conocía de nuestros vecinos mientras me acercaba a la que mis padres llamaban nuestra «cabaña», término con el que todos los residentes de Döbling se referían a sus residencias. Si bien la palabra era una suerte de homenaje al estilo arquitectónico inglés de las grandes y espaciosas casas del vecindario, erigidas dentro de jardines familiares cerrados, la contradecía el considerable tamaño de las construcciones.

Unas cuantas casas antes de la de mis padres, la luz pareció disminuir. Miré hacia el cielo para ver si las nubes ocultaban la luna, pero esta seguía brillando. Nunca había reparado en ese fenómeno, pero casi nunca caminaba sola por la noche en nuestro barrio. Me pregunté si la oscuridad podría deberse a la cercanía de la Peter-Jordan-Strasse con el denso bosque de Viena, el Wienerwald, donde papá y yo dábamos nuestras caminatas dominicales.

No había un rayo de luz eléctrica en la cuadra salvo por la que salía de casa de mis padres. Ventanas a oscuras —en las que asomaba la ocasional sugerencia de una vela menguante— me miraban desde las casas vecinas, y de pronto recordé la razón de tanta oscuridad. Muchos habitantes de nuestro enclave en Döbling honraban la tradición de abstenerse de usar aparatos eléctricos desde la puesta del sol del viernes hasta la puesta del sol del sábado, sin importar que sus hábitos religiosos no se inclinaban hacia la ortodoxia que exigía esa costumbre. Lo había olvidado porque mis padres jamás la observaban.

Era el Sabbat en Döbling, barrio judío en tierra católica.

Capítulo 4

26 de mayo de 1933
Viena, Austria

Tan pronto como atravesé el umbral de la puerta, me sobrecogió el aroma. No necesité ver las rosas para saber que la casa entera estaba repleta de ellas. ¿Por qué razón el señor Mandl las había mandado aquí también?

Provenientes del piano de cola Bechstein, ubicado en el salón, sonaban esporádicas notas de Bach. Cuando la puerta se cerró tras de mí, la música se detuvo y mi madre gritó:

—¿Hedy? ¿Eres tú?

Al tiempo que le entregaba mi abrigo a Inge, nuestra empleada doméstica, respondí:

—¿Quién más podría ser a esta hora, mamá?

Papá salió del salón para recibirme. Con una pipa de madera delicadamente tallada colgando de la comisura de la boca, me preguntó:

—¿Cómo está nuestra emperatriz Elizabeth? ¿Te «adueñaste del escenario», como proclamó *Die Presse*?

Le sonreí a papá, alto y guapo aun con canas en las sienes y arrugas alrededor de sus ojos azules. A esta hora, pasadas las once de la noche, seguía vestido de manera impecable, con un traje carbón antracita bien planchado y corbata a rayas color bermellón. Era el confiable y exitoso administrador de uno de los bancos más conocidos de Viena, el Creditanstalt-Bankeverein.

Me tomó de la mano y por un momento recordé las tardes de fin de semana de mi infancia, cuando él respondía con enorme paciencia a todas mis preguntas acerca del mundo y sus mecanismos. No había pregunta que estuviera fuera de lugar, ya fuera sobre historia, ciencia, literatura o política, y yo apuraba mi tiempo con él, el único momento en el que tenía su atención completa. Recuerdo especialmente una tarde soleada en la que papá pasó una hora entera describiendo el proceso de fotosíntesis en respuesta a mis cuestionamientos infantiles sobre la alimentación de las plantas; nunca perdió la paciencia al contestar mis incansables preguntas sobre el mundo natural y las ciencias. Pero aquellas horas eran escasas, ya que tanto mamá como sus responsabilidades laborales y sociales ocupaban casi todo su tiempo. Y, sin él, tenía ante mí horas de labores escolares repetitivas con mis maestros, o tareas y rutinas con mi nana y, en menor medida, con mamá, quien me ponía atención solo cuando me sentaba al piano y me regañaba por mi desempeño. A pesar de que amaba la música, ahora tocaba el piano solo cuando mamá no estaba en casa.

Papá me llevó hacia el salón y me sentó en una de las cuatro sillas de tapiz brocado que estaban frente a la chimenea. Mientras esperábamos a que mamá se nos uniera, papá me preguntó:

—¿Tienes hambre, mi princesita? Podríamos pedir a Inge que te prepare un plato. Sigues muy flaca después de aquella neumonía.

—No, gracias, papá. Comí antes de la función.

Recorrí la habitación con la mirada; las paredes, de por sí abigarradas por el papel tapiz a rayas, estaban llenas de retratos familiares. Vi que alguien —quizá mi madre— había acomodado hábilmente los doce ramos de rosas color rosa pálido alrededor del salón. Papá levantó la ceja pero no dijo nada sobre las flores. Ambos sabíamos que mamá era la que hacía preguntas.

Mamá entró y se sirvió un vaso de *schnapps*. Sin decir una palabra ni mirarme a los ojos, me transmitió su desilusión.

Nos quedamos en silencio, aguardando que mamá hablara.

—Parece que tienes un admirador, Hedy —dijo mamá después de dar un largo trago a su *schnapps*.

—Sí, mamá.

—¿Qué pudiste haber hecho para incentivar tal demostración?

Su tono estaba cargado de reproches. La escuela de etiqueta en la que tanto insistía no había logrado pulirme y convertirme en la joven casadera y *Hausfrau* en entrenamiento que ella esperaba que fuera. Cuando me empeñé en tener una profesión que ella consideraba «vulgar» —a pesar de que los vieneses tenían en alta estima el teatro—, dio por hecho que mi comportamiento también lo sería. Y admito que algunas veces le daba la razón, cuando permitía que cualquier joven me cortejara. En ocasiones incluso accedía a que ciertos pretendientes —ya fuera el aristócrata Ritter Franz von Hochstetten o el joven actor Aribert Mog, mi coprotagonista en *Éxtasis*— me tocaran de todas esas maneras que mamá imaginaba, en franca y privada rebelión contra ella. «¿Por qué no hacerlo?», me preguntaba a mí misma. A fin de cuentas ella suponía que yo me comportaba de manera vulgar. Además, me gustaba comprobar que el poder que tenía sobre los hombres era idéntico al que ejercía sobre el público: el poder de mantenerlos cautivos.

—Nada, mamá. Ni siquiera conozco al hombre.

—¿Por qué entonces te regala todas esas rosas, si tú no has dado nada a cambio? ¿Si ni siquiera lo conoces? ¿Será que este hombre vio tu deleznable película *Éxtasis* y creyó que eres una mujer fácil?

—Suficiente —intervino papá con cierta brusquedad—. Quizá solo se debe a su talentosa actuación, Trude.

El nombre de mamá era Gertrude y papá únicamente la llamaba por su apodo cuando intentaba tranquilizarla.

Después de acomodar un cabello que se había separado de su peinado perfecto, mamá se levantó. Se veía mucho más alta que el metro cincuenta que medía. Caminó hacia el escritorio donde había colocado el buqué en el que se hallaba la tarjeta. Estiró la mano para alcanzar su abrecartas de plata y rompió el conocido sobre color crema.

Acercó la tarjeta de borde dorado a la lámpara y leyó en voz alta:

Señor y señora Kiesler:

He tenido la fortuna de observar a su hija interpretar a la emperatriz Elizabeth en cuatro ocasiones la semana pasada. Los felicito por su talento. Quisiera acudir en persona a fin de solicitar su permiso para visitar a su hija. Si esto les parece aceptable, acudiré a su casa la tarde de este domingo, a las seis en punto, por ser la única tarde en la que el teatro permanece a oscuras.

Suyo,
Friedrich Mandl

El señor Mandl estaba ejerciendo presión sobre mí.

Para mi gran sorpresa, mis padres permanecieron en silencio. Pensé que mamá desdeñaría la invitación por atrevida e inapropiada, o que me alentaría a indignarme por algún supuesto agravio derivado de la atención del señor Mandl. Y di por hecho que mi padre —de carácter apacible siempre y cuando no se tratara de mí— despotricaría contra la solicitud de un hombre que no tenía ningún vínculo amistoso o familiar con nosotros. Sin embargo, el reloj de mesa favorito, regalo de bodas de los padres de mamá, resonó durante casi un minuto y nadie dijo nada.

—¿Qué pasa? —pregunté.

Papá suspiró, algo que en meses recientes venía haciendo con mayor frecuencia.

—Tenemos que andarnos con cuidado, Hedy.

—¿Por qué?

Mamá vació su vaso y me preguntó:

—¿Sabes algo acerca de este señor Mandl?

25

—Un poco. Cuando comenzó a mandarme flores al camerino, pregunté en el teatro. Al parecer es dueño de una fábrica de municiones.

—¿Te había mandado flores antes? —El tono de papá era de alarma.

—Sí —respondí con voz apagada—. Cada noche desde el estreno de *Sissy*.

Ambos voltearon a verse con mirada inescrutable. Fue papá quien habló por los dos:

—Le responderé al señor Mandl. Lo recibiremos para tomar una copa el domingo a las seis, y, Hedy, cenarás con él después.

Estaba asombrada. Aunque mi madre se sentía impaciente por que sentara cabeza y me casara con un buen chico de Döbling, y suponía que a mi padre le pasaba lo mismo aunque no lo dijera, nunca se habían entrometido en mi vida personal de manera tan directa. Ni siquiera cuando me negué a abandonar mi carrera para aceptar la propuesta de matrimonio del hijo de una de las familias más distinguidas de Alemania, el joven Hochstetten. Y ciertamente tampoco habían insistido en que saliera con este o aquel muchacho. ¿Por qué lo hacían ahora?

—¿Puedo opinar al respecto?

—Lo lamento, Hedy, pero debes obedecer. No podemos darnos el lujo de ofender a este hombre —dijo papá con semblante compungido.

Pese a que ya imaginaba que en algún momento tendría que reunirme con el señor Mandl, quería resistirme. Pero la expresión de dolor de mi padre me detuvo en seco. Algo, alguien lo estaba forzando.

—¿Por qué, papá?

—Naciste después de la Gran Guerra, Hedy. No comprendes que la política también puede transformarse en una fuerza destructiva. —Negó con la cabeza y volvió a suspirar. No dijo nada más.

¿Alguna vez me había ocultado información de esta manera? ¿Alguna vez me había considerado incapaz de comprender asuntos complejos? Papá siempre me había dicho que yo era capaz de cualquier cosa, y le había creído. Sus certezas apuntalaron mi confianza para convertirme en actriz.

—Que haya elegido ser actriz no significa que no pueda entender asuntos ajenos al teatro, papá —dije, intentando alejar el enojo y la decepción de mi voz—. Tú mejor que nadie debes saber eso.

Estaba enfadada por el tono condescendiente que mi padre había empleado, algo inusual después de años de haberme tratado como par en términos intelectuales. ¿Cuántas noches de domingo pasamos analizando el periódico junto a la chimenea después de la cena familiar? Desde pequeña él había repasado conmigo cada detalle de los titulares hasta que quedaba convencido de que yo había comprendido los vericuetos de la escena política nacional e internacional, por no hablar de las noticias económicas. Todo eso mientras mamá bebía su *schnapps,* meneaba la cabeza en señal de desaprobación y musitaba entre dientes: «Qué pérdida de tiempo útil». ¿Por qué entonces papá me trataba como si yo fuera otra persona solo porque dedicaba mis noches al teatro, y ya no a las conversaciones junto a la chimenea?

—Supongo que es verdad, mi princesita —respondió, mirándome con una sonrisa a medias dibujada en el rostro—. Así que debes saber que hace tan solo dos meses, en marzo, el canciller Dollfuss aprovechó una irregularidad en los procedimientos de votación parlamentaria para hacerse del control del gobierno austriaco y disolver el Parlamento.

—Claro, papá. Fue noticia en todos los periódicos. No solo leo la sección de teatro. Y vi el alambre de púas que rodea el edificio del Parlamento.

—Entonces entenderás que ese acontecimiento convirtió a Austria, como Alemania, Italia y España, en una dictadura. En teoría seguimos siendo un país con una constitución democrática y dos partidos: el de Dollfuss, es decir, el conservador Partido Socialcristiano, popular entre la gente del campo y de la alta sociedad por razones distintas, y el opositor Partido Social Demócrata. Pero la realidad es distinta: el canciller Dollfuss está a cargo y opera para consolidar todo el poder. Corren rumores de que disolverá al Schutzbund, el brazo militar del Partido Social Demócrata.

Mi estómago dio un vuelco cuando escuché a papá incluir a Austria entre sus vecinos fascistas y agrupar a sus líderes en la misma categoría que Adolf Hitler, Benito Mussolini y Francisco Franco.

—No creo haber visto un escrito con esa claridad, papá.

Sabía que Austria estaba rodeada de dictadores fascistas, pero pensaba que había logrado permanecer libre de ese tipo de gobernantes. Hasta ese momento, en todo caso.

—Quizá no hayas leído la palabra «dictador» en los periódicos, pero sin duda eso es el canciller Dollfuss, junto con el Heimwehr, que, como sabes, es una organización paramilitar que funciona como su ejército personal, ya que el tratado de paz que puso fin a la Gran Guerra limita la cantidad de tropas que Austria puede tener. El jefe visible de la Heimwehr es Ernst Rüdiger von Starhemberg, pero detrás de este se halla su amigo cercano y socio, el señor Friedrich Mandl. Mandl satisface todas las necesidades militares de la Heimwehr y, por lo que se sabe, también está involucrado en la estrategia.

En un principio pensé que papá divagaba con esa cátedra política, pero ahora me quedaba todo claro. Me estaba llevando hacia el señor Mandl, cuyo poder empezaba a parecerme evidente.

—Entiendo, papá.

—No estoy seguro de que así sea. Todavía hay más, Hedy. Sin duda has leído en los periódicos que ese tal Adolf Hitler es canciller en Alemania desde enero.

—Sí —dije mientras mi madre se levantaba por un segundo *schnapps*. Acostumbraba beber solo un vaso que iba sorbiendo durante toda la velada.

—¿Conoces las políticas antisemitas que Hitler ha comenzado a adoptar en Alemania?

No había puesto mucha atención a los artículos sobre el tema porque pensaba que no tenían nada que ver con nosotros. Pero no quería admitir mi ignorancia ante papá, así que respondí:

—Sí.

—Entonces sabes que, tan pronto como llegaron los nazis al poder, comenzaron un boicot formal contra los negocios judíos y prohibieron que personas no arias ocuparan puestos en el servicio civil y desempeñaran profesiones legales. Los judíos alemanes no solo han sido víctimas de ataques violentos; también les han quitado sus derechos de ciudadanía, con la que los judíos austriacos han contado desde la década de 1840.

—He leído sobre eso —dije, aunque en realidad solo había visto por encima esas notas.

—Bueno, por lo tanto también habrás leído sobre los nazis austriacos que ansían la unificación de nuestro país con Alemania; independientemente de lo que la gente opine acerca de las políticas de Dollfuss, el temor principal es que el canciller Hitler intente dar un golpe de Estado para apoderarse de Austria. No han dicho nada en público, pero he escuchado rumores de que el mes pasado el canciller Dollfuss se reunió con Mussolini, el líder italiano, y que este aceptó contribuir a la protección de Austria en caso de invasión alemana.

—Supongo que es buena noticia, aunque no estoy segura de que sea algo positivo que Austria esté en deuda con Italia —dije—. Es decir, Mussolini también es un dictador, y al final podríamos terminar bajo sus órdenes en vez de las de Hitler.

Papá me interrumpió.

—Es cierto, Hedy, pero al menos Mussolini no respalda las mismas políticas antisemitas que Hitler.

—Entiendo —dije, aunque en realidad no comprendía por qué papá estaba tan preocupado. Esas políticas no nos afectaban a nosotros—. Pero ¿qué tiene que ver todo esto con el señor Mandl?

—Desde hace mucho tiempo el señor Mandl tiene relación con Mussolini; lo ha abastecido de armamento por años. El rumor es que él fue quien concertó la reunión entre Dollfuss y Mussolini.

Ver el hilo que involucraba a Mandl en tan perversa trama me dejó anonadada. ¿Así que ese era el hombre que andaba tras de mí?

—El señor Mandl es el hombre detrás del trono del canciller Dollfuss. Pero quizá sea también el hombre detrás de la independencia de Austria.

Capítulo 5

28 de mayo de 1933
Viena, Austria

El hielo tintineaba contra el cristal y el líquido caía sobre el hielo. Por la empinada escalera de caoba subían las risas forzadas y el zumbido de la plática. Hubo una pausa en la conversación que se vio interrumpida por una melodía de Beethoven interpretada por las manos expertas de mi madre. Mis padres intentaban lidiar con Friedrich Mandl.

Decidimos que yo esperaría arriba hasta que papá me llamara. Así, mis padres podrían fingir que evaluaban si el señor Mandl era digno de salir con su única hija, aunque bien sabíamos que el permiso de papá había sido otorgado desde el momento en que el señor Mandl firmó la nota que les había enviado.

Me sudaban las manos, una experiencia que desconocía. Los nervios jamás habían sido problema, no cuando se trataba de hombres, en todo caso. Alguna pequeña agitación en el segundo previo a que se alzara el telón en el escenario o durante los largos minutos antes de que el director gritara: «¡toma uno!», pero nunca en una cita. Los hombres no me intimidaban. Yo llevaba la ventaja en mis relacio-nes pasadas; formalizaba o cortaba el vínculo con facilidad. Trataba a los hombres como sujetos con los que ponía en práctica mis habilidades camaleónicas, el fundamento de mi carrera como actriz.

Me levanté del *chaise longue* y me planté frente al espejo de cuerpo completo por centésima vez. Mamá y yo habíamos debatido acerca de cuál sería el atuendo adecuado para el encuentro: nada demasiado sugerente para que Mandl no se llevara una impresión equivocada, nada demasiado infantil para que no se ofendiera pensando que no lo tomábamos en serio. Nos decidimos por un vestido crepé esmeralda con hombros cuadrados y escote alto, y falda que caía por debajo de la rodilla.

Daba pasos por mi cuarto e intentaba escuchar la conversación que venía de abajo. Por momentos pescaba algún fragmento, nada que pudiera situar en su contexto. Resonó una carcajada y entonces papá gritó:

—Hedy, si ya estás lista, ¿puedes bajar, por favor?

Eché una última mirada al espejo y bajé por la escalera; mis tacones hacían un ruido tremendo. Papá esperaba bajo el marco de la puerta que conducía al salón; su rostro era una forzada máscara de amabilidad. No mostraba nada de la preocupación que se agolpaba debajo.

Tomé a papá del codo y entramos en el salón. Mamá, con una expresión de cautela en el rostro, estaba sentada en el sofá frente al señor Mandl. De mi pretendiente, lo único que veía era la nuca, peinada con sumo cuidado.

—Señor Mandl, permítame presentarle a mi hija, la señorita Hedwig Kiesler. Creo que ya la conoce, aunque no de manera formal. —Con delicadeza, papá me empujó hacia delante.

Mamá y el señor Mandl se pusieron de pie al mismo tiempo y él giró hacia mí. Debido a los desagradables rumores que circulaban sobre sus afiliaciones políticas y sus relaciones con las mujeres, había pensado que me parecería repulsivo; incluso me había preparado para ello. Después de que él me dedicara una reverencia formal, nuestros ojos se encontraron y, para mi sorpresa, lo encontré atractivo. No en sentido físico, aunque resultaba guapo por lo cuidado de su aspecto, con su impecable traje de Savile Row azul marino y mancuernillas brillantes, sino más bien por el poder y la confianza que proyectaba. Al contrario de mis pretendientes anteriores, era un hombre, no un niño.

Tomó la iniciativa.

—Es un verdadero honor, señorita Kiesler. Soy admirador de su trabajo, como me parece que ya sabe.

El rubor encendió mis mejillas, otra reacción extraña en mí.

—Gracias por las flores. Eran bellísimas y… —busqué la palabra correcta— generosas.

—Considérelas un pálido reflejo del placer que me produce su trabajo. —Las palabras zalameras escurrían de su boca como si fueran líquidas.

Un silencio incómodo llenó la habitación. Mamá, siempre astuta en situaciones sociales, generalmente tenía la respuesta correcta a mano, pero daba la impresión de que el señor Mandl nos había descolocado a todos. Papá entró al rescate.

—El señor Mandl ha estado hablándonos de su amor por las artes.

—Sí. —Volteó a verme y dijo—: Acabo de enterarme de que su madre fue pianista de concierto antes de casarse. Confieso que le imploré que interpretara alguna pieza, a pesar de sus protestas porque no había vuelto a tocar para gente ajena a la familia. Su interpretación de Beethoven fue magistral.

Ahora la que se ruborizó fue mamá.

—Muchas gracias, señor Mandl.

El hecho de que mamá hubiera tocado el piano para él me dijo más del miedo de mis padres que el monólogo de mi padre sobre las maniobras políticas y militares de Mandl. Hacía veinte años, cuando abandonó su carrera para casarse, mamá juró que jamás tocaría el piano para nadie que no fuera de la familia. Y hasta esa noche mi obstinada progenitora había cumplido su promesa.

—Quiero pensar que enseñó a su hija a tocar tan bien como usted —dijo él.

—Bueno… —dudó mamá.

Yo sabía que mi madre no soportaba que se elogiara mi manera de tocar el piano. Ella exigía perfección y mis esfuerzos la contrariaban tanto como mi aspecto; era como si creyera que yo había elegido ser bella única y exclusivamente para desafiarla.

—¿Ha visto alguna otra de las obras de teatro que se estrenaron este mes, señor Mandl? —Alejé la atención de mi madre, que se veía ofuscada, para pasar a un tema de conversación más general. No quería que mamá rompiera el silencio con frases nerviosas y poco favorables para mí.

Los ojos marrones del señor Mandl me miraron con intensidad:

—En realidad, señorita Kiesler, su papel en *Sissy* me ha hecho perder interés en otros actores o actrices. Regreso una y otra vez al Theater an der Wien.

Su vehemencia me incomodó y quise desviar la vista. Pero sentí que lo que aquel hombre esperaba no era deferencia sino fortaleza. Así que le sostuve la mirada mientras pronunciaba las palabras que el decoro me exigía:

—Me elogia sin merecerlo, señor Mandl.

—Todos mis elogios son sinceros, usted merece cada una de las rosas.

Mamá se había recompuesto y lanzó una frase que repetía una y otra vez desde que yo era niña. La escuchaba siempre que alguien me llamaba guapa o me felicitaba por mi habilidad para el piano o la actuación, así como cuando papá se demoraba explicándome los mecanismos internos del motor de un auto o el funcionamiento de una fábrica de porcelana.

—Va a malcriar a la niña, señor Mandl.

La frase no era el reproche afectuoso que aparentaba ser. Era el reflejo de su sentir: yo no merecía esos elogios, ya había recibido demasiado y, en el fondo, era indigna.

¿Sería capaz ese extraño de desentrañar la crítica oculta tras las palabras de mi madre?

Si intuyó su verdadero sentido, no lo demostró. En cambio, sin apartar su mirada de la mía, dijo:

—Sería un placer malcriarla, señora Kiesler. —Giró para quedar frente a papá y preguntó—: ¿Tengo su permiso para llevar a cenar a su hija?

Después de una discreta mirada de disculpa hacia mí, mi padre respondió:

—Sí, señor Mandl, lo tiene.

Capítulo 6

28 de mayo de 1933
Viena, Austria

Al bajar de la limusina que manejaba el chofer del señor Mandl y entrar en el vestíbulo del Hotel Imperial, el personal se agolpó alrededor de mi acompañante. Incluso el *maître* del legendario restaurante del hotel, célebre por quisquilloso, corrió hacia él y se puso a sus órdenes. En las pocas ocasiones especiales en que había cenado con mis padres en el restaurante —por algún cumpleaños o graduación escolar—, casi tuvimos que rogar para que nos atendieran y esperamos cerca de una hora antes de ordenar. El establecimiento, conocido por su alta cocina y por la arrogancia de su personal, parecía un lugar distinto al caminar del brazo del señor Mandl. Aun así, intenté disimular mi asombro y continuar en mi papel de actriz de mundo.

A nuestras espaldas se escuchaban murmullos. Nos llevaron a una envidiable mesa ubicada al centro del salón revestido de madera. Siempre consideré a papá un hombre exitoso, y lo era, pero solo en ese momento comprendí lo que era el poder. Es curioso cómo el servicio en un restaurante y las miradas de los demás comensales lo ponen en evidencia.

Nuestra mesa estaba decorada con rosas de todos los colores que avivaban el lujoso pero monocromático comedor. Ninguna de las otras mesas tenía flores, solo candeleros de bronce con brillantes velas blancas; el señor Mandl debió haberlas solicitado especialmente para la ocasión. Era claro que él no había tenido ninguna duda de que mis padres le otorgarían el permiso para salir conmigo.

En cuanto me acomodé en la silla de tapiz a rayas que Mandl retiró para mí —rechazando los intentos del *maître* de ayudarme a sentar—, me sentí muy mal vestida con el atuendo que mamá y yo habíamos elegido. En el espejo de mi habitación me había parecido sencillo pero apropiadamente modesto. Sin embargo, en ese lugar las mujeres vestían a la última moda, que en ese momento consistía en usar vestidos hechos con delgadas tiras de telas carísimas cosidas con hilos de cuentas de cristal. Parecía una monja en comparación con ellas.

Mandl me hizo algunas preguntas directas sobre el tipo de comida que me gustaba y el vino que prefería, y luego preguntó:

—¿Le molesta si ordeno por usted? Como aquí con frecuencia y sé bien cuáles son los mejores platillos. No soportaría que se fuera usted decepcionada.

Muchos hombres habrían ordenado sin siquiera pedir permiso, de modo que agradecí la cortesía. Aun así, tenía claro que no debía ser solícita y aceptarlo todo; la fortaleza de Mandl exigía que otra fortaleza le hiciera frente.

—Suelo ordenar por mí misma, pero en esta ocasión estará bien hacerlo como usted sugiere.

Mi aclaración lo sorprendió y complació, como sabía que pasaría. Se echó a reír, con risa sonora y melodiosa, mientras llamaba al mesero a nuestra mesa. Después de pedir ostras y champaña para comenzar, seguidas de chateaubriand, inició una conversación sobre el mundo del teatro. Conocía bien a los directores, escritores y actores más célebres de Viena, y pedía mi opinión sobre la escenografía y el reparto de las obras recién estrenadas. Ese intercambio informado era algo raro para mí —la mayoría de los hombres sabía poco o tenía escaso interés en el mundo del teatro—, pues también deseaba conocer mis ideas. Me parecía una persona fresca e imprevisible.

Comimos las ostras en silencio, hasta que me preguntó:

—Supongo que ha escuchado muchas cosas sobre mí.

Planteada tan de súbito, la pregunta me sorprendió. Estaba disfrutando su compañía y por un momento olvidé lo desagradable de su reputación. Sin saber cuál sería la respuesta más segura, elegí la honestidad; su franqueza merecía respuesta equivalente:

—Sí, así es.

—Imagino que no ha sido nada bueno.

Se me hizo un nudo en el estómago. Mis padres y yo habíamos esperado que la velada transcurriera sin ninguna incursión en el terreno del carácter de mi acompañante.

—No todo ha sido malo —respondí con una sonrisa. Esperaba aportar un poco de levedad a tan desconcertante intercambio y quizá volver al tema anterior.

Dejó su tenedor sobre el plato y con la servilleta de tela se limpió las comisuras de la boca con detenimiento antes de empezar a hablar.

—Señorita Kiesler, no insultaré su notoria inteligencia diciéndole que los rumores que usted ha escuchado son *todos* mentira. Es verdad que he salido con algunas mujeres y que estuve casado en una ocasión. También es verdad que, a causa de mi trabajo, a veces debo tratar con personajes y movimientos políticos que a otros podrían parecerles despreciables. Lo único que le pido es que me conceda la oportunidad de demostrarle que soy distinto de las personas con las que hago negocios y que soy mucho más respetable de lo que la cantidad de mujeres con las que se me vincula la haría suponer. No soy mi reputación.

Aunque sabía que no podía permitirlo, que debía mantener la guardia en alto ante ese hombre, sus palabras me conmovieron. Lo comprendía. Yo también había intentado resarcir el daño que *Éxtasis* había causado en mi honor. Después del estreno, el desnudo y la representación de una relación sexual —durante la escena el director me pinchó con un alfiler para conseguir la expresión orgásmica en mi rostro— provocaron que se prohibiera la película en varios países y se censurara en otros, y eso manchó mi nombre. Claro que el escándalo solo sirvió para incrementar el deseo de la gente de ver aquella escurridiza película. ¿No merecía Mandl la misma oportunidad de redención que yo buscaba para mí?

Antes de que pudiera responder, él volvió a hablar:

—Parece dudar, señorita Kiesler, y me sorprendería. Incluso me decepcionaría un poco si no lo hiciera. No me interesa jugar con usted, así que le pido que por favor me permita poner en claro mis sentimientos e intenciones.

Asentí con la cabeza, aunque su solicitud solo hizo que el nudo que tenía en el estómago se apretara más.

—No soy hombre particularmente religioso, señorita Kiesler. Ni particularmente romántico.

Sin pensarlo, alcé una ceja y dirigí una mirada hacia las rosas.

—Bueno, no siempre —replicó con una sonrisa. Su rostro de inmediato retomó la seriedad—. Sin embargo, cuando la vi en el escenario, me sobrecogió la identificación, como si ya la conociera. No de la manera normal, en un evento social o por intermediación de amistades, sino como si la conociera desde siempre. Sucedió justo antes de la ovación final; por unos segundos dejó de ser la emperatriz Elizabeth y fue usted. Y sentí que la conocía.

Siguió hablando, pero ya no lo escuchaba. Estaba asombrada por su declaración y al mismo tiempo absorta en mis pensamientos.

—Fue una experiencia singular para mí y, de una manera peculiar, me siento conectado con usted… —De repente guardó silencio y sacudió la cabeza—. Si mis colegas de negocios me escucharan hablando así, pensarían que soy un fanático enloquecido. Lo que sin duda le pareceré a usted.

Podría haberlo dejado a la deriva. Podría haber permanecido en silencio y observar cómo trastabillaba ese hombre de quien se decía que tenía el destino de Austria en las manos. Sus actos me habrían dado la excusa perfecta para evitar futuros encuentros. Aun así, yo sentía que tenía un vínculo particular con él.

—No, jamás pensaría algo así de usted.

—Si lo que dice es verdad, ¿consideraría salir conmigo de nuevo?

Antes había sido pretendida por niños, y aunque ahora solo tenía diecinueve años, no era inocente. Había tenido muchos admiradores: Wolf Albach-Retty, el conde Blücher von Wahlstatt e incluso un joven académico ruso cuyo largo e impronunciable nombre se me ha ido olvidando, y la lista seguía. Algunos mantuvieron mi atención durante instantes breves, y con otros había durado más tiempo. A algunos les permití acceder a mi cuerpo, pero a la mayoría los mantuve a raya. Ninguno de ellos, sin embargo, me había merecido el respeto que me inspiraba la franqueza de Mandl. Los otros se dedicaban a ejecutar esa rebuscada danza tan típica de la mayor parte de los hombres, pero tan insultante para mi inteligencia, tan predecible. Sin importar sus títulos, su dinero o sus grados académicos, ninguno me parecía de mi altura, por eso las relaciones eran breves. Pero Friedrich Mandl era diferente.

Hice una pausa para que él pensara que estaba sopesando su petición. No se preocupó por ocultar su impaciencia y demoré mi respuesta tanto como me fue posible, mientras disfrutaba su nerviosismo y la influencia que ejercía sobre ese hombre poderosísimo.

Di un largo trago a mi champaña, y me humedecí los labios lentamente antes de empezar a hablar. Por fin, dije:

—Sí, señor Mandl. Consideraría salir con usted otra vez.

Capítulo 7

16 de julio de 1933
Viena, Austria

Casi se me escapó una risita. Me llevé una mano a la boca para reprimir las carcajadas infantiles que estaban por desbordarse de mis labios. Esas boberías no serían consecuentes con mi apariencia sofisticada. Aunque a Fritz no le molestaba mucho. Él parecía deleitarse conmigo, aun con aquellos aspectos que para mí no resultaban encantadores.

Una vez que recuperé la compostura, recorrí con un dedo el borde de mi plato. La superficie brillaba como si estuviera tallada en oro, aunque seguramente solo era porcelana dorada. Como si me hubiera leído el pensamiento, algo que sucedía cada vez con mayor frecuencia, Fritz acotó:

—Sí, *Liebling,* los platos son de oro puro.

La risa que había acallado salió a chorros.

—¿Platos de oro puro? ¿De verdad?

Se rio conmigo y me explicó:

—Casi. El oro puro es muy suave, de modo que es necesario hacer alguna aleación. Esta vajilla se endureció al añadirle plata, lo que la hace más resistente pero no menos bella…, como tú.

Sonreí en respuesta al halago; me gustaba la idea de ser apreciada por mi fortaleza. A la mayoría de los hombres mi seguridad les parecía intimidante, pero Fritz quería conocer mis opiniones y aceptaba mis apreciaciones, aun cuando eran distintas de las suyas.

41

—¿Tú los mandaste hacer? No puedo creer que uno encuentre platos de oro puro en una típica *Geschäft das Porzellan verkauft*.

—Digamos que quedaron disponibles tras la reciente agitación en las universidades. Y a precio razonable.

Sus palabras me confundieron. ¿Hablaba de los disturbios que habían estallado durante el invierno y la primavera pasados, cuando los socialistas impidieron que los estudiantes judíos acudieran a la Universidad de Viena? ¿Por qué esos disturbios habrían conducido al remate de esos platos de oro? No parecía haber conexión entre un suceso y otro, aunque en un rincón de mi conciencia empecé a percibir cierto vínculo.

Fritz interrumpió mis pensamientos mientras levantaba una copa de cristal finamente tallada.

—Un brindis por las últimas siete semanas. Las más felices de mi vida.

Al chocar los cristales escuchamos el canto de las copas; mientras bebía la fresca y burbujeante Veuve Clicquot, hice el repaso de las últimas semanas. Siete cenas espléndidas, una por cada noche que no hubo función en el teatro. Veinte comidas también espléndidas, los días en que yo no tuve matiné ni él reuniones de trabajo. Cuarenta y nueve entregas de flores frescas, sin que se repitieran sus colores en días consecutivos. Siete semanas en que me obligué a no mirar el asiento de la tercera fila que él había reservado para toda la temporada de la obra y en el que se acomodó durante muchas de las noches que estuve en escena. Siete semanas con el personal del Theater an der Wien enloquecido con mi romance, todos menos la señora Lubbig, quien guardó silencio después de enterarse del inicio de mi relación y no había vuelto a hablar desde entonces. Siete semanas en las que mis padres habían vivido con los nervios crispados hasta que regresaba a casa por las noches del brazo del hombre más rico de Austria, quien decía que lo hacía sentir joven otra vez. Esperanzado, incluso.

Le entregué todo mi mundo. A excepción de las horas que pasaba arriba del escenario, era suya. Como él me lo había pedido, le permití que me demostrara quién era.

Cenamos en los sitios más finos de Viena y sus alrededores, pero nunca visitamos ninguna de sus tres casas —un enorme apartamento en la ciudad; un castillo llamado Schloss Schwarzenau, cerca de un pueblo del mismo nombre, a unos ciento veinte kilómetros al noroeste de Viena, y una espléndida cabaña de caza de veinticinco habitaciones, conocida como Villa Fegenberg, a más de ochenta kilómetros al sur de la capital austriaca— hasta esa noche. Cenar a solas en casa de un hombre contravenía todos los protocolos que mis padres valoraban. Por eso no les conté.

Temprano esa tarde, Mandl me hizo pasar por las columnas y la puerta de entrada de su edificio de piedra, en el número 15 de la Schwarzenbergplatz, a un lado de la Ringstrasse, en la zona más rica de Viena; caminé a un lado del conserje uniformado y tres porteros para dirigirme al último piso del edificio en el elevador con reja. Ahí mi anfitrión me dio un recorrido por su departamento de doce habitaciones, espacio al que le iba mejor el nombre de mansión, porque ocupaba tres pisos. Lo elogié con mesura, aunque me sentía al borde de la efusividad. El estilo de aquella casa parecía la antítesis del decorado cómodo y variopinto en el que había crecido en Döbling. Cuanto más estudiaba los muebles, las alfombras y el arte, de colores semejantes, más empalagosa encontraba la excesiva ornamentación de los hogares vieneses. En lugar de resultar inhóspita, la casa de Mandl se sentía muy moderna y fresca.

Mientras disfrutábamos detenidamente los cinco tiempos de alta cocina francesa, abundante en salsas extrañas que Fritz había ordenado preparar a su chef en honor a la fina champaña que bebíamos, yo pasaba los dedos por la tela de las sillas y los manteles del comedor. La seda gruesa me resultaba suntuosa al tacto. A pesar de que Fritz estaba volteado hacia el mesero que servía champaña, pude ver su expresión en un pesado espejo que había en la pared de enfrente. Estaba exultante por mi placer.

Se llevó la copa de champaña a los labios y me planteó otra pregunta sobre mi educación. Fritz parecía sentir una curiosidad interminable por mí, pero nunca hablaba de su juventud. Resultaba imposible que ese hombre impecable y poderoso sentado frente a mí hubiera sido un niño tierno y vulnerable. ¿Habría nacido duro y fuerte? ¿Habría salido del vientre de su madre marchando con ese paso tan seguro?

—Suficiente acerca de mí, Fritz. Seguro que para este momento ya te habrás dado cuenta de que la vida de Hedwig Kiesler, originaria de Döbling, no es muy emocionante. Pero tú, bueno, tú eres asunto distinto. ¿Quién es Friedrich Mandl?

Sonriendo, se dispuso a hablarme de la Hirtenberger Patronenfabrik. Parecía haberse aprendido de memoria la historia de la sólida empresa familiar de municiones que había rescatado y hecho crecer de manera exponencial después de que quedara en bancarrota tras la derrota de Austria en la Gran Guerra. La narración sonaba casi falsa; sin lugar a dudas la relataba cuando la ocasión lo ameritaba, pero yo quería algo más que eso. Deseaba conocer la historia real de Fritz. La historia íntima del niño que se convirtió en el hombre más rico del país, no la versión del acenso de su empresa que había elaborado con sumo cuidado.

—Qué impresionante, Fritz. En particular el préstamo bancario que negociaste para regresar el control de la fábrica a la familia después de la bancarrota. Eso fue un golpe maestro.

Sonrió. Cuánto le gustaban los elogios.

—¿Pero qué hay de tu vida familiar? —añadí—. Háblame de tu madre.

La amplia sonrisa desapareció. Su quijada se apretó y se tornó más cuadrada. ¿Dónde estaba el Fritz enamorado y deseoso que conocía? Sentí un escalofrío. Me recargué contra el asiento, registrando su reacción, y vi cómo se esforzó por volver a sonreír.

—No hay mucho que contar acerca de eso. Era una típica *Hausfrau* austriaca.

Sabía que no era sensato indagar más. Para cambiar el tema y el estado de ánimo, pregunté:

—¿Te molestaría mostrarme la sala de estar?

—Excelente sugerencia. ¿Por qué no tomamos los digestivos y postres ahí?

Me llevó de la mano hasta un sofá frente a una amplia ventana que tenía una hermosa vista de la imponente arquitectura de la Ringstrasse. Las luces de los edificios ornamentados brillaban y se reflejaban en las muchas superficies de la sala de estar, y mientras bebía el festivo *Bowle* que me sirvió, sentí que desbordaba de felicidad. El éxito de *Sissy* y mi floreciente relación con Fritz me parecían demasiado perfectos para ser reales. Inmerecidos, habría dicho mi madre.

Al voltear a ver a Fritz me di cuenta de que me miraba con mucha atención, y sonreía al verme sonreír. Se me acercó y me besó, con delicadeza al principio. La ternura dio paso a la intensidad y sus manos se deslizaron de mi cintura a mi espalda. Sentí sus labios en mi cuello, y sus dedos comenzaron a desabrocharme el vestido.

Había tenido intimidad con otros jóvenes antes. Besos largos y abrazos en balcones o tras bambalinas. Caricias y manoseos torpes en el asiento trasero de un auto. Tres tardes furtivas en las que me liberé de todas mis inhibiciones en el departamento vacío de los padres de un novio, profesores de oficio. Pero sentía que debía refrenarme con Fritz, que debía esperar y permitir que me persiguiera. Así que, aunque lo deseaba, me alejé.

—Debo irme —dije casi sin aliento—. Mis padres estarán furiosos si llego a casa después de medianoche.

Me soltó y me miró con una sonrisa enigmática:

—Si eso es lo que quieres, *Hase*.

De un jalón lo acerqué a mí para darle un último beso.

—No es lo que quiero pero debo hacerlo. Mis padres son muy estrictos con sus reglas. —Sentía su respiración sobre mí.

—Creo que, al regresar a casa, te sorprenderá la situación de esas reglas —dijo—. Quizá haya un cambio en el horizonte.

Capítulo 8

16 de julio de 1933
Viena, Austria

El chofer abrió mi puerta, pero los dedos de Fritz aún sujetaban los míos.

—Desearía no tener que despedirme —susurró.

—Yo deseo lo mismo —le susurré a mi vez. Y era verdad. Había iniciado esa relación diciéndome que no lo quería, que todo ese escuchar y asentir y hablar y reír, e incluso los besos, eran un papel que mis padres me habían impuesto por necesidad. Otro papel más. Pensaba que hallaría la manera de sacarlo adelante. Pero la Hedy verdadera, la que se ocultaba debajo de todas las actuaciones, estaba sintiendo algo real. Y me di cuenta de que mi corazón estaba tan vulnerable como todos los corazones que había roto en mis juegos románticos del pasado.

Aún así, en cierto sentido, lo que sintiera en realidad no importaba, como pasaba con mis sentimientos reales arriba del escenario: no tenían ningún peso real. Desprendí mi mano de la suya y salí del auto sin decir otra palabra. La casa de mis padres estaba a oscuras. Si no hubiera sido por los rayos de la luna menguante, habría tropezado con alguna piedra en el camino hacia la puerta principal. En la oscuridad tanteé para encontrar el picaporte, abrí la puerta y la cerré con delicadeza tras de mí, cuidando no despertar a nadie en la casa que dormía, ni siquiera a Inge, nuestra empleada. Pasaba de la medianoche y si la suerte seguía favoreciéndome, mamá y papá estarían ya dormidos y ningún sonido los levantaría. Mis hombros se relajaron al pensar en la posibilidad de meterme en la cama sin el interrogatorio de costumbre.

Liberé mis pies al desabrochar mis zapatos plateados, los cuales dejé con cuidado en el piso para no hacer escándalo. Subí la escalera con paso ligero, evitando los escalones que sabía que rechinaban, y avancé sin hacer un solo ruido.

Sin embargo, cuando empujé la puerta de mi habitación, descubrí a papá sentado en la orilla de la cama, la pipa entre los labios.

—¿Está todo bien, papá? —Nunca antes me había esperado en mi cuarto. Él y mamá aguardaban mi regreso en el salón, fumando y bebiendo *schnapps* a sorbos después de una noche de teatro con amigos, o bien se retiraban a dormir. Así había sucedido hasta que empecé a salir con Fritz, claro está.

—No hay nadie enfermo, si a eso te refieres, Hedy.

Recogí los pliegues de mi largo vestido azul y me senté a su lado en la orilla de la cama, con los pies descalzos debajo de mi cuerpo.

—¿Qué pasó, papá?

—Hoy el señor Mandl fue a visitarme al banco —dijo después de dar una larga fumada a su pipa.

—¿De verdad? —¿Por qué habría ido Fritz a ver a mi padre? Y, más importante aún, ¿por qué no me había dicho nada durante la larga tarde que pasamos juntos?

—Sí. Me invitó a comer a su club privado y, siendo el señor Mandl quien es, acepté.

Por mi mente pasaban a toda velocidad posibles explicaciones, y mi voz tembló cuando pregunté:

—¿Qué quería decirte?

Papá lanzó un aro de humo hacia el techo y lo miró ascender, tocar el yeso ornado y disiparse. Solo entonces me respondió:

—Intercambiamos las frases corteses de costumbre, pero, claro, el tema principal de la conversación fuiste tú. El señor Mandl está prendado de ti, Hedy.

Sentía calor en las mejillas y agradecí que la habitación estuviera a oscuras. A pesar de las advertencias y las historias sórdidas que había escuchado, yo también me sentía sumamente atraída hacia Fritz. Y me gustaba experimentar el poder que me recorría cuando estábamos juntos. El hombre no era su reputación, eso me lo había dejado claro.

—Fue muy amable de su parte haberte invitado a comer. —No sabía qué más decir. Me incomodaba preguntar a papá los detalles de su conversación.

—Me parece que no fui claro, Hedy. Nuestra comida tenía un propósito, aparte de elogiar tus muchas virtudes.

—¿Oh, sí? —Mi voz tembló con nerviosa impaciencia o miedo, no lo sabía.

—Sí. El señor Mandl me pidió tu mano.

—¿Mi mano? —Estaba asombrada. Nos conocíamos apenas hacía siete semanas.

—Sí, Hedy. Está empeñado en que seas su esposa.

—Oh —dije por lo bajo. Estaba atrapada en un torbellino de emociones encontradas: agrado, miedo, poder. Fritz no era un joven infatuado, como mis anteriores enamorados. Era un adulto que podía escoger entre muchas mujeres y me escogió a mí.

Papá dejó a un lado su pipa. Ahora que sus manos estaban libres me abrazó.

—Lo siento mucho, Hedy. Mi afán de no ofender a este hombre de poder ha traído una consecuencia terrible.

—¿Te parece terrible, papá?

—No sé qué pensar, *Liebling*. Apenas has tratado a ese hombre del que solo conocemos su terrible reputación. Aunque has aceptado salir muchas veces con él, ignoro cuáles son tus sentimientos hacia él. Y tengo miedo. Temo las implicaciones que traerá para ti la vida como esposa de Friedrich Mandl, si es eso lo que tú quieres. —Hizo una pausa para elegir con cuidado sus siguientes palabras—: Pero estoy mucho más temeroso de las repercusiones para ti, para nosotros, si te niegas.

—A mí no me parece terrible su propuesta —susurré.

—¿Estás diciéndome que sientes algo por él? —En su voz había sorpresa. Y expectativa. Expectativa ante qué, no lo sabía aún.

—Bueno… —Hice una pausa, insegura sobre las palabras apropiadas para esa conversación. Me sentía extraña platicando con papá acerca de mis sentimientos hacia un hombre. En mis relaciones pasadas, los eufemismos habían sido el pan de cada día—. Sin duda me siento halagada, papá. Y sí, siento algo por él.

Mi padre me soltó y se alejó para mirarme a los ojos. Con la poca luz de la lámpara de mi buró, alcancé a ver las lágrimas que se acumulaban en los ojos de mi estoico progenitor.

—No estarás diciendo eso solo para darme gusto, ¿verdad?

—No, en verdad es algo que siento.

—Hay un amplio mar…, un océano inmenso, mejor dicho, entre sentir algo por un hombre y querer casarse con él, Hedy.

No supe si pensaba en su tirante relación con mamá al decir eso. Pero en lugar de responder la pregunta implícita, o interrogarlo respecto a mi suposición, preferí la evasión:

—¿Qué piensas tú, papá?

—En una situación normal, sin considerar tus sentimientos, me habría opuesto por varias razones. Es muy grande para ti. Apenas se han tratado. No conocemos a su familia. Ha manchado su reputación en los negocios y con las mujeres. Podría seguir y seguir. Y estoy seguro de que tu madre estaría de acuerdo conmigo, aunque no he hablado de esto con ella. Quería conocer tus sentimientos primero.

¿Me estaba diciendo que me negara a aceptar la propuesta? Su opinión era muy importante. Lo que mamá pensara sobre el asunto de Fritz no me importaba mucho. El desdén que ella sentía por mí hacía que sus ideas me parecieran ventajosas para ella e inútiles para mí. Si no seguía el camino que mi madre consideraba apropiado, a sus ojos me convertiría en una mujer caída.

Papá no había terminado.

—En realidad estoy indeciso. Si sientes algo por él, esta unión puede protegerte en los días por venir. Mandl es poderoso. Estemos de acuerdo o no con sus opiniones políticas o con su cercanía con el canciller Dollfuss, parece estar decidido a mantener a Austria independiente de Alemania y del vil y antisemita canciller Hitler. Si los rumores son ciertos, la situación se tornará mucho más peligrosa para nosotros los judíos.

¿De qué hablaba? Nosotros no éramos judíos en realidad, no como los emigrados que habían llegado en masa a Austria durante la Gran Guerra, y que volvieron a llegar durante los días sombríos y empobrecidos que siguieron a nuestra derrota. Aquellos judíos de Europa del Este, los *Ostjuden*, que vivían aparte del resto de la sociedad austriaca, que se aferraban a sus prácticas y creencias ortodoxas. No conocía a nadie así, a nadie que portara el ajuar tradicional. Los pocos judíos religiosos que había en nuestro barrio, aquellos que observaban el *sabbat* o que tenían *menorás* o *mezuzás* en sus hogares procedían de manera discreta, sin la osada despreocupación de los *Ostjuden*, y vestían como cualquier otra persona. Y mi familia, bueno, nosotros no nos considerábamos judíos excepto en un sentido vago, más bien cultural. Nos habíamos integrado por completo a la vibrante vida cultural de la capital. Éramos vieneses por encima de todo.

—Pero nosotros no somos como los judíos de Europa del Este que emigraron aquí en los últimos años.

—Que yo no use kipá y que no celebremos los días festivos no quiere decir que no seamos judíos, en especial ante los ojos de los demás. —La voz de mi padre sonaba frágil—. Vivimos en Döbling, por Dios, un barrio con su propia sinagoga y cuyos casi cuatro mil habitantes son judíos. Y tanto tu madre como yo fuimos criados en hogares judíos. Si la *Hakenkreuzler*, ese grupo de matones que pasean por ahí con sus malditas esvásticas, amplía su alcance, Döbling sin duda podría convertirse en uno de sus blancos. El barrio y sus habitantes.

—No, papá. Döbling no. —Resultaba ridículo que el pintoresco y seguro barrio de Döbling pudiera ser blanco de nadie.

—Cada vez son más los ataques contra los judíos, Hedy, si bien los periódicos no dan cuenta de ellos. —El tono frágil de papá dio lugar a la tristeza—. Solo los ataques públicos, los más violentos, como el que sucedió en la sala de oración del Café Sperlhof el año pasado, escapan al silencio del gobierno. En zonas judías habitadas por la comunidad ortodoxa, como Leopoldstadt, se distribuyen panfletos antisemitas a diario y hay frecuentes escaramuzas. Las tensiones aumentan, y, si Hitler controla Austria, que Dios nos ayude.

Me quedé muda. Anteriormente, papá y yo solo habíamos hablado de ser judíos en una ocasión. Un recuerdo de esa plática se desprendió del pasado y entró en el presente tan vivo y fresco como si acabara de ocurrir. Tendría yo unos ocho años y llevaba varias horas sentada bajo el escritorio de papá, organizando un número musical para mis muñecas; me encantaba usar como teatro esa zona oscura y aislada debajo de su ornamentado escritorio. De pronto me pareció que mamá —siempre ahí, a un lado, en especial cuando no quería que estuviera— había estado fuera de la casa todo el día. En lugar de disfrutar esa inesperada liberación de mi madre y sus horarios —lo que había permitido tan largo lapso de teatro—, sentí pánico. ¿Y si le había sucedido algo terrible?

Salí a toda velocidad del estudio y hallé a papá sentado junto a la chimenea en la sala de estar, leyendo el periódico y fumando su pipa con despreocupación. Su tranquilidad me perturbó. ¿Por qué no estaba inquieto por mamá?

—¿Dónde está? —grité desde la puerta.

Alzó la vista del periódico, con alarma en los ojos.

—¿Qué pasa, Hedy? ¿De quién hablas?

—De mamá, obviamente. Está desaparecida.

—Ah, no te preocupes. Solo acudió a una *shiv'ah* en casa de la señora Stein.

Sabía que la señora Stein, una de nuestras vecinas casas abajo, había perdido a su padre hacía poco, pero ¿qué era una *shiv'ah*? Sonaba como algo exótico.

—¿Qué es eso? —pregunté, frunciendo la nariz de ese modo que a mamá siempre le parecía «vulgar». Pero mamá no estaba aquí y papá nunca me regañaba por algo tan tonto como fruncir la nariz.

—Cuando una persona judía muere, la familia guarda luto por ella durante una semana y recibe visitas que van a dar sus condolencias. Eso es la *shiv'ah*.

—¿Entonces los Stein son judíos? —Era una palabra que había escuchado decir a mis padres en algunas ocasiones, pero no estaba segura de qué quería decir, excepto que parecía dividir a las personas en dos grupos: judíos o no judíos. Me sentía tan adulta al pronunciar esa palabra en voz alta.

Papá levantó las cejas al escuchar mi pregunta y abrió los ojos con una expresión que me resultó poco familiar. Parecía sorpresa, pero nunca había visto que nada sorprendiera a mi imperturbable padre.

—Sí, Hedy. Son judíos. Y nosotros también.

Quería preguntarle algo más a papá, algo acerca de lo que significaba ser judío, pero la puerta principal se cerró. El inconfundible sonido de los tacones de mamá en el pasillo de la entrada llegó a la sala de estar, y papá y yo intercambiamos miradas. El tiempo de las preguntas había terminado, pero desde ese instante comprendí en qué categoría caía mi familia, aunque no supiera con precisión qué implicaba esa religión.

Esta segunda conversación con papá fue la más extensa que sostuve con él acerca de nuestro judaísmo —aunque en los años que mediaron entre las dos pude hacerme una idea general de lo que era la religión y lo que significaba que mi familia fuera judía—, y sus palabras me aterraron. Antes de este día, los actos de violencia que veía en los periódicos parecían suceder a otro grupo de judíos, a personas alejadas de mi propia y remota herencia. Ahora, sin embargo, ya no tenía esa certeza.

—¿Tenemos que preocuparnos, papá?

Mi miedo debe haber sido muy evidente, porque cubrió mis manos con las suyas e intentó confortarme.

—Ya he hablado mucho acerca de mis preocupaciones personales. Nadie sabe qué pasará después de este alboroto. Pero, si alguien puede protegerte, es él. Friedrich Mandl quizá pueda mantenernos a salvo en estos tiempos inseguros.

Capítulo 9

18 de julio de 1933
Viena, Austria

La tarde era tan brillante que parecía que alguien la hubiera pulido. Nuestra mesa ocupaba el lugar ideal al centro del comedor, donde acaparábamos las miradas de los demás. Nuestros rostros resplandecían con los destellos de los dos candelabros de plata con brazos como ramas de árbol. La cálida luminosidad que emitía ese entramado argentino hacía que la cristalería fulgurara mucho más y que los cubiertos, también de plata, refulgieran en todas las superficies. En el centro de la mesa había un jarrón de porcelana lleno de rosas en cada uno de los tonos de los ramos que Fritz me había enviado al camerino, un arreglo recortado por manos expertas de tal manera que las flores quedaban a la altura perfecta y no interferían la vista. El restaurante vibraba con el rumor de las conversaciones de los comensales que cenaban y con las dulces notas del piano. Tenía la sensación de que todas las anteriores comidas y lujosísimas cenas habían sido ensayos para este debut y que el telón acababa de alzarse en nuestra noche inaugural. ¿O acaso veía yo teatralidad y detalles menores llenos de trascendencia solo porque suponía que Fritz me propondría matrimonio esa noche?

Sabía que papá había hablado con Fritz el día anterior. Se habían reunido para comer en el club de Fritz y, esa mañana, antes de que papá saliera, practicamos lo que habría de decirle. En el vestíbulo de la casa quedaban algunas nubecillas de la pipa de papá cuando regresé del teatro la víspera por la noche, y corrí hasta la sala de estar para que me contara los detalles de la conversación. Según papá, todo había transcurrido como lo planeamos, salvo por un detalle. Fritz había dejado claro a mi padre que si nos casábamos quería que yo dejara de actuar, condición que antes había rechazado de un pretendiente más joven. Pero esta vez —planteada por este hombre— era diferente, aunque eso no atenuaba mi desagrado. Con nuestros miedos acentuados por las amenazas políticas, sabíamos que había mucho más en juego y, además, mis sentimientos por Fritz eran mucho más intensos. Después de una emotiva discusión con papá —presenciada por mamá, quien proponía distintas maneras de formular las respuestas que practicábamos—, comencé a ver el requisito impuesto por Fritz con una perspectiva distorsionada que me inclinó a aceptarlo, si no es que hasta hacerlo mío.

Pero Fritz nada me dijo sobre esa segunda comida, tal como había guardado silencio sobre la primera. La presión por mantener un ambiente jovial y conservar un tono ligero y juguetón —según quería Fritz— era inmensa. Echaba mano de todo mi entrenamiento como actriz para ocultar la ansiedad que me revolvía el estómago y me hacía sudar las manos. Reprimí a la nerviosa y joven Hedy Kiesler de Döbling y encarné a la aclamada actriz Hedwig Kiesler, acostumbrada a las atenciones del hombre más rico de Austria y digna de ellas.

Le contaba a Fritz una anécdota sobre mi coestrella y le describía las exigencias cada vez más ridículas de nuestro director, cuando un hombre se plantó junto a nuestra mesa. Durante nuestras citas en restaurantes, muchos hombres se acercaban a saludar a Fritz con una inclinación discreta y una frase apenas murmurada, pero él nunca se ponía de pie y jamás me presentaba. No obstante, en esa ocasión Fritz se levantó de inmediato y dio un buen apretón de manos a aquel hombre espigado.

—Ah, Ernst. Permíteme presentarte a la señorita Hedwig Kiesler. Hedy, él es el príncipe Ernst Rüdiger von Starhemberg.

El príncipe Von Starhemberg. Aunque papá no me hubiera dicho que era uno de los líderes del bando de derecha —a veces incluso fascista— en la política austriaca y jefe de la Heimwehr, el apellido de todos modos me habría parecido conocido. La familia Starhemberg, parte de un largo y antiguo linaje de nobles austriacos, era dueña de miles de hectáreas y numerosos castillos en todo el país.

El caballero dirigió hacia mí sus ojos, muy juntos en su rostro, su larga nariz aristocrática y su expresión adusta.

—Me enteré de su triunfo en *Sissy*, señorita Kiesler. Es un honor conocerla —dijo con una inclinación.

¿El príncipe Von Starhemberg había oído hablar de mí? Me daba vértigo pensar que un hombre de su posición e importancia supiera algo de *mí*, y por un momento me salí de mi papel. Una mirada severa de Fritz me sacudió y asentí con la cabeza.

—Es un placer, príncipe Von Starhemberg. Le agradezco sus amables palabras.

Los ojos del príncipe se demoraron en mí al grado de incomodarme, y me pregunté cómo reaccionaría Fritz al percatarse de la atención de Von Starhemberg. Para mi sorpresa, vi aprobación en su rostro y ni rastro de celos.

Los dos hombres se miraron de nuevo.

—¿Los planes con nuestro amigo italiano avanzan bien? —preguntó Von Starhemberg.

—Sí, todo va bien. ¿Tenemos ya fecha para nuestra próxima reunión? —dijo Fritz.

Sus voces se volvieron murmullos y yo intenté no escuchar, no adivinar qué maquinaban respecto del «amigo italiano», que sin duda era Mussolini. Me puse a estudiar la famosa decoración del restaurante. Con un guiño al futuro y un homenaje al pasado en el elegante mobiliario francés y la lujosa mantelería belga, que contrastaban con algunos detalles estilo tirolés, los dueños habían creado el establecimiento austriaco por excelencia.

Los dos hombres terminaron de hablar y Von Starhemberg tomó mi mano.

—Acudiré a ver su interpretación de nuestra legendaria emperatriz Elizabeth. Nuestra gente está muy necesitada de heroínas en estos días —dijo, y luego me besó el dorso de la mano. Con una inclinación final, caminó hacia la entrada del restaurante, mientras los porteros corrían a abrir las puertas antes de que él llegara a ellas.

Fritz y yo volvimos a acomodarnos en nuestras sillas, y cada uno dio un largo trago a su champaña.

—Te pido disculpas por la interrupción, Hedy —dijo Fritz.

—No hay nada que disculpar, Fritz. Es un placer conocer al príncipe Von Starhemberg.

—Me alegra escuchar eso. Ernst es más que un buen amigo. La coincidencia de nuestras ideas políticas y económicas nos ha convertido en fuertes aliados; creo que lo verás con frecuencia en el futuro.

Al escuchar la palabra *futuro*, tragué saliva. ¿Sucedería ahora? ¿Ese sería el instante en el que mi vida cambiaría?

Intenté atemperar la ansiedad y la emoción, que iban en aumento.

—Fue muy amable de su parte haber elogiado mi actuación. Un hombre como el príncipe Von Starhemberg debe tener asuntos más apremiantes que mi papel en *Sissy*.

Fritz permaneció en silencio, temí haber cometido alguna indiscreción. ¿Lo habría insultado al sugerir que un hombre de importancia no tendría tiempo para el teatro o para una actriz? ¿Inferiría con eso que estaba diciendo que no era tan importante como el príncipe?

—*Hase*, ¿amas tanto los reflectores? —espetó.

Y con esa pregunta me dio la impresión de que nos acercábamos al *quid* de la cuestión. Mi respuesta requería mucho tiento o podría perder mi oportunidad. Durante toda la noche y hasta la madrugada, papá y yo, con mamá tras bambalinas, habíamos discutido tan difícil tema y mi aún más difícil respuesta. Lamentaba tener que sacrificar la actuación, pero había comenzado a contemplar el intercambio de mi carrera por la seguridad que Fritz podía ofrecerme como un trueque necesario. Sin embargo, ahora que llegaba el momento, ¿me atrevería a decirlo en voz alta?

Respiré hondo.

—Los reflectores y los aplausos nunca fueron mi objetivo, Fritz. Disfruto el arte de habitar un papel, vivir una vida distinta.

—Esos eran los parlamentos que había practicado con papá.

—¿Y qué pasaría si yo te ofreciera otra vida? Un papel que interpretar cada minuto de cada día, no solo arriba del escenario. ¿Seguirías necesitando el teatro?

Sabía qué era lo que quería escuchar, lo que se necesitaba para asegurar esa oportunidad. Adopté una expresión recatada, bajé la mirada y dije:

—Dependería del papel. Y de la persona que lo ofreciera.

Carraspeó y anunció:

—El papel es el de esposa. Estoy pidiéndote que seas la mía.

Con el rostro aún inclinado, miré a Fritz por debajo de mis pestañas y pregunté:

—¿En verdad?

Deslizó una caja de terciopelo negro sobre la mesa y la abrió cerca de mí. Dentro había un grueso anillo de oro, con una llamarada de diamantes incrustados. Era la joya más extravagante que jamás hubiera visto; no podía siquiera adivinar el número de quilates. Casi me reí al pensar que yo, una joven de diecinueve años que había asistido a una escuela para señoritas en Suiza apenas dos años atrás, portaría un anillo más apropiado para la mano de una princesa adulta.

—¿Qué dices, *Hase*?

—Sí, Fritz. Seré tu esposa.

Colocó el anillo en mi dedo y le hizo una seña al mesero para que trajera más champaña. Brindamos por la futura señora Mandl y sentí la anticipada pérdida de Hedy Kiesler, la actriz. ¿Quién habría sido yo si Fritz Mandl no hubiera acudido a ver *Sissy*? Porque, lo sabía, ese nuevo papel que me ofrecía como esposa era permanente. No podría abandonarlo al terminar el ensayo o al caer el telón.

El brindis y el matrimonio también eran una despedida.

Capítulo 10

10 de agosto de 1933
Viena, Austria

«El altar no es más que otro escenario», me dije. No tengo por qué estar nerviosa.

Alisé mi vestido una vez más y acomodé un mechón en mi peinado entretejido con orquídeas blancas. Andaba de un lado a otro en el pequeño espacio reservado para nosotros en el sagrario de la capilla, y casi choqué con papá. Este percibió mi intranquilidad y me acercó hacia sí, procurando no aplastar el ramillete de orquídeas que llevaba en la mano ni los intrincados pliegues de mi vestido, que, a pesar de decir «Mainbocher» en la etiqueta, parecía demasiado simple en comparación con el interior barroco de la Karlskirche.

—Te ves bellísima, *Liebling*. No hay nada que temer.

Papá siempre me decía que si había nacido bella era con algún propósito. En un principio pensé que se refería al teatro vienés, el preciado mundo cultural para el cual el atractivo físico era requisito. Pero ahora no estaba tan segura. ¿Habría querido decir que con mi apariencia podría conseguir un matrimonio importante? ¿Uno que me ayudara a mí y a mi familia?

—Solo las miradas de cientos de extraños —le respondí.

Papá casi bufó de la risa.

—Eso no tendría por qué molestarte a ti, mi pequeña actriz. Noche a noche te enfrentas a cientos de extraños.

—Exactriz —lo corregí, y al ver la tristeza en su rostro lamenté haberlo dicho.

—Verás muchos rostros familiares de Döbling en el público, también —dijo intentando cambiar de tema.

—Sin duda muertos de vergüenza por esta boda en la iglesia. No habrá *chuppah* —respondí. Puesto que papá había propiciado la discusión sobre nuestro judaísmo, no pude resistir la tentación de lanzar ese dardo.

—Ya, ya, *Liebling*. En su mayoría, los vecinos de Döbling han vivido en Viena por generaciones y no serán ajenos a una ceremonia cristiana.

—Quizá hayan asistido a una boda cristiana como invitados, papá. Pero dudo que hayan visto a uno de los suyos participar de la ceremonia.

—Creo que te sorprenderías.

Desde que Fritz me propuso matrimonio, las semanas pasaron en un vendaval. Como acordamos, di una última función de *Sissy* y declaré en un comunicado: «Estoy tan feliz con mi compromiso que no puedo entristecerme por alejarme de los escenarios. Mi emoción por mi futuro matrimonio me ha ayudado a dejar atrás la ambición de toda mi vida de triunfar en el teatro». Al escribir esas palabras para el público me sentía todo menos feliz por dejar de actuar, y aunque nunca confesé a Fritz mi intranquilidad, él debió haberla percibido porque intentó suavizar el golpe con un viaje sorpresa a París para comprar mi vestido de novia al día siguiente.

Con mamá como chaperona, pasamos tres días en la capital francesa. Yo anhelaba ir al teatro y a los museos que había visitado en viajes pasados con mis padres. Durante ellos, mamá, papá y yo nos dábamos la gran vida; nos alojábamos en el lujoso Hôtel Le Meurice, elegido por su cercanía al Museo del Louvre, donde pasábamos las mañanas recorriendo sus incomparables colecciones de

pintura y escultura —mamá prefería las paletas rosadas de Frago-
nard, mientras papá se detenía en los retratos de tonos apagados de
Rembrandt—, y luego comíamos en el exquisito restaurante del
hotel. Más tarde, mientras mamá descansaba, papá y yo pasábamos
la tarde caminando por los jardines de las Tullerías, que quedaban
cerca, y observábamos los viejos morales plantados por Enrique IV,
las elegantes esculturas, y en ocasiones nos entregábamos a place-
res más plebeyos que mamá no habría aprobado, como ver a los
acróbatas itinerantes, los teatros guiñol y los diminutos barcos navegando por el pequeño lago. Más tarde, juntos todos, nos dirigía-
mos a la ópera en el Palais Garnier, o a alguna función de música
sinfónica en uno de los muchos teatros, dependiendo de la orquesta
que seleccionaran mis padres. Algunos de mis recuerdos familiares
más queridos provenían de esas excursiones parisinas.

Este viaje a París, sin embargo, no incluía cultura ni explora-
ción como los anteriores. Fritz había organizado una serie de visitas a las casas de moda más distinguidas de la ciudad, ubicadas en
los bulevares de alta costura: *rue* Cambon, *avenue* Montaigne, *place* Vendôme y *avenue* George V. Durante las horas que pasamos
con los diseñadores de Chanel, Vionnet, Schiaparelli, y por último
en Mainbocher, mamá permaneció sentada, en un mutismo insó-
lito, mientras Fritz me miraba modelar vestido tras vestido para él.

En la privacidad de mi vestidor en el local de Mainbocher Cou-
ture, observaba a la asistente del diseñador envolverme en un vestido azul pálido, hecho con tiras ajustadas de tela, como si fuera
una diosa griega. Cuando dio un paso atrás para permitirme estudiar el diseño en el espejo de tres vistas antes de salir a mostrárselo
a Fritz y a mamá, no pude reprimir un pequeño grito de satisfac-
ción. Ningún otro vestido me quedaba como ese: resaltaba mi fi-
gura de manera halagadora y al mismo tiempo era apropiado para
una boda, además de enfocar la atención en mi rostro, casi como
un suave rayo de luz. Un vestido singular para una ocasión singular. Era perfecto.

No podía esperar a ver la reacción de Fritz. Caminé confiada hacia el salón privado afuera del vestidor, donde mamá y Fritz esperaban, con sendas copas de champaña, sentados en sillas de seda bordada a mano, y con paso más lento me presenté ante ellos. Ante él.

Mientras Fritz me examinaba, una sonrisa invadió lentamente su rostro. Sus ojos se detuvieron en la curva de mi pecho y su mirada empezó a parecerme indecente en presencia de mamá.

—¿Qué piensas? —pregunté dando un giro para apartar sus ojos de mi pecho.

—Muy favorecedor, *Hase*.

—Es este —anuncié mirando a mamá. Ni siquiera ella pudo contener la sonrisa.

Fritz se puso de pie y se acercó tanto que pude sentir la tibieza de su aliento:

—Es muy bello, Hedy, pero no es el indicado.

—¿Cómo puedes decir eso, Fritz? —le pregunté con mirada coqueta. Me alejé de él y, dando un nuevo giro, dije—: ¿No me queda a la perfección?

Estiró el brazo para alcanzarme y por un momento pensé que me jalaría para darme un beso. Pero no, su mano aferró mi brazo con fuerza y enfado, y con voz tan baja que solo yo pude escuchar, dijo:

—Este no es el indicado. Te probarás otros.

Me alejé dando un paso, casi tropecé, y me retiré al vestidor. ¿Fritz acababa de amenazarme?

Temblando, dejé que la asistente del diseñador me quitara el vaporoso atuendo. Seleccionó del perchero un deslumbrante vestido estampado en blanco y negro y me lo pasó. Al verme en el espejo, noté que la atención se concentraba en mi cabello negro y mi tez blanca, pero los afilados bordes y el diseño geométrico de la prenda eran más apropiados para un baile formal que para una novia en su boda. ¿Fritz me permitiría siquiera plantear esas objeciones? ¿Me atrevería yo? Estaba consternada. No quería volver a escucharle ese tono ni sentir cómo sus dedos se clavaban en mi brazo, pero tampoco deseaba sacrificarlo todo, incluida la elección de mi vestido de bodas, con tal de mantener las cosas en paz.

Sin dar ningún giro, caminé discretamente hacia el salón, preparada para el juicio de Fritz, quien al verme se puso en pie de un salto y jaló a mamá.

—Ese es el indicado —dijo, sin preguntarnos qué pensábamos.

Cuando mamá advirtió el color de mis mejillas, me miró a los ojos y negó con la cabeza. Al parecer, estar en desacuerdo con Fritz no era opción. No después de la escena que le había tocado presenciar.

—Es muy bonito —respondí, intentando sepultar el enfado que Fritz me había causado con su brusquedad previa y enfocándome en su gozo al verme usando ese vestido. Me pregunté si una prenda tenía tanta relevancia en realidad. ¿Acaso asegurar mi matrimonio con Fritz, con todo el amparo y la protección que traería consigo, no era lo más importante?

Giré hacia el espejo y traté de verme como Fritz me veía, como él quería que fuera. Ciertamente, lucía deslumbrante. Busqué su mirada en el espejo y asentí para indicarle que estaba de acuerdo con su decisión.

Una vez que ajustaron el vestido, dejamos a mamá en el hotel y caminamos un poco por el jardín de las Tullerías, que yo ya conocía, y después hacia el norte, a la *place* Vendôme. Con sus ventanas en arco de piso a techo enmarcadas por pilares y columnas ornamentales, la grandeza de los edificios que demarcaban la plaza octagonal me dejó asombrada. Fritz se deleitó contándome la historia de la columna Vendôme, al centro de la plaza. Napoleón la había mandado hacer a comienzos del siglo XIX para conmemorar sus victorias. Con más de cuarenta metros de alto, y hecha a la imagen de la columna de Trajano, la famosa torre triunfal de Roma, la columna de bronce con sus bajorrelieves fue objeto de controversia y, cuando la fama de Napoleón subía y bajaba, fue derribada, y a finales del siglo XIX por fin se le restauró.

—Los gobernantes y los movimientos políticos pueden ascender o caer, pero el poder del dinero siempre se impone —dijo.

Aunque pretendía ser el resumen de una faceta de la historia napoleónica, la frase parecía ajustarse muy bien a las convicciones políticas de Fritz. Para este, el poder constituía un fin en sí mismo.

Anduvimos frente a las tiendas lujosas que ocupaban los mejores espacios alrededor de la plaza; nos detuvimos frente a los arqueados ventanales de bronce de Cartier. El sol dorado de la tarde hacía que las joyas en exhibición centellearan y quedé maravillada con un juego de aretes, collar y brazalete, con un patrón geométrico de diamantes, rubíes, zafiros y esmeraldas incrustados. Era un momento perfecto e intenté que mi desasosiego anterior se desvaneciera.

—Esas joyas no son tan bellas como tú, *Hase*. Nada lo es —dijo Fritz y rodeó mis hombros con su brazo.

Llevamos la conversación al tema de nuestra boda mientras nos alejábamos de Cartier, y él comenzó a hacer el repaso de los planes para el banquete de celebración posterior a la ceremonia. Fritz había asumido el control de la boda y disponía casi todos los elementos —las flores, el vestido, la música, el restaurante, el menú, la lista de invitados— con una atención al detalle similar a la de un director de teatro. El único punto del que Fritz aún no se hacía cargo era la ceremonia misma, y supuse que ese sería su siguiente paso. Al principio, en la privacidad de nuestro hogar, mamá expresó su desagrado ante ese proceder «inapropiado» en que el novio, y no la novia, se encargaba de la organización de la boda. Pero mientras más tiempo pasaba con Fritz y atestiguaba su entrega casi frenética al evento, las quejas desaparecieron. Al contrario, no solo ya no se atrevía a intervenir, sino que me advirtió a mí que no interfiriera.

El único aspecto de la organización en el que estuve involucrada fue la lista de invitados. Fritz insistió en convidar no solo a la alta sociedad, como los príncipes Gustav de Dinamarca, Albrecht de Bavaria y Nicholas de Grecia, sino también a personajes políticos clave, entre ellos los cancilleres Engelbert Dollfuss y Kurt von Schuschnigg. Mis peticiones eran pocas: quería incluir a cinco o seis amigos del teatro y algunos familiares de papá y mamá, sin embargo, Fritz protestó. Estaba preocupado por las cifras. Él había decidido que el banquete se llevara a cabo en el Grand Hotel de Viena, en el Kärntner Ring, en cuyo salón más grande cabían solo doscientas personas. Contando únicamente a los invitados de Fritz ya estábamos cerca de esa cantidad.

Mientras caminábamos pregunté si era posible invitar a mi mentor teatral, Max Reinhardt, importante director y productor, y Fritz me interrumpió con un sinsentido:

—¿Qué piensas de la Karlskirche? ¿La conoces bien?

¿Por qué me preguntaba por uno de los edificios más famosos de Viena, una fantástica iglesia barroca con una cúpula enorme flanqueada por dos columnas? ¿Qué diablos tenía que ver con mi petición de añadir a Max a la lista de invitados? ¿Acaso era más grande que los otros sitios que estábamos considerando y podrían acudir más invitados? No, no podía ser eso. Se trataba de una iglesia cristiana.

—Claro, Fritz. —Me esforcé por alejar la molestia de mi tono de voz con la esperanza de ampliar nuestra lista de invitados—. Nadie puede vivir en Viena y no conocer la Karlskirche. Domina nuestro paisaje. —Meneé la cabeza un poco y después de una breve pausa retomé la discusión sobre la lista—. ¿Estás seguro de que no tenemos espacio para Max? ¿Qué hay de mi tía y mi tío? Papá estará muy desilusionado si la familia de su hermano no puede asistir.

—Hedy, no te pregunté por la Karlskirche porque deseara hacer conversación o para que discutiéramos sobre la lista de invitados. Quería saber si te gustaría casarte ahí —dijo abruptamente.

¿Yo, casada en la Karlskirche? ¿Sería posible que Fritz ignorara la herencia judía en mi familia? Nunca habíamos hablado de religión, ni de la suya ni de la mía. Ni una sola vez. Había dado por hecho que él ya lo sabía porque, como señaló papá, yo venía de Döbling.

—No soy cristiana, Fritz —dije con cuidado—. Y, aunque no soy religiosa, mi familia es judía.

Su expresión no cambió.

—Ya lo suponía, Hedy. Pero eso no nos va a impedir casarnos en la Karlskirche. Mi padre se convirtió del judaísmo al catolicismo solo para poder casarse con mi madre. Puedo organizar una conversión rápida para que nos casemos ahí. —Lo sugirió con ligereza, como si convertirse del judaísmo al cristianismo fuera un asunto tan sencillo y despreocupado como cambiar la orden en la cena de pescado a res. Nunca lo había escuchado hablar de la historia religiosa de su familia y me sorprendió que también tuviera ancestros judíos.

¿Conversión? Mi familia no era religiosa, pero una conversión era un paso muy drástico. ¿Qué diría papá? Yo estaba al tanto de lo atemorizado que se sentía por mí y por nuestra familia en vista del clima político antisemita, y lo mucho que quería que mi matrimonio se realizara para estar protegidos. Pero ¿estaría de acuerdo con esa medida extrema?

Quizá podríamos ponernos de acuerdo sin tener que llegar a la conversión. Elegí mis palabras con cuidado:

—¿Y no hay otro sitio en el que te apetezca casarte? ¿Una de tus casas? ¿Qué tal en Schloss Schwarzenau? ¿O en tu departamento de Viena, que quedaría cerca del banquete en el Grand Hotel?

Cerró con fuerza los ojos y apretó la quijada de una manera que solo le había visto cuando hablaba con aquellos socios comerciales sin nombre que lo saludaban en los restaurantes o cuando mencioné su pasado.

—La Karlskirche es el lugar donde la gente de sociedad se casa y nuestra boda se celebrará como se debe. Además, a mí no me sirve una esposa judía. No con el tipo de negocios que realizaré en los meses por venir. —Asintió, como si él mismo hubiera llegado a una conclusión—. Sí, cuanto más lo pienso, más seguro estoy de que debemos realizar una ceremonia cristiana en la Karlskirche.

Caminé más despacio. Papá anhelaba la seguridad que mi matrimonio podía ofrecernos, y ahora eso requería efectuar una conversión. ¿Qué otro camino podía tomar sin poner a mi familia o a mí misma en riesgo? Además, me dije, mi vínculo con mi pasado religioso era cuando mucho tenue. Mi judaísmo siempre había sido la sombra más pálida de todas, y una conversión no excluía que ese fuera el caso. Ya había andado mucho en esa dirección para cambiar de rumbo.

Di un apretón al brazo de Fritz y aceleré el paso para marchar a su ritmo. Intenté sonar ligera y feliz al decir:

—Claro. La Karlskirche será.

Esa tarde, después de cenar en Lapérouse, restaurante galardonado con una estrella Michelin, regresé a mi habitación en el hotel y descubrí sobre la cama una gran caja envuelta en papel rojo, atada con un moño de seda blanco. Había un sobre debajo del listón. Lo saqué y lo abrí a fin de leer la carta sin firma: «Para que mi esposa las use el día de nuestra boda».

Liberé la caja de terciopelo de su gruesa envoltura de papel y vi la palabra *Cartier* estampada en la tapa. Con mucho cuidado la quité. Ahí, mirándome, estaba el conjunto de joyas que había admirado a través de la ventana de la tienda. Los aretes, el collar y el brazalete resplandecían bajo la luz suave del candelero de mi suite de hotel, y no podía creer que este botín de diamantes, rubíes, zafiros y esmeraldas fuera mío. Sin embargo, entre más lo miraba, más me cuestionaba si Fritz no se había salido con la suya.

¿No representaban estas joyas un costo muy barato para pagar todos mis sacrificios? ¿Primero mi carrera de actriz y ahora mi legado familiar? No importaba que mi vínculo con la religión de mi familia fuera tenue, se trataba de una capitulación crucial.

La música comenzó. Fritz había dispuesto que los miembros más destacados de la Sinfónica de Viena interpretaran versiones orquestales de algunas de mis piezas favoritas antes de que hiciera mi entrada. Sonreí al escuchar «Night and Day» de Cole Porter, y luego fui presa del pánico y mis manos comenzaron a sudar.

Respiré profundamente aunque estaba temblorosa, entrelacé mi brazo con el de papá y me preparé para caminar hacia el altar. Sin embargo, antes de salir de la sacristía de la capilla y poner un pie en la alfombra roja de la Karlskirche, mi padre me susurró:

—No puedes tratar a ese hombre como has tratado a todos esos jóvenes que pasaron antes por tu vida, Hedy. Cuando te canses de él, cuando te haga enojar, no puedes tratarlo como si fuera uno de tus antiguos amoríos. Lo que está en juego es algo mucho más importante. ¿Me entiendes, Hedy?

Papá jamás me había hablado así. ¿Estaba cometiendo un terrible error?

—Entiendo —respondí, porque ¿qué otra cosa podía decir? No podía dejar plantado en el altar a Friedrich Mandl, el hombre más rico de Austria y el Mercader de la Muerte.

—Bien, porque esto es para toda la vida, Hedy. Por la vida de todos nosotros.

Capítulo 11

14 de agosto de 1933
Venecia, Italia

La luz se filtraba por las persianas. Línea a línea, gruesos rayos de sol iluminaban a Fritz que dormía en nuestra cama en la suite nupcial en el hotel Excelsior. Mi nuevo esposo.

Abrió los ojos y me miró con una sonrisa lenta y torcida. Se trataba de una expresión de vulnerabilidad que mi imponente marido jamás mostraría en el mundo exterior. Solo a mí.

—*Hase* —susurró.

Envolví mis piernas en las suyas pero no me acerqué más. A él le encantaban esas persecuciones aunque solo tuvieran lugar en el espacio de un colchón individual. Enredó sus dedos en los tirantes de seda que colgaban de mis hombros y que sostenían mi bata. Mientras él deslizaba los tirantes, yo me alejé un poco.

—Ya nos perdimos el desayuno. Si sigues reteniéndome en esta cama por más tiempo, también nos perderemos la comida —dije, a modo de protesta, pero la expresión coqueta de mi rostro contradecía mis palabras. Y aunque forcé el gesto anhelante, el deseo era algo que no necesitaba fingir. Fritz, un hombre que había estado con docenas de mujeres, era un amante hábil que entendía el cuerpo femenino, no como los jóvenes que había conocido antes.

—Creo que ya sabrás que lo único que necesito para sobrevivir es a ti, *Hase* —me susurró seductor al oído, al tiempo que me jalaba para hacerme quedar encima de él.

70

—Entonces voy a alimentarte —dije, sentándome a horcajadas sobre su cuerpo.

Después, una vez que en efecto nos perdimos la comida en el Pajama Café y ordenamos el servicio a la habitación, Fritz bebía un expreso, mordía un grueso pedazo de pan rebosante de mermelada y me miraba vestirme.

—Mejor ponte el traje de baño verde. El Jean Patou —ordenó—. Me gusta cómo deja ver tus piernas.

Me quité el traje de baño que planeaba usar en la playa Lido, frente al hotel Excelsior. El verde era más revelador, con su corte triangular a la altura del vientre. Sucedía algo raro: me sentía más desnuda usándolo en la playa de lo que me había sentido al filmar las escandalosas escenas de *Éxtasis*. Quizá la diferencia estaba en las miradas lascivas de los demás vacacionistas, a diferencia del escrutinio profesional que había recibido en el set de la película.

Cuando pasaba el traje de baño elegido por mi cadera, Fritz me dio otra orden:

—Usa el labial oscuro. —Desde el día de nuestra boda se había vuelto cada vez más particular, e insistente, con mi apariencia.

Rara vez protestaba yo ante sus deseos —físicos o de cualquier otro tipo—, porque en realidad era muy sencillo complacer a alguien que dejaba tan claro lo que quería. Era casi un alivio no tener que estar todo el tiempo descifrándolo y ajustando mi comportamiento en consecuencia, como había tenido que hacer con casi todos los otros. Pero la petición me parecía absurda; siempre que salía a la naturaleza lo hacía sin necesidad de artificios.

—¿Para la playa? ¿Es necesario usar tanto maquillaje?

Arrugó la frente ante mi tímida objeción, y su voz adquirió tono de enfado.

—Sí, Hedy. El labial enfatiza la curvatura de tu boca.

Su insistencia me sorprendió. No había vuelto a padecer ese comportamiento desde que me exigió utilizar el vestido Mainbocher en nuestra boda. ¿Qué había pasado con el hombre que valoraba mis opiniones y mi fortaleza?

Aun así, hice lo que me dijo. Más tarde bajamos por las escaleras y atravesamos el vestíbulo estilo veneciano con influencia bizantina y morisca. El hotel Excelsior era enorme, con más de setecientas habitaciones, tres restaurantes, numerosas terrazas, dos clubes nocturnos, diez canchas de tenis, un muelle privado y, claro, su propia playa. Tan solo la caminata de nuestra suite hasta esta nos tomó casi treinta minutos.

Salimos al enceguecedor sol italiano. Bajé el ala de mi sombrero ancho para cubrirme los ojos, me ajusté los lentes oscuros, sujeté mejor el kimono de seda y tomé el brazo de Fritz. Cuando el paseo hacia la playa se estrechó y no pudimos caminar codo a codo, él acechaba detrás de mí, siempre vigilante, hasta que llegamos al mar.

Frente a nosotros se extendía la amplia playa de Lido, la isla que sirve de barrera entre Venecia y el Adriático. Aunque la arena estaba llena de palapas y camastros ocupados por elegantes vacacionistas que se asoleaban enfundados en atuendos que parecían salidos de las páginas de moda europeas, el sonido de las olas y las gaviotas me hicieron sentir entusiasta. Respiré el aire salado del mar y por un momento fugaz habité mi antiguo ser y no el papel de la señora de Fritz Mandl.

Ese estado se quebró cuando Fritz alzó la mano con naturalidad e hizo una seña a un empleado del hotel para que viniera a atendernos. Un chico de camisa a rayas se acercó con toallas colgándole del brazo.

—¿En qué puedo servirle, señor? —dijo en alemán con fuerte acento italiano. ¿Cómo habría sabido que hablábamos alemán? Supuse que el personal, acostumbrado a los visitantes internacionales que se hospedaban en el hotel, tenía sus trucos para distinguir la nacionalidad de sus invitados.

—Queremos dos camastros y dos sombrillas.

—Claro, señor —dijo el joven y nos guio hacia las únicas dos sillas disponibles en la playa. Los camastros, tapizados con una tela acolchada de rayas rojas que hacía juego con la camisa del joven, estaban en la última de las filas atiborradas de huéspedes que bloqueaban la vista al mar.

En los pocos días que llevábamos hospedándonos en el hotel Excelsior, la jerarquía de las sillas de playa me había quedado clara. Solo a los más ricos y nobles se les asignaban las sillas en las filas más cercanas al mar. Los huéspedes sin particular notoriedad recibían los lugares más alejados del agua, si es que estaban disponibles.

Supe lo que Fritz le diría al joven antes de que pronunciara una palabra.

—¿Qué le hace pensar que esas sillas son aceptables?

—Lo lamento, señor, pero todas las otras están ocupadas.

—Dígale a su supervisor que uno de sus huéspedes quiere hablar con él. Soy el señor Mandl y lo esperaré en este preciso lugar.

El pobre joven se quedó helado. Cuando por fin consiguió reunir el suficiente valor para hablar, la voz le temblaba.

—¿Dijo que es usted el señor Mandl?

—Sí, ¿tiene problemas para escuchar? —rugió Fritz.

—Le pido mis más sinceras disculpas, señor. El dueño del hotel nos pidió que lo atendiéramos con especial cuidado, que es usted amigo especial de… —El joven calló antes de completar la frase, pero yo sabía a quién se refería—. Tenía dos de nuestros mejores camastros reservados para usted, pero como pasó el tiempo sin que apareciera, permití a otros huéspedes hacer uso de ellos.

—A cambio de una buena propina, sin duda.

El rostro del joven se tornó rojo fuego, del mismo color que su camisa.

—Informaré a nuestro supervisor que quiere hablar con él, pero, mientras tanto, por favor sea tan amable de permitirme satisfacer su exigencia.

Fritz le lanzó una mirada escéptica, aunque al mismo tiempo le concedió un mínimo asentimiento en señal de conformidad. Vimos cómo el joven se apresuraba a cargar el par de camastros y sombrillas que estaban libres y los colocaba en una nueva fila hasta el frente. Nuestro lugar estorbaba a varios huéspedes irritados de la primera fila original, quienes sin duda habían pagado mucho por sus sitios privilegiados.

Pero Fritz quedó satisfecho. Antes de acomodarnos en nuestros asientos, sin embargo, un hombre de traje azul marino impecablemente ajustado, demasiado abrigado para estar tomando el sol, caminó hacia nosotros seguido por un mesero. Extendió la mano y, en un alemán casi sin acento, dijo:

—Señor y señora Mandl, por favor, permítanme presentarme. Mi nombre es Nicolo Montello. Soy uno de los propietarios del hotel Excelsior.

—Ah, un placer, señor Montello —respondió Fritz extendiendo el brazo y saludando de mano al hombre.

—Cuando me enteré de la falta de respeto que sufrieron a manos de uno de nuestros empleados, quedé horrorizado. Un representante de Il Duce nos pidió que brindáramos a usted y a su esposa la máxima hospitalidad italiana en su luna de miel, y les hemos fallado. Por favor, denme la oportunidad de asegurarles que a partir de este momento su estadía en el hotel Excelsior será mágica.

—Se lo agradecemos mucho, señor Montello.

El hombre hizo una amplia reverencia y luego una seña para que el mesero se adelantara. Levantó la tapa de plata de la charola que cargaba para revelar una botella de Château Haut-Brion; yo sabía lo cara que era. Sin que el señor Montello dijera otra palabra, apareció un nuevo mesero llevando una mesa con un mantel de lino que colocó entre nuestros camastros. Un tercer mesero trajo una bandeja de higos y melón, como las que había visto junto a algunos vacacionistas que se asoleaban, además de una variedad de mariscos frescos. Los cuatro hombres inclinaron la cabeza y se despidieron.

Nos acomodamos en nuestros asientos. Mientras bebíamos el vino, Fritz abrió una cola de langosta. Me sonrió y dijo:

—Ves, *Hase,* ¿qué es lo que te he dicho? El dinero y el poder siempre se imponen.

Capítulo 12

14 de agosto de 1933
Venecia, Italia

El rasgueo del bajo, junto al lamento de los metales y el ritmo de los tambores, se hizo más rápido. La letra de la famosa canción de jazz se aceleró; cerré los ojos y dejé que me recorrieran los enloquecidos compases de «It Don't Mean a Thing», de Duke Ellington.

Una banda estadounidense de jazz con catorce integrantes hacía suyo el escenario del Chez Vous, el club de jazz del hotel Excelsior. El lujoso centro nocturno, decorado con suntuosos arreglos de mesa florales, y una fuente de diez metros de alto, estaba organizado en torno a un escenario interior que a su vez se abría hacia otro escenario al aire libre y un jardín iluminado por cientos de luces titilantes que cambiaban de color todo el tiempo.

Los huéspedes del hotel y algunos intrusos se agolpaban en la pista de baile al aire libre donde, durante el verano, cantantes legendarios como Cole Porter ofrecían sus conciertos. La mesa central dispuesta por el señor Montello para nosotros nos ofrecía una vista excelente de la fiesta. Ataviadas con vestidos vaporosos de gasa y diseños brillantes, las mujeres bailaban junto con sus parejas ritmos frenéticos como el lindy hop y el shag, esforzándose por seguir la cadencia de la rauda canción. Al ver a las parejas danzando despreocupadas era imposible pensar que los temores de papá se volvieran realidad. ¿Cómo podría el fascismo antisemita de Hitler encontrar adeptos y esparcirse entre tanta festividad?

76

Fritz y yo nos sumamos al júbilo del club por ahí de las diez de la noche; nos habíamos relajado en la playa hasta las cinco de la tarde, bebimos cocteles hasta las siete en la terraza, aún con ropa de playa y kimonos de seda como los demás huéspedes, y más tarde disfrutamos de una larga y elegante cena en el exquisito salón rosado, ya con nuestra ropa formal. Ansiaba unirme a las parejas que bailaban, pero esos dos días en el hotel Excelsior me habían enseñado que Fritz prefería que nos mantuviéramos distanciados de las multitudes. Bueno, que yo me mantuviera lejos de ellas.

Esa mañana en la playa, tras haber despachado todo el vino y la comida ofrecidos por el señor Montello, Fritz me pidió que lo disculpara. El día se había tornado ventoso y una fuerte brisa me arrebató de las manos la revista de modas que hojeaba y la voló a la arena. Me puse los zapatos y me levanté para recogerla, pero antes de caminar dos pasos, un hombre saltó de su camastro y la recogió. Con la revista *Modenschau* hecha bolas, el hombre se me acercó.

—*Parlez-vous français?*

—Sí —respondí en francés.

—Disculpe que no haya podido atrapar su revista antes de que quedara toda destruida —dijo y me la entregó. El hombre era más joven que Fritz, quizá no pasaba de los treinta, y era mucho más alto y rubio que él.

Volteé a verlo entrecerrando los ojos por el sol y le agradecí. Intercambiábamos algunos comentarios insignificantes sobre lo variable del clima cuando regresó Fritz. Por la forma como apretaba la quijada me di cuenta de que estaba enfadado por haberme hallado hablando con otro hombre, sin importar cuán insignificante era la conversación.

—Y aquí llega mi marido —anuncié en francés, y pensé que mis palabras tranquilizarían a Fritz, hasta que recordé que no hablaba el idioma.

Fritz, posesivo, me rodeó la cintura con sus brazos, y en alemán nos preguntó a los dos:

—¿Qué tenemos aquí? —Su tono era claramente acusatorio.

Estaba por explicarle el rescate de la revista cuando el hombre preguntó en torpe alemán si nos gustaría jugar una partida de gin o de backgammon con sus amigos.

Fritz me abrazó con tal fuerza que casi me impedía respirar:

—Gracias, pero *mi esposa* y yo preferimos estar *solos*.

El ritmo acelerado de la canción de Duke Ellington se detuvo de súbito y las trompetas tomaron el mando. Tocaron las notas iniciales, lentas y sinuosas, de «Night and Day» de Cole Porter, y la pista de baile se vació. Sabía que Fritz estaría complacido no solo por la dispersión de la multitud, sino también por el ritmo seductor de la melodía, pues las canciones de jazz acelerado le parecían «poco dignas».

Me levanté de mi silla y me coloqué a su lado, moviendo un poco las caderas, una sugerente invitación a bailar. Él se puso de pie y recorrimos la pista en un terso two-step. Aunque la banda interpretaba una versión instrumental de «Night and Day», yo le susurraba la letra al oído.

Sonrió al escucharme y me felicité por la pequeña victoria de haber logrado que bailara. Unas cuantas parejas se nos sumaron en la pista —aunque para nada en la cantidad que había habido durante las dos frenéticas canciones anteriores— y Fritz y yo girábamos de gozo. Dos hombres mayores me admiraron de lejos y pude ver el orgullo en su rostro. Me parecía que Fritz quería que yo fuera deseada pero solo de lejos. Cuando los mirones se acercaban demasiado, el orgullo se transformaba en enojo.

Una pareja joven —ambos elegantes y de cabello oscuro, con rasgos aristocráticos— bailaba cerca de nosotros, muy cerca. Sus movimientos eran espasmódicos, incluso burdos, y vi que la mujer intentaba dirigir a su embriagado acompañante hacia una sección más despejada de la pista. Él se resistía hasta que ella se cansó y se apartó.

Sin pareja, el hombre trastabilló hacia nosotros.

—¿Puedo bailar con ella? —balbuceó en inconfundible alemán.

—No —respondió Fritz, y con un giro me alejó del hombre. Seguimos bailando como si nada hubiera pasado, pero los dedos de Fritz se me clavaban en las caderas. Desde el otro lado de la pista el sujeto volvió a dirigirse hacia nosotros, esquivando torpemente a las demás parejas.

—Anda. Una joven tan linda como esta no debería bailar toda la noche con un viejo *Kerl* como tú.

Sin dejar de rodearme con un brazo, Fritz empujó al borracho al piso. Me tomó de la mano, pasó por encima del hombre y nos dirigimos hacia el bar, donde un mesero nos entregó sendas copas de champaña. Fritz apuró la suya antes de que yo pudiera dar siquiera un sorbo, y me sacó del club.

Me condujo por el vestíbulo y subimos por la gran escalinata a nuestra suite sin decir una sola palabra. Para cuando logré mirarle la cara, mientras intentaba hallar la llave de nuestra habitación, pude ver que el enojo se había transformado en furia. Tan pronto como cerró la puerta, me empujó contra la pared junto a la cama. Deslizó sus manos bajo mi vestido, me quitó la ropa interior y me tomó ahí mismo, no totalmente contra mi voluntad pero sin darme siquiera un beso. En ese momento aislé de él una parte de mí y tuve que reconocer que la vida con Fritz sería un acto de equilibrismo mucho más peligroso de lo que había imaginado.

Capítulo 13

28 de septiembre de 1933
Schwarzenau, Austria

Me cubrió los ojos con una venda. Escuché el sonido de una llave girando en una chapa y luego un clic. Fritz tomó mi mano y me ayudó a subir por una escalera. A mis espaldas una puerta se cerró con fuerza, y soltó mi mano. Sentí sus dedos jugar con el cabello de mi nuca, y la seda del pañuelo que me cubría los ojos se deslizó hacia abajo. ¿Por qué sentía miedo?

—Ya puedes abrir los ojos, *Hase* —dijo mi nuevo esposo.

Estaba de pie en el enorme vestíbulo de Villa Fegenberg. La estructura, descrita por Fritz con el equívoco término de *cabaña de cacería*, parecía más bien la hacienda de un barón. Aunque el decorado del vestíbulo hacía alusión a la caza, con sus cabezas de oso disecadas y armas doradas en las paredes, los tapices antiguos y las obras de los antiguos maestros holandeses que colgaban a un lado revelaban el carácter rústico de la casa.

Fritz había querido que su amada Villa Fegenberg fuera nuestro primer destino al volver a Austria después de la luna de miel. Dijo que sería una manera de prolongar nuestra celebración. Y, en honor a la verdad, el resto de la luna de miel había sido un verdadero festival de lujos. Mientras viajábamos por Venecia, el lago Como, Capri, Biarritz, Cannes, Niza y por último París, Fritz me cumplió hasta el más mínimo capricho, al tiempo que nos manteníamos alejados de los demás viajeros y, por lo mismo, lejos del

80

mal carácter de Fritz. Hasta empecé a pensar que la furia que descargó contra mí después de Chez Vous había sido un incidente extraordinario, algo que nunca volvería a repetirse.

Entramos en el salón y a través de las enormes ventanas que lo recorrían de piso a techo sentía que el panorama de montañas prístinas me miraba con fijeza. Colinas cubiertas de verde se alzaban en picos pronunciados, algunas incluso nevadas. El verdoso panorama estaba salpicado por los vívidos toques azules de los arroyos serpenteantes y los pequeños lagos. La vista me recordaba el paisaje de Wienerwald, el extenso y tupido bosque que bordeaba Döbling y en el que papá y yo dábamos nuestras caminatas dominicales.

Fritz avanzó hacia la ventana central y la abrió de par en par. El aire fresco y tonificante de las montañas inundó la habitación y lo aspiré profundamente. Caminó de vuelta hacia mí y, tomándome en sus brazos, me dijo:

—Seremos muy felices aquí, Hedy.

—Sí —respondí, liberándome de su abrazo lo suficiente para mirarlo a los ojos.

—Ven —me dijo, soltándome pero tomando mi mano—. Debes conocer al personal. Ya han de estar reunidos en el vestíbulo.

Volvimos al recibidor y una falange de sirvientes nos esperaba, formados en una fila larga y solemne. Que los empleados se hubieran dispuesto de ese modo, sin que Fritz hubiera dado una sola instrucción, significaba que había orquestado de manera meticulosa nuestro regreso por adelantado, incluso nuestra última parada en París. Saludé al mayordomo, al ama de llaves, al cocinero, a los dos ayudas de cámara y a las cuatro mucamas, y todos fueron muy respetuosos, si acaso algo fríos o distantes; todos excepto una. Una bella mucama llamada Ada, quizás un año o dos más joven que yo, me sostuvo la mirada, casi como en un desafío. Quizá no le gustaba la idea de tener que obedecer a una señora prácticamente de su misma edad. Estuve a punto de advertir a Fritz de su comportamiento, pero algo me detuvo. No quería que mi esposo pensara que no era capaz de lidiar con el personal.

Todos los empleados permanecieron en su lugar mientras Fritz me llevaba de la mano por la gran escalera. Ahí, en el rellano, a la vista de todo el personal, me besó. Luego me condujo hacia lo que solo podía ser nuestra habitación. Traté de no pensar en los empleados parados ahí, en posición de firmes, escuchando los ruidos que hacíamos al caer en la cama.

Unas horas después, cuando el sol caía detrás de las siluetas oscurecidas de las montañas, Fritz y yo nos sentamos a cenar. Estábamos ataviados como si fuéramos al hotel Excelsior, mi marido con su esmoquin y yo con su vestido favorito, uno de lamé dorado con detalles de terciopelo negro. La formalidad parecía excesiva, pero Fritz había insistido en ella.

—Se trata de una noche trascendental, *Hase*. Es nuestro primer día en casa en Austria.

Chocamos las alargadas copas de champaña a la luz dorada del crepúsculo y luego entramos en el comedor. Una enorme mesa rectangular dominaba el espacio; sin pensarlo, solté un gritito de gusto.

Fritz se echó a reír al ver mi reacción.

—Podemos recibir a cuarenta personas con la mesa extendida al máximo, y así lo haremos. Estos serán tus dominios.

¿Organizar cenas para cuarenta personas? No había pensado en que mis deberes matrimoniales consistieran en ser anfitriona de un empresario importante. La emoción de la boda y el glamour de nuestro largo viaje me habían tenido embobada. Aún no registraba la realidad de la vida como esposa de Fritz, lo que eso significaba en el día a día. Supuse que no podría seguir evadiendo esa realidad por mucho tiempo más.

—Si es lo que quieres —dije al aire, sin saber bien a bien qué añadir.

Fritz caminó hasta la cabecera de la mesa, donde un sirviente se apresuró a retirarle la silla. Instintivamente me dirigí al lugar contiguo al de Fritz y esperé las atenciones del sirviente. Pero el hombre permaneció quieto, mirando nervioso hacia mi esposo.

—Hedy —me regañó Fritz—, ocuparás el lugar que te corresponde en la otra cabecera.

Volteé hacia el extremo de la larga mesa y luego de nuevo hacia él. ¿Se trataba de una bromita? Había por lo menos diez sillas entre el asiento que ocupaba Fritz y el que se me había asignado a mí, y durante la luna de miel nuestras cenas siempre habían sido íntimas, *à deux*.

—Estás bromeando, Fritz. Hay tanta distancia entre los dos que tendremos que conversar a gritos.

Pero su semblante era de pura seriedad. Su voz se hizo más adusta y sus ojos más fríos.

—No, no estoy bromeando. Debes practicar para las cenas que empezaremos a tener aquí la próxima semana.

—¿La próxima semana?

—Sí, Hedy, tenemos una agenda llena de eventos, comenzando la siguiente semana. —Su voz tenía un tono más severo—. La mayoría de mis negocios se concierta durante las cenas. Y la mayor parte de mis relaciones de negocios se consolida en comidas también. Tú como anfitriona perfecta y yo como anfitrión y dueño de Hirtenberger Patronenfabrik seremos un equipo formidable.

¿Yo, anfitriona perfecta? Era una niña de diecinueve años de edad, con dos años de experiencia como actriz, nada más. No había estado expuesta a ese estilo de vida durante mi infancia; mis padres preferían socializar en restaurantes y teatros, no en fiestas sofisticadas en nuestra casa de Döbling, que por lo demás palidecía junto a cualquiera de los muchos domicilios de Fritz. ¿Con qué capacitación o entrenamiento contaba yo para ser la «anfitriona perfecta» del hombre más rico de Austria?

La respuesta era ninguna. Pero sabía que Fritz no toleraría esa ignorancia de mi parte. Le había presentado una versión de mí que incluía soltura en todos los aspectos de su mundo. Supuse que lo que me quedaba era interpretar ese papel. A fin de cuentas, quizás eso significaba que no abandonaría mi carrera de actriz.

«¿Qué le diría una mujer de mundo a su marido en un momento semejante?», me pregunté. Busqué en mis papeles previos hasta que hallé unos parlamentos que parecían funcionar, con algunas modificaciones, claro está.

—Entonces tendré que reunirme con el ama de llaves y el personal a primera hora de la mañana a fin de revisar la agenda —dije con voz confiada y fuerte—. Trabajaré con ellos en la lista de invitados, la disposición de la mesa, el menú y demás.

Fritz respondió con una sonrisa de diversión condescendiente, la misma que le habría mostrado a un niño. No era la reacción que yo esperaba. ¿Había dicho algo equivocado? ¿Qué había de gracioso en mis palabras?

—*Hase* —dijo, y en su voz eran evidentes la calidez y la irritación en partes iguales—. No te preocupes por eso. Yo me he encargado de esos asuntos desde hace muchos años, y no serán un peso para ti. La única carga que llevarás sobre tus delicados hombros será la de tu belleza.

Capítulo 14

24 de noviembre de 1933
Schwarzenau, Austria

Le di una larga fumada a mi cigarro y desde el balcón miré a lo lejos, observaba cómo el humo se mezclaba con mi aliento, visible en el aire frío de la noche. Como un gato, estiré el cuello y la espalda en un intento poco exitoso por aliviar la tensión. La combinación usual de políticos y miembros menores de la realeza estaba de visita durante el fin de semana en Schloss Schwarzenau, nuestro castillo estilo renacentista con sus torres almenadas, capilla de estuco y mármol con frescos de los apóstoles, doce habitaciones, salón de baile y foso. El día, ocupado en cabalgatas y un picnic en el lago del castillo con nuestros invitados, había sido muy cálido para la temporada, y la noche ofrecía un reposo bienvenido. A pesar del descenso de la temperatura, el interminable servicio de la cena y las pláticas intrascendentes me parecían sofocantes, quizá por los empalagosos invitados de Fritz; me disculpé para ausentarme un momento.

La luna de miel terminó el día que llegamos a Villa Fegenberg. Esa mañana comenzó mi vida como la señora Mandl. Si hubiera pasado una parte importante de mis días imaginando mi vida diaria como la mujer del hombre más rico de Austria, habría desperdiciado el tiempo. Jamás habría adivinado que Fritz decía la verdad durante la cena de nuestra primera noche de vuelta. Esperaba que cada hora de mis largas jornadas la dedicara a prepararme para las tardes, arreglándome y realzando mi belleza. Yo era como un ave exótica a la que se le permitía salir de su jaula de oro para interpretar un papel y al finalizar se le devolvía a su encierro.

La administración de la agenda social y doméstica, labores que por lo general recaerían en la esposa, me estaban vedadas. Fritz supervisaba cada aspecto de nuestras casas y funciones sociales, desde lidiar con el personal hasta seleccionar los menús y gestionar nuestros compromisos. Él creía que comprar atuendos para nuestras numerosas funciones sociales y embellecerme debían ser ocupaciones de tiempo completo y, en consecuencia, yo pasaba los días en completa soledad, excepto por la modista y las visitas al salón de belleza a las que me acompañaba Schmidt, el chofer que me llevaba en el Rolls-Royce Phantom que Fritz me había dado como regalo de bodas atrasado. Fritz desalentaba, cuando no lo prohibía de manera explícita, que me relacionara con las pocas amistades que tenía de mis días en el teatro o en la escuela, aunque sí me permitía visitar a mis padres. Hasta la tarde, los libros y el piano, además de mi familia, eran mi única compañía, y las teclas negras y amarfiladas que alguna vez evité porque representaban a mamá ahora eran mis amigas. La admiración que durante nuestro breve noviazgo Fritz había parecido sentir por mi fortaleza e independencia se había evaporado, dejando su lugar a una feroz necesidad de obediencia y un ferviente deseo de darme una dura reprimenda verbal si yo no estaba a la altura de sus expectativas.

De cuando en cuando, Fritz y yo pasábamos un fin de semana a solas en Villa Fegenberg, donde volvía a atisbar destellos y fragmentos del hombre con el que creía haberme casado. Por las tardes cabalgábamos por los caminos montañosos y hacíamos picnics en los campos en flor, donde mi esposo relajaba sus exigencias y yo podía volver a ser la mujer vehemente y con opiniones propias que él había conocido cuando éramos novios. Esas horas me nutrían y me daban esperanza de un futuro distinto.

A sus muchas amistades sociales y de negocios, Fritz les describía mi vida como llena de «lujos y complacencias», y cualquiera que la mirara de fuera habría estado de acuerdo con esa descripción. Después de todo, él y yo alternábamos nuestras tres enormes casas, todas decoradas con opulencia y atendidas por una cuadrilla de empleados, y yo pasaba mis días en un torbellino de consumo decadente. Empero, en un giro irónico de la vida, estaba viviendo la vida del último personaje al que había encarnado: la emperatriz Elizabeth. No del periodo inicial y romántico de su historia que interpreté en escena, sino de sus años posteriores, cuando su esposo, el emperador Franz Josef I, mayor que ella, tomó el control de su vida y de la vida de sus hijos, la encerró en una jaula real desprovista de luz y de aires de libertad. Como Elizabeth, lo único que yo quería era libertad y darle sentido a mi vida. Pero ¿cómo quejarme?

El sonido de unos pasos interrumpió mis pensamientos. Miré hacia atrás y vi la silueta de dos hombres que salían al balcón. Los reconocí como invitados de uno de los financieros con los que Fritz en algunas ocasiones había hecho negocios; fuera de eso, no tenían ningún rasgo distintivo. Antes de cada evento, Fritz repasaba la lista de invitados y señalaba a los más importantes; sin embargo, esos hombres no habían destacado ni me los había presentado, otra de las señales mediante las cuales Fritz me informaba de la relevancia de un convidado. Los hombres se colocaron en el punto ciego de mi mirada durante toda la tarde.

Ninguno de los dos me saludó —cortesía obligada para con las anfitrionas—, lo que significaba que tal vez no me hubieran visto detrás de la columna junto a la que estaba parada. Pero yo no tenía ninguna intención de interrumpir esa brevísima pausa en mis labores de aquella tarde: hacer la plática a los hombres que Fritz consideraba insignificantes.

—¿Los planes avanzan? —preguntó uno de los hombres al otro con una voz grave y áspera.

—Sí. Mi contacto dice que han pasado sin ser detectados —respondió el otro después de dar una larga fumada a su cigarro.

—Bien. Linz es buen lugar para pasar inadvertidos.

—Fue la elección correcta cuando la Schutzbund decidió pasar a la clandestinidad.

La palabra *Schutzbund* me puso en alerta máxima. Por las muchas conversaciones sobre política que había escuchado en las cenas de los últimos meses, sabía que se trataba del brazo armado del Partido Social Demócrata, comandado por el líder judío Otto Bauer. El canciller Dollfuss, líder de la facción opositora y aliado cercano de Fritz, había declarado ilegal a la Schutzbund en febrero pasado, y dejado a cargo únicamente a su propio grupo paramilitar, la Heimwehr, comandado por el príncipe Von Starhemberg y abastecido por mi esposo. La Schutzbund era, en muchos sentidos, el enemigo de Fritz.

¿Esos hombres realmente hablaban de las maquinaciones de la Schutzbund? Si sí, a Fritz le importaría saber que el grupo militar ilegal apostado en oposición directa a su propia facción no se había dispersado como le ordenaron, sino que estaba en la clandestinidad. Y que iba a la alza.

Los hombres siguieron hablando de la Schutzbund.

—¿Y están casi listos?

—Trato de mantenerme ajeno a ese tipo de detalles. Solo soy el del dinero.

—Es verdad, la ignorancia es virtud en estos días. Creo que…

Había estado escuchando con tanta atención que mi cigarro se consumió solo. Para evitar quemarme los dedos, dejé caer la colilla al suelo y la apagué con la punta de mi zapato de terciopelo azul marino. Aunque intenté hacerlo en silencio, mis movimientos debieron llamar su atención. Como si de pronto alguien más ocupara su espacio, los hombres dejaron la frase a la mitad.

El sonido de sus zapatos hizo eco cuando se acercaron a mi espacio en el balcón. Rápidamente tomé otro cigarro y el mechero de plata con monograma que llevaba en la bolsa de mano, y fingí estar concentrada en encenderlo.

Cuando sus pasos se aproximaron más, me moví para hacerme más visible y les dije en voz alta:

—Ah, caballeros, son mi salvación. ¿Alguno de ustedes tiene un cerillo? Parece que mi encendedor se quedó sin combustible. —Me llevé el cigarro a los labios y me acerqué a ellos en un gesto abierto a numerosas interpretaciones.

Quedaron paralizados por un momento, hasta que el más alto se recompuso y dijo:

—Señora Mandl, por favor discúlpenos. Jamás la habríamos ignorado de haber sabido que se encontraba en el balcón. ¿Lleva mucho tiempo aquí afuera?

Trataba de protegerse, de averiguar qué —si acaso— había escuchado. Los miré con una sonrisa insulsa y generosa, y respondí:

—Por favor, señor, no hay necesidad de disculpas. Llevo unos minutos disfrutando del aire nocturno, y la verdad es que estaba absorta en mis pensamientos, considerando el éxito de la velada hasta ahora. Para una joven mujer como yo, es una enorme responsabilidad ser anfitriona de caballeros como ustedes, ¿no les parece? —Parpadeé.

Los dos se miraron con alivio. El que había permanecido en silencio habló por fin:

—Creo que podemos decir que esta noche ha sido todo un éxito, señora Mandl. Su hogar es impresionante y su hospitalidad ha sido extraordinaria.

—Me quitan un peso de encima, caballeros —suspiré—. Ahora, ¿pueden hacerme una promesa?

Los dos se voltearon a ver con miradas recelosas.

—Claro, señora Mandl. Cualquier cosa —dijo el más alto de los dos.

—¿Me pueden prometer que no le contarán a mi marido acerca de nuestra breve charla? Se preocupará si se entera de que su esposa se estaba escondiendo en el balcón, angustiada por la fiesta.

—Le damos nuestra palabra.

El cuarteto que Fritz contrató para esta noche comenzó a tocar una melodía de jazz lenta y triste.

—Caballeros, creo que esa es la señal. Si me disculpan…

Ambos hicieron una inclinación con la cabeza mientras me despedía. Volví a entrar por las puertas acristaladas, recorrí el pasillo hacia el salón donde los invitados estarían bailando al ritmo de la banda y bebiendo los digestivos que Fritz había elegido para complementar el menú.

No tuve que avanzar mucho entre la gente para encontrar a Fritz: me esperaba junto a las puertas del salón. Sus ojos destilaban tanto veneno que sentí náuseas. ¿Qué había hecho ahora? ¿Qué palabras amenazantes me susurraría al oído esta vez? Vigilaba mi comportamiento en esas veladas, lo evaluaba según estándares imposibles de alcanzar y explotaba cuando fallaba.

—¿Dónde has estado? Los invitados han estado preguntando por ti. —Extendió una mano y sonrió para mantener las apariencias, pero su tono era el de una persona enfurecida. Supuse que en la noche recibiría una reprimenda verbal a menos que lograra apaciguar su furia.

—Escuchando una conversación muy interesante.

Sus mejillas se enrojecieron porque sin duda imaginó los tiernos susurros de un amorío ilícito. Aun en un entorno en el que él controlaba a las personas que elegía invitar, sus celos no conocían límite.

Veloz para aplacarlo, le repetí las frases que había escuchado sobre la Schutzbund y Linz. Me pidió que le señalara a los hombres, ya que no recordaba sus nombres, y que le hiciera un relato exacto de su conversación. Mi entrenamiento teatral —con su exigencia de memorizar parlamentos— me sirvió mucho y pude reproducir la conversación de manera textual.

El enojo se disipó de su rostro y poco a poco el júbilo se adueñó de él.

—Esto es justo lo que necesitamos. —Me alzó y me hizo girar. Los invitados rieron nerviosos ante lo que quizá percibieron como afecto entre recién casados.

—No me casé solo con una cara bonita —me susurró Fritz al oído—, sino con un arma secreta.

Capítulo 15

17 de febrero de 1934
Viena, Austria

—¿Estás a salvo? —pregunté jadeando a mamá, pues había corrido hasta la puerta en cuanto el conductor me dejó frente a la casa de mis padres en Döbling.

—Sí, Hedy —respondió mamá, como si en todo momento se encontrara perfectamente bien. Como si el estallido de la Guerra Civil austriaca en la mismísima Viena no pudiera perturbarla. ¿Qué ganaba con esa actitud insensible?

—¿Dónde está papá? —le pregunté mientras colgaba mi abrigo de piel casi sin usar en el perchero de la entrada de casa de mis padres. ¿Dónde estaba Inge? Quizá habría huido de la ciudad para refugiarse en el campo, como habían hecho muchos. Todos excepto mis padres, claro, a quienes rogué que se reunieran con nosotros en Villa Fegenberg, donde Fritz, con todo su conocimiento de las maquinaciones políticas y las operaciones militares detrás del conflicto, sabía que estaríamos seguros. Mamá se negó a abandonar Viena y calificó nuestras preocupaciones de «histeria infundada»; papá, por su parte, no pensaba abandonar a su mujer.

—Está acostado en nuestra habitación.

—¿Está herido?

—No, Hedy, claro que no. Te habría avisado. Tiene una de sus migrañas.

Dejé a mamá y subí por las escaleras. No fue hasta que abrí la puerta de la habitación y miré con mis propios ojos el cuerpo dormido de mi padre cuando pude relajar el cuerpo. No me había dado cuenta de lo tensos que tenía los músculos y los nervios hasta que vi por mí misma que mis padres estaban a salvo de las batallas que habían estallado entre la Heimwehr y la Schutzbund en las calles vienesas.

Me tiré en la cama al lado de papá y comencé a llorar. ¿Qué había hecho? Me dio enorme gusto la reacción de Fritz ante mis pesquisas. Deseosa de complacerlo para que me liberara de la jaula de oro durante el día, le rogué que me permitiera entrar en su ancho mundo. Halagado y algo receloso al mismo tiempo, empezó dándome un recorrido por las fábricas de municiones y armas Hirtenberger Patronenfabrik en Austria y Polonia, y mientras mostraba júbilo, en secreto me sentía conmocionada por la destrucción que sus armamentos podrían provocar en el mundo. Más adelante me permitió acceder a su biblioteca privada, llena de volúmenes científicos, militares y políticos, y me incluyó en algunas de sus comidas de negocios. Empecé a aprender la política y la mecánica de la guerra.

Me sentía muy bien con mi éxito y me emocionaba volver a vincularme con el mundo exterior. Sentada al lado de Fritz durante una comida con el vicecanciller Emil Fey y el príncipe Von Starhemberg, me sentía sumamente importante. Era la única mujer, el único detalle de color en un mar de trajes oscuros. Al pensar en el bien que podía hacer al ayudar a Austria a defenderse de sus vecinos fascistas —uno de los objetivos manifiestos de mi esposo y sus compatriotas— me sentía viva.

—¿Tenemos las pruebas que necesitamos? —preguntó Fey a Von Starhemberg una vez que terminó de comer *schnitzel* y algunas otras exquisiteces.

Yo escuchaba y daba sorbos a mi café. Los hombres habían pedido brandis después de la comida, pero yo quería tener la mente clara. No aportaba más que charlas intrascendentes, pero Fritz comenzó a consultarme y pedirme consejo luego de esas reuniones.

En ocasiones incluso se levantaba de la mesa con toda intención para hablar con algún otro comensal, a fin de ver si los hombres decían algo intrigante en mi presencia, algo que no quisieran que mi esposo escuchara y que daban por hecho que yo no entendería. A mí me tocaba absorber cada palabra y cada inflexión para poder ofrecerle mi perspectiva y mi consejo. Descubrí que, en esa cuerda floja en la que andaba, mis pasos eran un poco más estables cuando Fritz me preguntaba qué pensaba sobre esas alianzas y decisiones de negocios, y no quería decepcionarlo.

—¿Realmente se necesitan pruebas? Tampoco permitiremos que esta acción se resuelva mediante un juicio —respondió Von Starhemberg.

—Es verdad, Ernst. —Fey hizo una pausa y volteó hacia mi esposo—. ¿Qué dices tú, Fritz?

—Mis fábricas han estado trabajando tiempo extra para garantizar que tendremos todos los suministros necesarios. Todo estará listo al cabo de un día.

¿De qué hablaban? ¿Pruebas y acción? ¿Tiempo extra en las fábricas? Fritz no había mencionado nada sobre una «acción» ni sobre «suministros necesarios». Me sentía estúpida, pero mantuve una expresión alerta y cómplice.

—Excelente. Por fin podremos regresar a los judíos al lugar al que pertenecen. —Fey levantó su brandy y los hombres chocaron las copas. Incluso Fritz participó de ese horrible brindis—. Por el Hotel Schiff.

—Oh, *Liebling*, ¿por qué lloras? —dijo papá al tiempo que abrió los ojos—. Los combates han terminado y mamá y yo estamos bien.

Recargué mi cabeza contra su pecho y aspiré el aroma familiar de tabaco y loción.

—Estoy tan aliviada.

—¿Ya estabas al tanto de que Döbling no estaría en la línea de combate? Casi todas las batallas tuvieron lugar en el Gemeinde-bauten, la zona de viviendas estatales de la ciudad.

—Sí, Fritz me mantuvo bien informada. —No quise mencionar que también me había confesado su participación en esa «acción» una vez que lo confronté en el coche al salir de aquella comida. En las semanas que siguieron, Fritz seguía insistiendo en que el conflicto sería poco más que una incursión para confiscar contrabando que la Schutzbund almacenaba en el Hotel Schiff de Linz. Aun cuando la situación derivó en combates violentos entre los dos grupos paramilitares en otros pueblos a todo lo ancho de Austria, él culpaba a la Schutzbund por no haber obedecido el veto impuesto por Dollfuss. Era culpa suya, decía, y por ello tenían que aprender la lección.

—Entonces, ¿por qué tantas lágrimas, princesita?

—Oh, papá, miles de personas han resultado heridas y cientos han muerto. Y siento que es mi culpa.

—No seas tonta, *Liebling*. ¿Qué podrías tener tú que ver en esto? Los socialdemócratas y el Partido Socialcristiano han estado en conflicto desde hace años. Era solo cuestión de tiempo para que la Heimwehr y la Schutzbund pasaran de la guerra verbal al derramamiento de sangre.

—Creo que fui yo quien encendió la llama, papá —dije en voz baja y mirando al piso. No quería verlo a los ojos.

—¿Qué que quieres decir, Hedy? —preguntó mi padre con el entrecejo fruncido.

Relaté a mi padre la conversación que había escuchado acerca de la Schutzbund y la reacción de Fritz.

—Creo que, después de que el canciller Dollfuss vetó a la Schutzbund, el Partido Socialcristiano esperó cualquier señal de resistencia por parte de los socialdemócratas para aniquilarlos. La conversación que escuché por casualidad, acerca de las armas y las tropas que reunía la Schutzbund en Linz contraviniendo el veto de Dollfuss, dio al Partido Socialcristiano la munición que estaba buscando. Así que, con la anuencia del canciller Dollfuss, la Heimwehr, con Fritz y Ernst a un lado, se dirigió a Linz para iniciar esta guerra civil en el Hotel Schiff. Y, ahora que han triunfado, he escuchado rumores de que la constitución democrática de Austria será reemplazada por una constitución corporativista. Papá, Austria se convertirá en un régimen autoritario no solo en la práctica; también en la teoría.

Papá hizo unas muecas de dolor al sentarse.

—Hedy, no tiene sentido que te culpes por esto. Si tú no hubieras aportado esa leña, alguien más lo habría hecho. Me parece que Dollfuss y su gente estaban al acecho. Y, además, no creo que la vida cotidiana en Austria cambie mucho. El país ha estado operando como una dictadura desde hace tiempo.

—Es más que eso, papá. Tú querías que me casara con Fritz porque pensabas que, con todo su poderío e influencias, podría protegerme del antisemitismo de los nazis si el canciller Hitler se hacía del poder en Austria. Pero el odio a los judíos no viene únicamente de fuera.

—¿Qué quieres decir? —El entrecejo de papá no solo estaba fruncido a causa del dolor, sino también de la confusión.

Se le veía tan desesperanzado que dudé en hablar. ¿Cuánto más podría soportar? ¿Podría tolerar la noticia de que el hombre del que esperaba que protegiera a su hija estaba coludido con los racistas? Me contuve.

—No es nada, papá. Es solo que estoy conmocionada por estos combates y por la sangre. Eso es todo.

Los ojos de papá mostraron un brillo particular, que yo asociaba con las pláticas sobre su trabajo en el banco, y me dijo:

—No me mientas, Hedy. Siempre hemos sido honestos entre nosotros y no quiero que eso cambie ahora. Mucho menos cuando se trata de algo tan importante.

Suspiré. El peso de revelarle la noticia era grande.

—He escuchado a los colegas de Fritz decir cosas terribles que me llevan a creer una terrible verdad: el Partido Socialcristiano, la gente de Fritz, también es antisemita.

Capítulo 16

25 y 26 de julio de 1934
Viena, Austria

El éxito de Fritz y sus compatriotas en la guerra civil austriaca produjo los resultados que temía. El canciller Dollfuss utilizó la resistencia de la Schutzbund como justificación para vetar por completo al Partido Socialdemócrata, y en mayo el Partido Socialcristiano, de ideología conservadora, anuló la constitución democrática. En franco desafío a la férrea oposición del Partido Nazi de Austria, el Partido Socialcristiano y la Heimwehr se fundieron en una entidad política legal, el católico Frente Patriótico, que se hizo con el control del gobierno. Austria se volvió un Estado fascista no solo en la práctica, también en la teoría. Me aferré a las palabras de papá cuando decía que era un tecnicismo nada más y que lo que importaba eran los empeños del gobierno por mantener a la Alemania nazi a la saga. Pero nunca dejé de buscar señales de que Fritz y su nuevo gobierno vacilaran en su compromiso no solo de ahuyentar a los nazis, sino de conjurar la tentación de convertirse en nazis ellos mismos.

En la primavera y al inicio del verano, nuestras casas se transformaron en la sede principal de las celebraciones del Frente Patriótico. Fritz y yo organizábamos fiestas en nuestro departamento de Viena, fines de semana de cacería en Villa Fegenberg y bailes en el Schloss Schwarzenau. Las Hirtenberger Patronenfabrik firmaron más contratos de los que era posible cumplir, y Fritz comenzó a planear una expansión de sus fábricas y su personal. Estaba eufórico y nada de lo que yo hiciera le parecía mal.

Yo fomentaba el entusiasmo de Fritz actuando como la anfitriona perfecta según sus exactas especificaciones. Me vestía de manera más conservadora —usaba colores más oscuros y vestidos con escotes menos pronunciados— y dejaba que las joyas hablaran más que mi cuerpo. A menos que Fritz estuviera a mi lado o que mis deberes como anfitriona lo exigieran, solo hablaba con mujeres y respondía a cualquier banalidad que comentaran las otras esposas; eso no solo mantenía los celos de mi esposo bajo control, sino también el recelo de las mujeres. Mi prioridad siempre era escuchar. Yo era como una antena, buscando percibir los sonidos que nadie más escuchaba. Los silenciosos presagios de la catástrofe.

Aunque el salón de baile de Ernst von Starhemberg estaba lleno de personalidades que celebraban la mitad del verano, Fritz y yo nos movíamos con facilidad por la pista de baile. Nadie peleaba por tener más espacio, porque la banda tocaba una pieza clásica y tranquila que hacía que los movimientos de las parejas fueran tan lánguidos como la brisa de esa noche de julio. Danzábamos sobre el mármol escaqueado cuando un sirviente tocó a Fritz en el hombro. Fritz abrió la boca para gritarle al joven rubio, pero la cerró en cuanto este le entregó una nota escrita por Von Starhemberg.

Fritz leyó de prisa y miró hacia el balcón. Von Starhemberg lo esperaba.

—Permíteme un momento, *Hase*. Debo acudir.

¿Qué acontecimiento podría distraer a Von Starhemberg del baile que él mismo ofrecía? ¿Y en especial en la primera pieza de la noche? Necesitaba averiguarlo. Entrelacé mis dedos con los de Fritz y pregunté:

—¿Es tan urgente, Fritz? Estaba disfrutando de nuestro baile.

—Sí, *Hase* —respondió con firmeza, sin embargo, el placer que le provocó ver mi reticencia ante su partida lo inclinó a hablar un poco más—. Tan urgente como para que Von Starhemberg reúna al consejo durante su evento anual.

Ese consejo no oficial —que, además de Fritz, incluía a Von Starhemberg, actual vicecanciller y jefe del Frente Patriótico; Kurt von Schuschnigg, ministro de Justicia y Educación, y un alto general de la Heimwehr— asesoraba en secreto al canciller Dollfuss ante cualquier asunto preocupante o de gran importancia. Solo una situación de emergencia los habría llevado a abandonar el baile para reunirse.

Señalé un sofá de seda azul marino con vista al balcón y dije:

—Te esperaré ahí, Fritz. Con suerte el príncipe no te requerirá por mucho tiempo y podrás regresar a mi lado.

Me apretó la mano y luego se dirigió hacia la escalera curva de marfil que llevaba al balcón. Conforme los hombres se iban reuniendo, estudiaba sus semblantes preocupados. Con el ceño fruncido escuchaban sin interrumpir a Von Starhemberg, quien les explicó la misteriosa situación. De inmediato los semblantes manifestaron sorpresa, y esta dio paso a la ira. Comenzaron a gesticular con furia, encolerizados, pero no entre ellos.

Cierta confusión recorrió el salón de baile. Al principio no pude identificar cuál era su origen, porque los invitados continuaban bailando y la banda seguía tocando tan alegre como antes. Pero de pronto vi que en los rincones oscuros del salón y en los huecos debajo del balcón se iban juntando algunos soldados. En un instante, un destacamento completo de la Heimwehr había rodeado el salón.

¿Qué diablos estaba sucediendo que requeríamos protección militar aquí, en el palacio vienés de Von Starhemberg? Mi corazón comenzó a latir con fuerza y sentí que me asfixiaba. Aun así, mantuve en los labios una sonrisa tímida y la postura erguida hasta que Fritz bajó por las escaleras. No podía darme el lujo de perder la compostura.

Me puse en pie de inmediato cuando se acercó.

—¿Está todo bien, mi amor?

Me jaló tan cerca que parecía que iba a besarme el cuello y me susurró al oído:

—Los nazis han intentado dar un golpe de Estado. Unos oficiales de la SS alemana fingieron ser soldados de las Fuerzas Armadas Austriacas y se apoderaron del edificio de la radio nacional para transmitir una sarta de mentiras según las cuales el nazi Anton Rintelen había relevado del poder a Dollfuss. Al mismo tiempo, unos cien oficiales de la SS alemana, disfrazados, atacaron la cancillería federal. La mayor parte del gobierno escapó ilesa, pero le dispararon dos veces a Dollfuss.

Abrí los ojos, horrorizada. No, no, no. Una de mis pesadillas se hacía realidad: Hitler estaba un paso más cerca. Sabía que la guerra civil de febrero y sus consecuencias habían agitado al Partido Nazi austriaco, que clamaba por la unificación de Austria y Alemania. Sin embargo, ni siquiera se me había ocurrido que tal agitación hubiera servido como invitación directa para que los soldados de Hitler actuaran.

—¿Hitler invadió Austria?

Tomé una copa de champaña de una charola que pasaba frente a mí y la bebí de prisa mientras Fritz me explicaba en voz baja:

—Aparte de esos ciento y tantos hombres de la SS en la cancillería federal y en el edificio de la radio pública, que ya han sido abatidos o están presos, no hay soldados alemanes en Viena ni en Austria propiamente. Pero sí hay tropas alemanas en la frontera austriaca. Hemos avisado a Mussolini, quien manifestó públicamente su apoyo a la independencia austriaca y ha acordado enviar tropas al paso Brenner, en la frontera entre Italia y Austria, tal como lo había prometido. La presencia del Ejército italiano deberá disuadir a Hitler de cruzar la frontera.

Sus palabras y la champaña me dieron un poco de alivio, pero la sola idea de que Hitler y sus ejércitos estuvieran tan cerca de Austria me aterraba.

—¿Y Dollfuss sobrevivió? —musité. El baile continuaba a nuestro alrededor; parecía que el consejo tenía sus razones para no informar a los invitados acerca del golpe de Estado.

—No —admitió con tristeza en la voz. Aunque Fritz estaba dispuesto a cambiar de bandera política más o menos según conviniera a sus intereses comerciales, había forjado una alianza verdadera con Dollfuss.

—Y entonces, ¿quién está al mando de Austria?

—Von Starhemberg. Por ahora.

La elección no me sorprendió. Después de todo, Von Starhemberg era vicecanciller y la opción natural para esa sucesión inesperada. Por no mencionar que las ideas del príncipe eran casi idénticas a las políticas de Dollfuss.

Miré hacia el balcón, donde el nuevo canciller de Austria seguía concentrado en su conversación con Schuschnigg.

—¿Entonces la Heimwehr está aquí para protegerlo de los nazis?

—Sí, lo mismo que al resto del consejo y a los demás invitados. —Sacó el pecho—. *Todos* somos cruciales para la seguridad de Austria.

—Claro —me apresuré a responder—. ¿Debo advertir a mis padres? ¿Deberíamos salir de Viena e irnos a Schloss Schwarzenau o a Villa Fegenberg?

—No es necesario, *Hase*. Ellos no corren peligro. Los oficiales nazis de la SS están, de una u otra manera, fuera de combate, y se ha declarado la ley marcial en Viena. Las calles están protegidas en su totalidad por la policía, por tropas federales y por la Heimwehr; es cuestión de horas para que el golpe quede extinguido en su totalidad. Solo nos resta esperar información oficial cuando haya concluido, y la vida podrá volver a la normalidad.

—¿Qué hacemos mientras esperamos?

Miró de reojo el salón lleno y, con una sonrisa irónica, dijo:

—Bailaremos.

Descansé las manos sobre los hombros de Fritz, que me movía por la pista de baile como si no tuviera otra preocupación en el mundo fuera de la canción que escuchaba y el momento que vivía. La orquesta tocaba una pieza reconfortante de Gustav Mahler, y al deslizarnos alcanzaba a ver los rostros jubilosos que bailaban a nuestro lado, todos inconscientes de los catastróficos sucesos que tenían lugar en las calles. Pero yo no les di razón para alarmarse. Mis labios rojos sonrieron y miré el rostro radiante de mi esposo.

Sabía que mi destino estaba unido al suyo y al de su causa para siempre, porque las armas de mi esposo y las políticas de sus colegas eran lo que había mantenido a la Alemania nazi a raya. Por ahora.

Capítulo 17

El golpe de Estado evidenció una grieta en la fachada de Austria. No obstante que el gobierno continuó como si nada hubiera sucedido, los sistemas financieros reaccionaron ante la incertidumbre que enfrentaba el país, tanto interna como externa. Los bancos sufrieron con la inestabilidad, en particular el Creditnastalt-Bankverein de papá. La situación económica de mis padres se vino abajo, y aunque se negaban a decírmelo y a aceptar cualquier tipo de ayuda de mi parte, no podían ocultarlo. En una de mis últimas visitas a su casa en Döbling no apareció ningún empleado doméstico, y la ausencia de su reloj de mesa favorito, objeto habitual de mi infancia, era evidente. A la mitad de nuestra tarde de té, papá se disculpó y se marchó para curarse una migraña provocada sin duda por el estrés.

Incluso Fritz, cuyas fábricas parecían imprimir dinero mientras producían municiones, sintió el estrés de la turbulencia política y la tensión de mantener la base de su poder. Poco tiempo después del fallido golpe, Schuschnigg fue nombrado canciller de Austria y Von Starhemberg regresó a su puesto de vicecanciller. Aunque Schuschnigg compartía la mayor parte de las políticas de Dollfuss, en particular su prioridad de mantener a Austria independiente, el nuevo canciller eligió un rumbo muy distinto. Adoptó una política de conciliación con Alemania y Hitler que a Fritz le parecía demasiado suave. Así que mi esposo enfocó su energía en fortalecer el vínculo con Italia, pues creía que las acciones de Schuschnigg requerían apuntalamiento.

En público, el semblante y la lealtad de Fritz hacia Schuschnigg parecían no tener afectación alguna, pero en casa era un manojo de nervios y frustración con el nuevo líder. Nada de lo que yo hacía lo complacía. De hecho, era como si me hubiera propuesto comportarme solo de forma irritante, aunque en realidad aspiraba a la perfección social. Mi esposo veía deficiencias en mi manera de vestir, defectos en mi conversación con las mujeres y faltas al decoro frente a los invitados hombres. Cuando comenzó a enumerar las fallas en mi apariencia, me di cuenta de que el problema no era mío sino suyo. Comencé a hacer oídos sordos de sus comentarios porque no soportaba sus reproches constantes.

—Tengo una sorpresa muy especial después de la comida —anunció Fritz al pequeño grupo que habíamos invitado a cenar.

En nuestro enorme comedor vienés cabían veinticuatro personas, y con frecuencia lo llenábamos con gente muy variada, no solo los personajes importantes de la política o el Ejército y los miembros de la realeza. Me había sentado junto a escritores de renombre, como Ödön von Hovárth y Franz Werfel, diseñadoras como madame Schiaparelli e incluso el famoso psicólogo Sigmund Freud. Y siempre terminábamos con una sorpresa.

Pero esa noche el motivo de la cena eran los negocios, así que solo convidamos a doce personas, cuatro altos miembros de las empresas de Fritz y ocho funcionarios y financieros del gobierno italiano con quienes mi esposo intentaba establecer una relación cercana. Justo antes de la cena, los hombres habían asistido a una reunión crucial en el club de Fritz en la ciudad, en la cual ultimaron los detalles del abastecimiento de armas para la campaña militar de Mussolini en Etiopía. Ese país era uno de los pocos Estados independientes del continente africano, dominado por Europa, y Mussolini buscaba cualquier excusa para invadirlo, a fin de expandir el merecido imperio italiano sobre territorios más amplios, según decía. Italia necesitaba equipo y armamento, y los hombres estaban eufóricos tras haber llegado a un acuerdo.

«¿Qué sorpresa tendrá planeada Fritz?», me pregunté. En los primeros meses después de nuestra boda me sorprendía con funciones de ópera o con la aparición de cantantes de jazz de los que alguna vez había dicho que me gustaban. En las últimas veladas, sin embargo, las sorpresas posteriores a la cena eran más bien vinos de exclusivas cosechas o postres exquisitos para impresionar a los invitados de negocios. No a mí.

—Algunos de ustedes quizá no lo sepan, pero mi esposa es una actriz retirada. Fue estrella del Theater an der Wien antes de conocerme y prefirió ser la señora Mandl que seguir actuando.

Hizo una pausa mientras sus invitados soltaban unas risitas respetuosas, y yo contuve la respiración. ¿Adónde iría Fritz con eso? Por lo general, si la conversación se inclinaba hacia el teatro, él cambiaba de tema para no recordarme mi otra vida. No me quedaba duda de que el miedo a que yo quisiera volver a los escenarios, utilizando el precario equilibrio de nuestra vida juntos como excusa, lo atormentaba, sin importar todas las garantías que yo le daba de que eso no ocurriría. Sin importar tampoco cuántos actores, directores y escritores de origen judío estaban siendo disuadidos de ejercer su profesión en Alemania y en otros lugares, y se veían obligados a abandonar por completo su arte o a huir a sitios como Hollywood, donde Hitler no tenía influencia. ¿Por qué entonces traer a cuento mi carrera como actriz?

—Antes de conocernos, sin embargo, Hedy tuvo un papel en una película llamada *Éxtasis*. Para nuestra mala fortuna, la cinta tuvo una distribución muy limitada, y solo se exhibió en un teatro vienés durante una semana. Sin embargo, *Éxtasis* está por recibir una segunda oportunidad. Hace poco fue incluida en el Segundo

Festival de Cine de Venecia, y no solo recibió una ovación; también se llevó el premio a mejor director, para Gustav Machatý.

Fritz esperó hasta que los invitados terminaron de hacer los sonidos esperados de apreciación.

—Creo que mi esposa merece que su película, ganadora de premios, sea vista, en particular por su esposo. Así que organicé una presentación aquí, esta noche.

Comprendí entonces la intención de la sorpresa de Fritz. A pesar de sus elogios, presentar la película no era un gesto con el que buscara honrarme. Era una manera más de congraciarse con los italianos y fortalecer su relación con ellos. ¿Cómo no quedarían impresionados con Fritz, si su mujer había protagonizado una película que sus propias instituciones habían galardonado?

Sin embargo, Fritz no había visto *Éxtasis*. Sí, había leído la publicidad sobre su contenido escandaloso y sabía de la controversia que rodeó su estreno. Pero leer acerca de las escenas en las que su esposa, desnuda, retozaba con otro hombre era una cosa, y verla haciéndolo era otra completamente diferente. Mi estómago dio un vuelco y se me llenó la frente de sudor mientras me preparaba para su reacción.

Nos levantamos de la mesa y nos dirigimos al salón, mi ansiedad incrementaba con cada paso que dábamos. Durante la cena, la servidumbre había transformado el salón en una sala de proyección. Conforme nos acomodamos en nuestros lugares, Fritz y yo en la primera fila, oleadas de náusea me recorrieron al pensar lo que mi esposo estaba por ver en la pantalla.

¿Habría manera de evitar el desastre antes de que la cinta comenzara a reproducirse? ¿Qué avergonzaría menos a Fritz: que la «sorpresa» se detuviera u observarme jugueteando con otro hombre en pantalla rodeado de sus invitados para observar su reacción? Supe lo que tenía que hacer.

—Fritz —le dije, acercándome a él—. Quizá no sea la película más apropiada para tus socios. Mejor inventemos una sorpresa distinta.

—Tonterías —vociferó en respuesta y giró la cabeza para ver si todos sus invitados estaban ya sentados detrás de nosotros—. Ganó un premio *italiano*. ¿Qué otra cosa podría ser más perfecta?

—Pero sabes que la película tiene algunas escenas controvertidas, y odiaría que…

—Shh —me calló, y luego alzó la mano para indicar al proyeccionista que comenzara.

Las luces se atenuaron y la cámara comenzó a trabajar. La palabra *Éxtasis* brilló en la pantalla, y yo permanecí inmóvil, pensando en los días de filmación de la película. Cuando interpreté la escena en la que aparecía montando a caballo por los pintorescos bosques checoeslovacos, con cámaras a mi alrededor, no consideraba lo que grabaría más tarde. Lo que hice fue ponerme en el lugar de una mujer que siendo muy joven se había casado con un hombre mayor e imponente, y estaba desesperada por tener una vida más plena, de modo que se sentía encantada con la libertad que experimentaba en ese momento. Cuando el director, Machatý, me pidió que bajara del caballo, me quitara la ropa y saltara al lago que se hallaba frente a mí, sus instrucciones me parecieron el paso más natural que mi personaje podía dar en su mundo. En las escenas posteriores, cuando la mujer tenía un amorío con un joven ingeniero, las indicaciones para interpretar la escena sexual, e incluso simular el orgasmo, me resultaron consecuentes con mi personaje y apropiadas para la película. Fue tiempo después, al ver el horror en el rostro de mis padres durante la función en Viena, cuando me di cuenta del error que había cometido al participar en una cinta que había considerado «artística» y que ahora encontraba tonta y desacertada. Los premios que la obra recibió en el Segundo Festival de Cine de Venecia no contribuyeron en nada para atenuar mi arrepentimiento.

Fritz observó las primeras escenas con placer, e incluso codeó al general italiano que tenía a la derecha cuando la película reveló que el personaje que era mi esposo padecía impotencia. El pavor no empezó a atenazarme hasta que me vi montando a caballo. Sabía qué escenas seguían y ansié salir corriendo del salón. Sin embargo, comprendía que debía permanecer al lado de Fritz y resistir.

Conforme avanzaba la película, los dedos de mi esposo se clavaban en mi brazo. Sus uñas me habían sacado sangre, pero no me atrevía a moverme o a quitarlo. El salón quedó hundido en un embarazoso silencio, y yo percibía la incomodidad de los invitados. En el momento en que alguien dejó escapar un suspiro involuntario durante la escena del orgasmo, Fritz no aguantó más.

—Apágala —gritó al proyeccionista.

Fritz se puso de pie. Sin mirarme, se alejó de mí y dejó en el salón a los italianos. Se colocó junto a sus asistentes y les ordenó:

—Compren todas las copias de esta película a cualquier director, estudio y dueño de cine en el mundo. No me importa lo que cueste. Y quémenlas. —Salió enfurecido de la habitación.

Pasé la noche en vela esperando la furia de Fritz. Supuse que me tomaría con violencia, como aquella noche en el hotel Excelsior. O que me gritaría, e incluso me golpearía, aunque su enfado nunca había llegado a ese punto. Me preparé para todas esas posibilidades. Imaginar sus castigos me causaba más dolor que el que sentí al tener que seguir en mi papel de anfitriona, con las mejillas encendidas y ruborizadas, y acompañar a los funcionarios del gobierno italiano y los socios de negocios de Fritz a la puerta una vez que él salió enfurecido y se encerró en su habitación. Sabía que los hombres me imaginaban tan desnuda como había aparecido en la película.

Fritz aún no emitía su sentencia cuando amaneció y un pálido rayo de luz gris entró en mi habitación al día siguiente. Empezaba a mentalizarme para enfrentar la jornada con entereza cuando la puerta se abrió de golpe. Alcancé a tomar mi bata de la mesa de noche y me senté en la cama. Era Fritz.

Sin decir palabra caminó hacia mí y me puso en pie de un tirón. Me llevó a jalones y pasamos junto a las mucamas y el mayordomo, quienes pulían la platería en el vestíbulo. Ahí, frente a mí, estaba la enorme puerta principal, hecha de roble, y ahora tenía siete cerraduras en lugar de una sola.

—Necesitas protección —continuó Fritz, su voz sonaba extrañamente calmada y libre de ira—. Por las reprobables escenas de *Éxtasis* que presencié anoche, puedo deducir que no eres capaz de tomar decisiones adecuadas por ti misma. En todo momento debes contar con mi sabiduría y mi guía o con las de tus padres.

Mi boca se abrió y se cerró tratando de pronunciar palabras que pretendían ser una protesta, pero lo pensé mejor. Quizás el castigo no resultaría tan terrible como había imaginado en un principio, además de que si hablaba podría encenderlo. Necesitaba esperar un poco más y escuchar todo lo que tenía que decirme.

—A partir de este momento estarás bien protegida tras siete cerraduras en todas nuestras casas. Permanecerás dentro hasta que yo llegue para llevarte a nuestras actividades de la tarde. Si necesitas salir durante el día para una cita en el salón de belleza, para probarte un vestido o para visitar a tus padres, deberás pedirme autorización. Si decido otorgártela, se te permitirá salir pero solo si vas acompañada del chofer y de un guardia.

¿Hablaba en serio? Al mirar su cara podía darme cuenta de que así era. ¿Por qué me estaba pasando eso a mí? Sin importar lo incansable y vasta que fuera mi imaginación, jamás habría imaginado algo parecido. Fritz estaba convirtiéndome en su prisionera.

Se formó un grito en mi interior, pero al pensar en mamá y papá supe que no podría soltarlo. Mi felicidad no era lo que estaba en juego en ese matrimonio. Para poder ganar la lucha de poder con Fritz, debía fingir obediencia, incluso arrepentimiento. Una vez que volviera a ganarme su confianza, cambiaría las reglas y, con suerte, me haría de más libertad. Aun así, por primera vez comencé a pensar en escapar.

Capítulo 18

12 de febrero de 1935
Viena, Austria

Durante meses le di a Fritz lo que quería. No era una esposa típica de la sociedad austriaca porque, pensaba, esas mujeres eran siempre correctas, casi invisibles. Sin embargo, la invisibilidad significaba no ser vista ni escuchada. Y aunque Fritz no quería que se me escuchara, sin duda quería que se me viera, siempre que siguiera sus reglas.

Lo hice pensar que me había quebrado y vuelto a construir con el molde que había diseñado para mí: una anfitriona autómata, grácil y de sonrisa vana, capaz de charlar amablemente sobre nada en el salón de baile y de ser una amante obsecuente e incansable en la habitación. Una que nunca coqueteaba con la idea de retomar la actuación o conversar con otro hombre que no fuera mi esposo. En unas cuantas semanas, Fritz volvió a otorgarme su confianza y empezó a pedirme consejos, y yo creía que pronto regresaríamos a la normalidad, si era posible considerar así la vida irregular que llevábamos antes de la proyección de *Éxtasis;* aun así, todavía no quitaba las restricciones que me había impuesto.

No obstante, debajo de esa fachada serena me sentía furiosa y aguardaba mi momento acumulando pequeñas victorias. Cuando iba de compras, aprobadas y supervisadas, gastaba con toda intención miles de chelines, e incluso compré un guardarropa de abrigos de piel, hasta que Fritz, molesto por mi extravagancia pero sin querer parecer insolvente, decidió que lo mejor sería darme una mesada en lugar de la cuenta ilimitada a la que podía cargar mis adquisiciones en las mejores tiendas de Viena. Guardé cada uno de los chelines que me daba —mucho menos de lo que había gastado en las tiendas, aunque no dejaba de ser una suma importante— en una caja de zapatos al fondo de mi clóset; eran mis ahorros para el día de la fuga que comenzaba a ponderar.

Una vez que amasé mi reserva de chelines, quise más. No chelines, claro, sino influencia. En el pasado había escuchado con atención las conversaciones de Fritz para poder evaluar qué tan dispuesta estaba Austria a mantener a la Alemania nazi lejos de nuestras fronteras; después de todo, en gran medida me había casado con él porque podría protegerme a mí y a mi familia. Pero ahora escuchaba por otra razón. Buscaba pláticas que revelaran fallas en los sistemas de armamento que vendía Fritz, el tipo de problemas que había oído que sus colegas mencionaban en las cenas. Si lograba hacerme de información vital sobre defectos de sus municiones o de algún componente de sus armas, quizá podría chantajearlo para que me dejara ir. Después de todo, Fritz no desearía que yo revelara a sus clientes y competidores, tanto políticos como comerciales, que vendía armas defectuosas, ¿o sí? Quizás ese sería el medio por el cual escaparía de mi cárcel matrimonial.

Cuatro meses después de la fatídica proyección de *Éxtasis*, organizamos una cena íntima a la que asistieron el príncipe Von Starhemberg y su hermano menor, el conde Ferdinand von Starhemberg, quien algunas veces nos acompañaba. Durante las bebidas que siguieron a la cena, se me presentó la oportunidad de reunir más información.

—¿En verdad crees que la supuesta solución de ese tal Hellmuth Walter funcionará? —preguntó el príncipe Von Starhemberg a Fritz, a quien los invitados consultaban cuando se trataba de municiones. No obstante que el príncipe había lanzado su pregunta en medio de una discusión acerca de una obra de teatro que habíamos visto esa semana, de inmediato comprendí el contexto.

Se habían dedicado varias comidas y cenas a los dos principales problemas inherentes a los submarinos y las embarcaciones, así como al sistema de lanzamiento de torpedos, para los que Fritz fabricaba componentes importantes: la necesidad de abastecer suficiente oxígeno para mantener la combustión bajo el agua y conservar la velocidad, y las dificultades para desarrollar un sistema de control remoto para los torpedos, en lugar de lanzarlos con un delgado cable que permitía que una persona los controlara. Había llenado las lagunas en mi entendimiento de la cuestión gracias a algunos volúmenes clave de la biblioteca de Fritz.

—Creo que ya dio con una solución para el problema del oxígeno al utilizar un combustible rico en este elemento que puede descomponerse químicamente con el fin de proveer oxígeno y utilizar la reacción para impulsar una turbina. Aún requiere algunas pruebas, pero mis espías alemanes me dicen que tiene un potencial tremendo y que los nazis planean utilizarlo cuando lancen sus ataques. Espero hacerme de los planos para poder desarrollar algo similar en mis fábricas.

¿A qué se refería Fritz con sus «espías alemanes»? ¿Desde cuándo mi esposo tenía una red de inteligencia secreta en el Tercer Reich? ¿No eran enemigos los nazis?

—No, Fritz. —El mayor de los Starhemberg sonaba molesto—. Eso no es lo que me preocupa. Lo que me preocupa es el problema del control remoto.

—He escuchado que Walter inventó algo que quizá consiga que sus obstinados jefes alemanes pongan fin a su amor por el control alámbrico. Si creemos a mis espías, hay un rumor según el cual se trata de un sistema que permite que los torpedos sean lanzados de manera simultánea utilizando un número determinado de frecuencias, con pares que se comunican por medio de una señal de radio. Está enfrentando problemas, claro.

—Déjame adivinar. Las señales de radio pueden ser bloqueadas.

Incluso *yo* sabía que la mayoría de los países, incluida Alemania, no se animaba a cambiar sus sistemas de lanzamiento de torpedos de control alámbrico por el sistema de señales de radio debido a que este último dependía de una tecnología de radio de frecuencia única que podía ser interceptada y bloqueada por los enemigos. Desde hacía años, los hombres de guerra habían estado discutiendo el problema con Fritz una y otra vez; me sorprendí no solo porque comprendía esas discusiones, sino porque había desarrollado un interés particular en el tema.

Fritz asintió y se embarcó en una descripción técnica de las frecuencias de radio. Yo lo seguía cuando Ferdinand me miró, con los labios torcidos en una media sonrisa que dejaba de manifiesto su aburrimiento ante esa conversación profundamente científica, así como su suposición de que yo estaba igual de fastidiada que él. El menor de los Starhemberg, famoso por colgarse del éxito de su hermano mayor, no compartía con este ni la determinación ni el intelecto. Asentí en falsa solidaridad y volví a mirar a Fritz porque no quería enfadarlo al hacer contacto visual con otro hombre, ni siquiera con uno tan conocido para nosotros como Ferdinand.

A la mañana siguiente, en la biblioteca, el mayordomo interrumpió mi lectura de un libro sobre frecuencias de radio:

—Alguien la busca al teléfono, *madame.*

¿A mí? Nadie me llamaba salvo papá, y nunca durante el día porque él estaba ocupado en el banco. Mi corazón se aceleró y corrí al teléfono.

—¿Hola?

—Hedy, necesito que vengas. —Era mamá—. Tu papá está muy mal. Ya mandé llamar al doctor.

—En un momento estoy ahí.

Me dirigí a Müller, que se había demorado en la biblioteca, supuestamente desempolvando libros, aunque en realidad escuchaba mi conversación, sin duda siguiendo las órdenes de Fritz. Incluso antes de la proyección de *Éxtasis* sabía que mi esposo había instruido a los sirvientes para que me espiaran. De hecho, hacía poco había traído de Villa Fegenberg, a nuestro departamento en Viena, a una quisquillosa mucama llamada Ada, e intuí que su propósito era ser un par de ojos y oídos más —los cuales pertenecían a una persona que de antemano estaba preparada para odiarme— en esa tarea de vigilancia.

—Pídale a Schmidt que traiga el auto al frente.

—*Madame*, el señor no dejó dicho que hoy tuviera usted alguna cita.

Tan preocupada estaba por papá que ni siquiera recordé las reglas claustrofóbicas de Fritz. ¿De verdad se atrevería Müller a impedirme salir de mi propia casa? Yo había estado cumpliendo con los edictos de Fritz porque supuse que los relajaría si interpretaba el papel que él deseaba durante el tiempo que él considerara necesario. De esa manera yo seguía manteniendo la promesa que había hecho a papá sobre la seguridad familiar. Pero no iba a consentir que las órdenes de Fritz me impidieran acudir al lado de mi padre si este se hallaba enfermo de muerte.

En otras circunstancias habría evitado todo ese malestar con una llamada a la oficina de Fritz, ya que estaba segura de que no me impediría ver a papá. Pero ese día viajaba rumbo a su fábrica en Polonia.

—No es una petición, Müller. Es una orden de la señora de la casa. —Me dirigí hacia el vestíbulo y le grité de nuevo—: Dígale a Schmidt que traiga el auto al frente.

El eficiente taconeo de Müller hizo eco en el vestíbulo y llegó a la entrada antes que yo. El hombre bloqueó la puerta con el cuerpo y me miró. Con voz temblorosa dijo:

—Lo siento, *madame*, pero no puedo dejarla salir. No he recibido mensaje del señor Mandl que me informe que usted tiene cita hoy.

114

Di cuatro pasos más y acerqué tanto mi cara a la de Müller que pude oler el tabaco en su aliento. Con tacones era por lo menos cinco centímetros más alta que él, así que lo miré hacia abajo.

—Deme la llave —dije furiosa—. Sé que tiene una.

—El señor se disgustaría muchísimo conmigo si lo hiciera, *madame*.

—El señor se disgustará muchísimo más con usted si me impide visitar a mi padre enfermo. Si no me da la llave, meteré la mano en su bolsillo y se la arrancaré.

Se llevó una mano temblorosa al bolsillo interior de su chaqueta de servicio y sacó una copia de las llaves de Fritz. Una a una fue abriendo las cerraduras que me recluían del resto del mundo. Antes de salir a la brillante luz del día, le grité:

—Mande el auto a recogerme enfrente.

Al acercarnos a Döbling, la deslumbrante mañana de febrero contrastaba con mi ánimo sombrío. ¿Qué le pasaría a papá? Sus migrañas habían aumentado en cantidad e intensidad en los últimos meses, pero las atribuimos al estrés que padecía como consecuencia de las dificultades económicas que enfrentaban los bancos. Siempre había sido imperturbable, fuerte y confiable. Por primera vez en mucho tiempo, pedí a un dios nebuloso que siguiera fuerte y bien vivo.

Schmidt acercó el auto a la casa de mis padres y antes de que apagara el motor, me apeé de un salto. Corrí por el camino de la entrada, abrí la puerta de un empujón y busqué a mis padres con un grito.

Mamá salió del salón.

—Calla, Hedy. El doctor está arriba con tu padre y no quiero que interrumpas la revisión.

—¿Qué pasó?

—Lo vi pálido durante el desayuno esta mañana. Estaba por comerse unos huevos cuando se levantó y pidió disculpas por ausentarse. Pensé que se había olvidado de alguna reunión de trabajo y que saldría corriendo a la oficina, pero subió por las escaleras. Le pregunté qué le pasaba y me miró con ojos vidriosos, extraños; me dijo que le dolía el pecho. Lo ayudé a subir a la cama y de inmediato llamé al doctor y luego a ti.

El sonido de unos pasos bajando por la escalera llegó a nosotras y corrimos para escuchar el diagnóstico del médico. El doctor Levitt, que vivía en Döbling, no muy lejos de la Peter-Jordan-Strasse, dejó su botiquín negro en el escalón más bajo y nos tomó de las manos.

—Creo que el dolor que sufrió hoy, y en días pasados también, aunque quizá no les habló de ello, se debe a un severo ataque de angina de pecho.

Mamá y yo nos volteamos a ver, desconocíamos el término. Con el entrecejo fruncido, mamá preguntó:

—¿Emil tuvo un ataque cardiaco?

—La angina de pecho no es un ataque cardiaco, señora Kiesler, pero el dolor es resultado de un inadecuado flujo sanguíneo al corazón. Eso puede significar que ese órgano está sometido a estrés, y quien lo padece tiene mayor riesgo de sufrir un infarto.

—Oh, no. —Mamá liberó su mano de la del doctor Levitt y se sentó en un banco tapizado del vestíbulo.

—¿Estará bien, doctor Levitt? —Había pánico en mi voz.

—Por ahora sí. Pero necesita reposo. —Hizo una pausa, como si lamentara tener que darnos su siguiente consejo, y añadió—: Y reducir su ansiedad, aunque sé que esa es una prescripción difícil de cumplir en estos días.

—¿Puedo verlo?

—Sí, si lo haces en silencio y no lo alteras. Me quedaré aquí con tu madre. Tengo algunas instrucciones para sus cuidados.

Subí de puntitas las escaleras hasta la habitación de mis padres. Desde la puerta, mi padre, que medía más de un metro ochenta y cinco, se veía gigantesco extendido a lo ancho de su cama matrimonial. Al acercarme, sin embargo, su enorme complexión parecía colgarle de los huesos, y lucía como encogido.

El colchón rechinó cuando me senté a su lado. Abrió los ojos con el ruido y me sonrió. Estiró el dedo índice para secar una lágrima que me recorría la mejilla y dijo:

—Sin importar lo que me pase, Hedy, prométeme que vas a cuidarte y que vas a proteger a tu mamá. Usa a Fritz como escudo. Sepárate de él solo si no tienes opción.

Al ver que no le respondía, insistió:

—Prométemelo, Hedy.

¿Qué otra cosa podía hacer?

—Te lo prometo, papá.

Capítulo 19

28 de abril de 1935
Schwarzenau, Austria

Me paré frente al lago como frente a un altar. Las montañas verdes cerca de Villa Fegenberg, incólumes en su constancia, me miraban. Con las colinas ondulantes y verdosas como fondo, el lago estaba en perfecta quietud. Tan quieto, de hecho, que su superficie era un espejo que reflejaba las montañas y el cielo casi como una fotografía.

Miré la ribera vacía del lago. ¿Me atrevería? Ansiaba la pureza de las aguas. Era un riesgo enorme, pero quizá nunca más tendría esa oportunidad. Fritz no había relajado sus reglas, sin importar qué tan al pie de la letra las cumpliera, sin importar qué tan dolorosa hubiera sido mi pérdida. Seguía siendo su prisionera.

Con una última mirada al paisaje, me atreví. Me quité la ropa oscura de montar y me lancé de un clavado al agua algo fría; quebré el reflejo perfecto. Tal como mi vida se había quebrado.

Nadé hasta que me cansé y entonces me detuve y me dejé flotar. En la quietud, el reflejo de las montañas y el cielo volvió a aparecer, y permanecí ahí, en la imagen del valle entre dos montañas, como si me acurrucara en los brazos de la naturaleza. El sol golpeaba las crestas de las pequeñas olas y las hacía destellar. Era hermoso. «No», pensé. «No es hermoso. Es puro».

Por un momento me sentí libre y completa. Sin máscaras, sin subterfugios, sin pena; solo el agua y yo. Mientras flotaba, me preguntaba: «¿Volveré a estar completa otra vez?».

Dos meses atrás, unos cuantos días después del primer ataque de angina de pecho de papá, el chofer me condujo hasta Döbling para visitarlo, con el permiso de Fritz y su perdón por la visita previa no autorizada. Cuando el auto se acercó a la entrada, la casa se veía oscura y las persianas de la habitación de mis padres estaban bajadas. ¿Por qué a media mañana, una brillante mañana de invierno, las persianas seguían abajo? Mamá era maniática de correr las cortinas en cuanto comenzaba el día, y aunque ahora solo tenía una mucama de tiempo parcial, por la mañana recorría toda la casa liberando las ventanas de sus cubiertas nocturnas. Quizá papá no se hubiera sentido bien la noche anterior y mamá siguiera durmiendo, cansada de haberlo cuidado. Entré en silencio a la casa, cuidando de no golpear la puerta de entrada. Después de andar de puntitas por el primer piso y no encontrar a nadie, subí las escaleras hacia la habitación de mis padres, cuya puerta abrí apenas un poco.

Aunque la pieza estaba a oscuras, la vi a ella todavía en pijama con la cabeza sobre el pecho de papá. Sus ojos estaban cerrados, como los de ella. Sí, tal como lo había imaginado, se había quedado dormida tras haberlo cuidado durante la noche. Abrí la puerta un poco más; las bisagras rechinaron y ella levantó la mirada. Nuestras ojos se encontraron y, antes de que pudiera susurrarle una disculpa por haberla despertado, noté que su cara estaba empapada en lágrimas. No estaba dormida, y tampoco lo estaba papá. Me derrumbé sobre el piso al comprender que el ataque cardiaco, que según el doctor era una posibilidad «remota», había sucedido.

¿Cómo era posible que mi padre, fuerte e infalible, se hubiera ido? ¿Quién sería mi ancla en su ausencia, quién me amaría de manera incondicional? Solo con él era capaz de quitarme todas las máscaras. La pena fue como un martillo que quebró mi verdadero ser y mis incontables máscaras en mil pedazos, y más de dos meses después seguía rota. Quizás estaría destrozada para siempre.

Un sonido de llantas sobre la grava interrumpió el silencio; me quedé petrificada. «Por favor», pensé. «Que no sea Fritz». Sin hacer ningún ruido, escuché. La puerta de un auto se cerró. «Por favor», pedí. «Que sea un camión repartidor». Pero las voces viajan muy bien bajo el agua, y pronto una voz familiar, aunque sorda, gritó mi nombre, y cuando la grava crujió al ritmo de su inconfundible paso, supe que mis plegarias no habían sido atendidas.

Mantuve las piernas y los brazos sumergidos para no hacer ruido, y nadé tan rápida y silenciosamente como pude hasta la orilla. Caminé a toda prisa por la playa pedregosa, y haciendo muecas de dolor anduve de puntitas sobre las piedras afiladas hasta alcanzar mi ropa. Estaba por enfundarme el camisón cuando el crujido de la grava se hizo más fuerte, y me di cuenta de que había calculado mal el tiempo que me quedaba antes de que me encontrara.

Un brazo salió de entre las ramas de la fronda verde y me sujetó. Fritz apareció y me dio una cachetada. Caí al piso por la fuerza del golpe, me llevé una mano a la mejilla y con la otra sujeté la parte superior de mi camisón, que tenía puesto a medias.

—¿Qué es esto? ¿Una recreación de *Éxtasis*? —gritó, y su voz enfurecida hizo eco por el lago quieto.

—No, no, Fritz —dije, encogiéndome—. Nada de eso. Solo fue un chapuzón en el lago en un día templado.

Se acuclilló a mi lado y acercó su cara iracunda a unos centímetros de la mía.

—¿Un chapuzón desnuda? ¿Para beneficio de mis sirvientes?

—No —insistí mientras luchaba por liberar mi brazo de su mano—. Para nada. Jamás haría algo así. No quería que mi ropa de montar se mojara, porque tenía que volver montando a casa.

—Ah, ¿entonces fue en beneficio de algún invitado que pudiera haber traído yo? —Estaba furioso; me rociaba la mejilla con su saliva—. Jamás dejaré que ninguna otra persona mire tu cuerpo desnudo. Me perteneces.

—No, Fritz, lo juro. Pensé que nadie podía verme. —Aún con la mano en la mejilla, cambié de posición para quedar de rodillas; las afiladas piedras de la playa me cortaban la piel. Llorando, le rogué—: Por favor no me hagas daño.

Su mano se quedó quieta en el aire. Su expresión cambió, como si hubiera salido de un profundo sueño, y la amenaza se fue desvaneciendo.

—Oh, *Hase*, por favor perdóname. Esa maldita película *Éxtasis* sigue torturándome, y cuando vi tu cuerpo desnudo en el lago, volvieron a mí esas terribles escenas. Perdí el control.

Se me acercó, pero instintivamente me eché hacia atrás. Me revolví a gatas por las piedras hasta alcanzar mis ropas oscuras. Temblando, me levanté y me puse los pantalones y la chaqueta a toda prisa. Sentí que se aproximaba y no sabía si me daría un abrazo o un golpe.

Sus brazos musculosos me rodearon por detrás. Me puse tensa al sentir su abrazo y me recorrió un escalofrío, y no por la brisa helada de las montañas. El monstruo que acechaba en las sombras, tras las flores y los regalos y las joyas y las numerosas casas, había salido a la luz. Y ya no había manera de volver a ocultarlo.

Capítulo 20

20 de junio de 1935
Viena y Schwarzenau, Austria

—Te necesita. —Von Starhemberg insistía—. ¿De qué otra manera va a mantener Schuschnigg sus fuertes lazos italianos sin ti? Mussolini siempre fue *tu* socio.

—Entonces, ¿por qué se comporta como un maldito necio? —preguntó mi esposo, y el volumen de su voz se elevó junto con el nivel de su irritación.

—Es un neófito, Fritz; ignora por completo lo que se necesita para mantener Austria a salvo. Quiero decir, él piensa que los políticos son los que hacen todo el trabajo —respondió Von Starhemberg al exabrupto retórico de Fritz.

Este casi soltó una carcajada y dijo:

—Imagina lo que ocurriría si las relaciones entre países solo las determinaran los políticos. Schuschnigg piensa que puede proteger a Austria de una invasión alemana si consigue evitar el enojo de Hitler. No se puede apaciguar a un loco.

—Toda esa cooperación que planea con Hitler le va a estallar en las manos —respondió riendo Von Starhemberg—. Está dándole tiempo para preparar una invasión mientras nosotros nos quedamos sentados, cumpliendo muy educados con los términos del Tratado de Saint-Germain que nos limitan a un ejército integrado por la insignificante cantidad de treinta mil efectivos.

—¿Por qué no puede ver que lo único que ha impedido que Hitler dé un golpe son las tropas italianas? ¿Qué pasaría si los rumores sobre una alianza entre Hitler y Mussolini en Etiopía, por lo menos en términos de apoyo público, fueran verdaderos? Entonces solo sería cuestión de tiempo para que llegaran a un acuerdo general que incluyera a Austria.

Había estado escuchando versiones de esa conversación desde que comenzó a disolverse la solidez del liderazgo austriaco compartido por Von Starhemberg y Schuschnigg. Von Starhemberg pensaba que Schuschnigg estaba siendo sumamente débil con Alemania y dejando por ello muy vulnerable a Austria, algo en lo que Fritz estaba de acuerdo. Mi esposo y su colega, que por años habían controlado tras bambalinas el destino de Austria, estaban preocupados: si la Austria independiente se tambaleaba, también se vendría abajo el poder que ellos ejercían. Los dos hombres no tenían ideología definida; su única convicción real era la infalibilidad de su propio poder. Cambiarían su postura según fuera necesario.

—A menos que intervengas —sentenció Von Starhemberg.

Fritz le dio una larga calada a su cigarro antes de repetir las palabras de Von Starhemberg:

—A menos que yo intervenga.

Cuatro semanas después, esa conversación se repetía en mi cabeza mientras me hallaba sentada en la mesa frente al mismísimo Mussolini. Antes ya había estado en presencia de Il Duce, en algunos viajes a Italia, pero siempre fue algo superficial. Unas cuantas reverencias y saludos constituían la totalidad de nuestras interacciones. Hasta ahora. Ahora yo era su anfitriona.

Fritz vestía traje formal y yo un vestido de raso dorado diseñado para la ocasión por Madame Schiaparelli —invitada en otra de nuestras cenas—, cuando recibimos a Il Duce en el vestíbulo del Schloss Schwarzenau. Consideramos invitarlo a nuestro departamento en Viena o a Villa Fegenberg; sin embargo, al final la seguridad y la privacidad que la reunión exigía hicieron necesario el castillo.

En las semanas previas a la cena, Fritz incluso solicitó mi ayuda con miras a dejar el castillo listo para la ocasión, algo que nunca antes había ocurrido. Compré manteles y servilletas para la mesa, me reuní con floristas con el fin de elegir la decoración, probé pasteles buscando el que podría ser del agrado de Mussolini y escuché distintos músicos para seleccionar al adecuado para la presentación y el baile posterior a la cena. Rechacé tres conjuntos porque sus interpretaciones de varias obras clásicas se inclinaban más hacia el jazz y eso no iba con los gustos conservadores de Mussolini; al final decidí contratar un grupo orquestal vienés impecablemente preparado y con las mejores recomendaciones. La búsqueda de perfección, por lo general jurisdicción de Fritz, nunca había sido tan importante para mí; sin embargo, nuestro invitado era crucial para mantener la independencia de Austria frente a Alemania.

Tres días antes de la llegada de Il Duce, Fritz y yo, vestidos de gala, hicimos un ensayo general de la velada, con todo y los cinco tiempos de la cena; nos sentíamos lo más preparados que podíamos estar. La presión del momento me unió a Fritz de una manera que no había experimentado desde los primeros días de nuestro matrimonio, aunque, como era de esperarse, seguía cuidándome de él. Fritz seguía siendo, por supuesto, una persona voluble.

Con los nervios de punta, estábamos al pie de la escalinata de la entrada al Schloss Schwarzenau, listos para recibir a Mussolini. Llegó vestido con traje militar formal, como si estuviera dirigiendo un desfile, con casi un pelotón de soldados y oficiales tras él. Fritz saludó al dictador italiano con una inclinación y un apretón de manos que se convirtió en abrazo, y yo hice una reverencia, como Fritz me había indicado, pero el gesto también terminó distinto de como había empezado, a saber, con un beso de Il Duce en mi mano.

Entramos en el castillo y, después de una conversación de bienvenida, nos dirigimos hacia el comedor, donde el fastuoso banquete de cinco tiempos aguardaba a Su Excelencia y a los miembros más importantes de su comitiva. Habíamos planeado la cena con sumo cuidado para que incluyera muchos de los vegetales que nuestro invitado prefería, pero con un espectacular plato de ternera al centro. Todos los preparativos que Fritz y yo habíamos dedicado al comedor eran evidentes. En la pared, los tapices de gobelino recién lavados enmarcaban el exquisito despliegue sobre la mesa, la cual, extendida al máximo para la ocasión, estaba cubierta con un mantel azul violeta de seda, y aquí y allá había orquídeas de azul intenso que contrastaban con los cubiertos de oro que Fritz había mandado traer del departamento vienés.

Una vez que nos acomodamos en los asientos, los sirvientes comenzaron a circular por el comedor llevando vino. Habíamos traído a todo el personal del departamento de Viena para la ocasión, a excepción de Ada, la mucama que de manera inexplicable había sido transferida de Villa Fegenberg a Viena, pues no podía darme el lujo de padecer algún error suyo que al final me hiciera quedar mal parada. Nuestro sirviente más antiguo, Schneider, a quien encomendamos atender exclusivamente a Mussolini, aguardaba con la garrafa suspendida sobre la copa de cristal de Il Duce; sin embargo, Mussolini negó con la cabeza en respuesta al ofrecimiento de vino. Fritz y yo volteamos a vernos; se nos había olvidado advertir a los sirvientes que nuestro invitado no bebía alcohol. ¿Cómo era posible que hubiéramos cometido semejante error? Mi corazón se aceleró y volteé a ver al dictador, quien estaba ocupado masticando la ensalada con ajo que, según nos enteramos, era su favorita. No parecía ofendido.

Aunque mantuve la mirada baja con modestia, como lo prefería Fritz, por entre las pestañas alcanzaba a ver a Il Duce. Su quijada cuadrada me recordaba la de Fritz, aunque la de mi esposo no era tan prominente. Ambos hombres exudaban poder y confianza, si bien la intensidad del dictador en cierto modo era mayor.

Como correspondía al anfitrión, Fritz propuso los temas de conversación; sin embargo, permitió que Mussolini dirigiera el rumbo de la discusión. Hablar de política estaba estrictamente *prohibido* en la mesa, salvo que el dictador mencionara el tema, así que Fritz y yo habíamos creado una lista de asuntos aceptables, con particular énfasis en los muchos proyectos culturales que Il Duce patrocinaba.

Fritz planteó una pregunta acerca de un gran proyecto para rediseñar las calles de Roma; se trataba de transformar la traza medieval y enrevesada en vías amplias, rectas y «modernas». El proyecto también incluía la creación de nuevos edificios con ángulos rectos y muros de cemento sin ornamentar. Habíamos escuchado que el apremio para crear tantos edificios y obras públicas como fuera posible condujo a inconsistencias arquitectónicas y a que las edificaciones parecieran mal hechas, pero no ofrecimos otra cosa que elogios para Il Duce.

—Ah, sí —respondió Mussolini con voz fuerte—. La construcción de caminos y edificios avanza rápidamente. Al mismo tiempo estamos excavando y preservando muchísimos sitios arqueológicos romanos. Debemos glorificar todo lo romano, lo antiguo y lo moderno.

—Claro —coincidió Von Starhemberg, introduciéndose en la conversación—. Es necesario para la unidad del pueblo.

—Exacto —asintió con vigor Il Duce—. Cuando un líder carece de noble linaje y de un futuro sobre el cual fundar un gobierno fuerte, debe recurrir a métodos menos efectivos y con frecuencia desagradables para fortificar su Estado. Es el caso del canciller Hitler. El pueblo germánico no posee la ilustre historia del pueblo italiano, así que Hitler se ha visto obligado a crear un Estado en torno a esa ficción de la raza aria y del odio a los judíos. Es un desafortunado fundamento para su nuevo régimen, no obstante que su desprecio resulta comprensible.

Me encogí al escucharlo pronunciar la palabra «judíos» y calificar el «desprecio» de Hitler hacia ellos como algo «comprensible». A diferencia de Alemania, Italia no imponía restricciones contra los judíos, y eso me había llevado a creer que Il Duce no era antisemita. Pero no era así. No podía creer que hubiera depositado en ese hombre todas mis esperanzas de mantener a Austria independiente y libre del antisemitismo sancionado por el Estado.

El dictador, sin embargo, no había terminado. Siguió:

—La cultura es, claro, el mejor medio para inculcar al pueblo la ideología fascista, el sistema más apropiado para todos los países.

Fritz y yo nos quedamos helados, al igual que los demás invitados; salvo por Von Starhemberg y su mujer, que rara vez acudía a esos eventos con su esposo, todos eran convidados de Mussolini. Habíamos organizado la velada procurando evitar una conversación política, y sin embargo ahí estaba; Il Duce la había lanzado sobre la mesa en el primer tiempo de la cena. El dictador siguió comiendo su ensalada, pero el resto de los comensales se quedó inmóvil. Nadie hablaba, nadie comía, nadie bebía.

Tenía que salvar el momento.

—Su Excelencia —dije—, hablando de cultura, he escuchado que su obra musical favorita es *Pini di Roma,* de Ottorino Respighi. ¿Es verdad?

Mussolini dejó de masticar y bebió un largo trago de agua. Mi corazón latía desaforado a la espera de su respuesta. ¿Lo ofendería mi intervención? Sabía por Fritz que prefería que las mujeres fueran rotundas, maternales y, por encima de todo, que permanecieran en casa. Excepto sus amantes, claro está.

Finalmente su semblante se avivó y dijo:

—Ha hecho su tarea, señora Mandl. *Pini di Roma* me parece muy conmovedora.

—El señor Mandl y yo trajimos a los mejores músicos de Viena con objeto de que toquen para usted después de la cena. ¿Le molestaría a Su Excelencia si interpretaran *Pini di Roma*? —pregunté con naturalidad, aunque Fritz y yo habíamos pasado varias horas con los músicos que contratamos para la velada hasta asegurarnos de que supieran tocar *Pini di Roma* a la perfección.

—Me encantaría —respondió Il Duce con amplia sonrisa, y emprendió una discusión acerca de los compositores italianos.

En silencio, suspiré de alivio por su respuesta y por el oportuno cambio de tema. Lo mismo hizo todo el comedor. Fritz me lanzó una mirada cómplice y sonrió. Estaba contento con mi esfuerzo, algo raro en esos días.

—¿Pasamos al salón de baile? —propuso Fritz a los invitados cuando terminaron los últimos bocados de la enorme tarta *Sacher* y los coloridos *Puncshkrapfen,* caprichosos dulces de fondant.

El salón estaba organizado en dos secciones; en una había sillas chapadas en oro dispuestas en semicírculo alrededor de la orquesta, y en la otra se hallaba la pista de baile, con el suelo de mármol escaqueado. Fritz y yo ocupamos nuestros lugares junto a Mussolini para escuchar a la orquesta interpretar su obra favorita de Respighi. El dictador cerró los ojos y comenzó a mecerse al ritmo de la inspiradora sinfonía. Cuando el violinista hizo sonar la última nota con su arco, Mussolini se puso en pie de un salto y aplaudió. El resto de los asistentes lo imitó.

A continuación, los músicos tocaron una pieza clásica apropiada para bailar, y los invitados se reunieron en la periferia de la pista. Se esperaba que yo abriera el baile con nuestro invitado de honor. Ya que Il Duce no había traído a su mujer, Fritz invitó a la esposa de Von Starhemberg a la pista, y Mussolini me extendió la mano.

El dictador deslizó sus manos por mis costados y las colocó sobre mi cadera. Yo, por mi parte, puse mis dedos enguantados sobre sus hombros. Nos quedamos mirando a los ojos; por fortuna yo no era más alta que él. Fritz me había ordenado usar zapatos sin tacón, ya que Il Duce medía un metro con sesenta y nueve centímetros, exactamente mi altura, y odiaba a las mujeres que eran más altas que él.

De cerca, sus ojos eran acerados y su piel tosca. No podía dejar de pensar que mis manos estaban tocando a un hombre que había llegado al poder gracias a pandillas de soldados que golpeaban, mataban o encarcelaban a quien se les pusiera enfrente. Y él no solo ordenaba esa violencia. Sus manos estaban manchadas con la sangre de aquellos que él mismo había golpeado.

Antes de poder hablar de las banalidades de que solía ocuparme en todas las conversaciones con los colegas de Fritz, Mussolini me hizo una pregunta:

—En algún momento fue actriz, ¿no es así, señora Mandl?

¿Cómo lo sabía? Rumores, supuse. Con suerte no se lo habrían dicho los visitantes italianos que habían asistido a la proyección de *Éxtasis*.

—Sí, Il Duce, aunque eso fue hace años. Ahora mi único papel es el de esposa.

—Claro, señora Mandl. Es el gran papel de toda mujer, ¿no es cierto?

—Sin duda, Il Duce.

—Me parece que fue usted tremenda actriz antes de su matrimonio —insistió.

Me sentía confundida. ¿El dictador me había visto en escena? Sin duda alguien me habría avisado si Il Duce hubiera estado entre el público en alguna de mis obras. Jamás escuché rumor alguno sobre su asistencia. Enseguida lo entendí.

—La vi en *Éxtasis* —me susurró mientras me jalaba hacia él.

Estaba horrorizada, y una oleada de náusea me sobrecogió. No podía tolerar la idea de que ese hombre, que me había visto desnuda, estuviera poniéndome las manos encima. Pero seguí bailando, muda, pues no sabía qué decir, y rezando para que la canción terminara y cambiáramos de pareja. ¿Qué opciones tenía? Lo que estaba en juego era demasiado importante.

—Disfruté mucho verla en la película, tanto que compré una copia. La he visto más veces de las que puedo contar.

Ya no solo sentía simple repulsión. Ahora estaba aterrada. ¿Yo era la razón por la que había aceptado la invitación que Fritz le había hecho desde hacía años? Mantuve la sonrisa en el rostro, pero mi malestar creció.

—Usted es una mujer hermosa, señora Mandl. Me gustaría llegar a conocerla mejor.

No cabía duda de que no estaba convidándome a tomar el té. Era una invitación a su cama. ¿Fritz estaría al tanto? ¿Estaría coludido para entregar a su esposa como parte de sus sórdidas negociaciones con Mussolini? No, estaba tan loco de celos que me parecía inconcebible la idea. No creía que Fritz pudiera relajar lo posesivo que era conmigo ni siquiera con Mussolini.

Por fortuna la canción concluyó, y uno de los asistentes de Mussolini se apresuró a llegar a su lado. El dictador movió la cabeza para escuchar mejor las súplicas del hombre en medio del ruido de la multitud, y después me dijo:

—Le pido disculpas, señora Mandl; debo atender un asunto urgente.

Asentí y, tan pronto como desapareció de mi vista, crucé el salón de baile a toda prisa y corrí por las escaleras hasta mi habitación. Cerré la puerta con seguro y me quedé parada frente al espejo de cuerpo completo. Observé a la bella mujer en el reflejo —las cejas arqueadas, el cabello negro y fuerte, los ojos de un verde profundo y los labios pintados de rojo— y no me reconocí en ella. ¿De quién era ese rostro? Todos los rasgos estaban cubiertos con capas de artificio que lo volvían poco familiar. Arañé mis mejillas hasta que quedaron al rojo vivo, casi sangrantes. Papá no habría reconocido a esa persona.

¿En quién me había convertido?

Capítulo 21

21 de mayo de 1936
Schwarzenau, Austria

El año que siguió a la visita de Mussolini al Schloss Schwarzenau trajo amenazas internas y externas para Austria. En ese contexto, ¿cómo habría podido considerar siquiera mencionarle a Fritz la insinuación de Mussolini? Austria necesitaba aferrarse a los últimos vestigios de su protección, y yo no haría nada que provocara la resistencia —o el rechazo— de Fritz hacia Il Duce; claro, si la propuesta no había sido sancionada por mi esposo. Y si, de manera increíble, ese hubiera sido el caso, no quería discutir el asunto con él porque no podría tolerar el hecho de que fuera cierto. Habría sido imposible continuar en mi papel de señora Mandl.

La barricada que Fritz y sus compatriotas habían construido en torno a Austria, basada en la fortaleza militar italiana, comenzaba a mostrar fisuras. Armado por Fritz, Mussolini dirigió sus ejércitos hacia Etiopía en un despliegue de poder fascista que mi esposo celebró en un principio, en particular por el beneficio económico que nos traería. Pero cuando Hitler, ante la condena y las sanciones económicas de la Liga de Naciones, ofreció su apoyo incondicional a la invasión de Mussolini, la desconfianza con que este solía ver a Hitler comenzó a suavizarse, y nuestra preocupación colectiva por el destino de Austria creció. ¿Empezaría Mussolini a preferir a los nazis, con su insaciable sed de «reunificar» Austria y Alemania en un único territorio ario? Y aunque jamás me habría atrevido a exponer a Fritz, mis inquietudes sobre las repercusiones que la reunificación de Austria y Alemania tendría para mí en lo personal —mi origen judío era un secreto bien guardado, y a Fritz le gustaba olvidar que yo había sido judía alguna vez—, mi ansiedad aumentó ese otoño, cuando Hitler promulgó las Leyes de Núremberg, que despojaban a los judíos de la ciudadanía y de sus derechos civiles. Se trataba de una acción que hacía realidad todos los miedos de papá.

Aun así, Fritz y yo bailábamos como si el mundo no estuviera derrumbándose a nuestro alrededor. En público, por lo menos. En la privacidad del hogar, cuando todos los invitados partían y los sirvientes se retiraban por ese día, no había baile; solo reglas, cerraduras y furia. Parecía que, al encerrarme, Fritz esperaba encerrar también el virus rampante que era Hitler. Cada vez que necesitaba desahogar su ira, yo me convertía en el mudo emblema del mal interno y externo.

Algunas veces mamá veía los resultados de sus exabruptos durante mis visitas, perfectamente reguladas, para tomar el té, una de las pocas salidas que Fritz aún me permitía. Un brazo con moretones donde me había sujetado para susurrarme una devastadora crítica durante alguna cena. Un cuello rasguñado a consecuencia de sus bruscas pasiones, si es que a sus incursiones nocturnas en mi habitación era posible designarlas con ese nombre placentero. Mamá nunca me decía nada al respecto, y cuando intentaba mencionar los resultados de su enfado, ella cambiaba de tema o hacía referencias indirectas al «deber» y la «responsabilidad». Sabía que no podía contar con ella para que me apoyara, y mis visitas se fueron haciendo cada vez más escasas. Me parecía intolerable estar en la casa de Döbling, que en algún momento consideré un refugio, y solo sentir desesperanza.

Hacia el mes de marzo incluso los bailes disminuyeron. Envalentonado por la inacción de la Liga de Naciones ante la invasión de Etiopía por parte de Mussolini, Hitler llevó sus tropas a Renania, antiguo territorio alemán al oeste del río Rin que el Tratado de Versalles le prohibía ocupar. Schuschnigg informó a Von Starhemberg de que Austria debía llegar a algún tipo de acuerdo con Hitler, y que Mussolini de hecho le había advertido que de no hacerlo perdería el apoyo italiano. Von Starhemberg se opuso de manera muy explícita, y eso hizo que lo retiraran de la vicecancillería en mayo. Ocupado con su campaña en Etiopía y su naciente relación con Hitler, Mussolini tenía cada vez menos tiempo para Austria y para Fritz. El poder de mi esposo y de Von Starhemberg se había debilitado, y yo pensaba si había llegado a un punto que rebasaba la promesa que le había hecho a papá de permanecer a su lado. Si mi esposo se convertía en opositor de los líderes austriacos y su poder para mantener la independencia de nuestro país flaqueaba, ¿no representaba entonces una carga antes que una fuente de seguridad? De no ser porque había prometido a papá que protegería a mamá, habría abandonado a Fritz desde el momento en que me planteé tal pregunta.

Pasaba de la medianoche. Habían limpiado la mesa después de la cena, y los sirvientes se habían retirado, no sin antes reabastecer el alcohol en el aparador y colocar una charola con violetas acarameladas y *Trüggeltorte* al centro de la mesa. Fritz y Von Starhemberg querían darse un respiro de Viena y las maquinaciones políticas, así que nos habíamos escapado a Villa Fegenberg en compañía de Ferdinand, el hermano de Von Starhemberg. Los dos hombres querían hacer planes sin correr el riesgo de ser escuchados, Ferdinand y yo no contábamos.

Yo deseaba que Fritz hubiera requerido mi presencia durante ese intercambio crucial porque valoraba mi opinión, pero esa no era la razón por la que no me había mandado a mi habitación. Mi esposo me permitió permanecer en la mesa porque me había convertido en algo parecido a los Rembrandt en las paredes o la porcelana

Meissen en la vitrina: un ornamento invaluable e inanimado que podía exhibir como símbolo de su riqueza y habilidad, nada más.

—Único dictador de Austria. Es una broma —dijo Von Starhemberg interrumpiendo mis cavilaciones sensibleras; apuraba un trago de brandy y arrastraba las palabras. Estaba borracho. Nunca pensé ver al aristócrata formal en tal estado de embriaguez, pero, bueno, nadie esperaba tampoco que Schuschnigg se proclamara dictador de Austria, y era justo lo que había hecho dos días atrás.

Fritz echaba pestes.

—Qué descaro —dijo.

Yo no estaba segura de si se refería a la autoproclamada dictadura de Schuschnigg o a los recientes indicios de que el gobierno austriaco se haría cargo de las fábricas de municiones del país, incluidas las industrias y las empresas de Fritz. Ambos sucesos lo habían hecho caer en un espiral durante los últimos días.

—Nosotros lo impulsamos a ese sitio. ¿Cómo se atreve a sacarnos del poder? —Von Starhemberg se balanceaba mientras hablaba. Su hermano estiró los brazos para mantenerlo en pie, pero Von Starhemberg lo apartó a manotazos, como si se tratara de una mosca.

—Claro, intenta marginarnos. Somos los únicos que objetaremos ese maldito acuerdo entre Alemania y Austria que está considerando.

Por medio de informantes aún leales, Fritz y Von Starhemberg se habían enterado de que Schuschnigg había comenzado a negociar un acuerdo con Alemania por el que, a cambio de la promesa de Hitler de mantener a Austria independiente, el país haría que su política exterior fuera consistente con la alemana y permitiría que los nazis ocuparan puestos oficiales en el gobierno. Fritz y Von Starhemberg lamentaban que el acuerdo aislaría diplomáticamente a Austria y animaría a otros países europeos a considerar las relaciones austriaco-alemanas como un asunto interno que solo concernía al pueblo germano. Más que otra cosa, creían que se trataba de una trampa destinada a debilitar a Austria y prepararla para la invasión de Hitler. Después de todo, Hitler tendría a sus hombres dentro del gobierno.

—¿Qué capital político o económico nos queda para presionar a Schuschnigg ahora que Hitler y Mussolini han llegado a una suerte de entendimiento? Tengo entendido que están por formalizar su amistad con algo que llaman el Eje Roma-Berlín. ¿Eje de qué? Otra de las frases inventadas por Hitler para designar su poder.

Fritz soltó una carcajada burlona al escuchar el término «eje».

—Nuestra mayor fortaleza siempre fue la capacidad de hacer que Italia estuviera del lado de Austria. Ya no podremos hacer eso si Hitler y Mussolini navegan en el mismo barco. —Jamás había visto a Fritz tan abatido. Siempre se había mostrado optimista y absolutamente seguro de sí mismo.

Von Starhemberg trastabilló hasta el anaquel, tomó una botella llena de *schnapps* y la colocó entre él y Fritz. Para cada uno llenó una copa del líquido ambarino hasta que estuvo a punto de derramarse. Ninguno de los dos se ofreció a rellenar mi copa o la de Ferdinand. Era como si no estuviéramos en la habitación.

—Creo que no tenemos opción —dijo Fritz con tono resignado.

¿De qué estaba hablando? ¿Respecto de qué no tenían opción ni él ni Von Starhemberg?

—Va en contra de todo por lo que hemos trabajado.

—Lo sé, pero ¿cuáles son las alternativas? Si seguimos promoviendo la independencia, perderemos cualquier influencia que aún tengamos. Por no hablar de los activos. Sin embargo, si sacamos nuestros activos líquidos de Austria antes del Anschluss y al mismo tiempo buscamos una nueva orientación para las relaciones entre Austria y Alemania mucho antes de la invasión, evitaremos dar la impresión de estar motivados solo por nuestros intereses personales, y, bueno… —Fritz fue bajando la voz y dejó que Von Starhemberg llenara los vacíos. No supe si se daba cuenta de que yo llenaba los vacíos también. Quizá no le importaba. Sin duda,

Ferdinand no parecía haber registrado la magnitud de lo que Fritz y su hermano decían, a saber, que estaban considerando cambiar de bando y convertirse en partidarios de la unificación de Austria y Alemania con el fin de retener su poder.

—Quizá funcione, pero solo si se te permite vender armas… —dijo Von Starhemberg, y luego también él se fue quedando en silencio. Tanto Fritz como yo sabíamos que se refería de manera indirecta a la herencia judía de Fritz.

Von Starhemberg conocía el secreto de Fritz —que era mitad judío— quizá mucho antes que yo. Fuera de la alusión a la conversión de su padre en nuestro viaje de compromiso a París, Fritz me había mantenido ese hecho oculto durante el primer año de matrimonio. Solo entonces reveló que su padre judío había tenido una relación prematrimonial con su madre católica cuando ella trabajaba como mucama en una de las casas de la familia Mandl. Después de que Fritz nació, su padre cedió y se convirtió al cristianismo para poder casarse y legitimar a su hijo.

—Conforme a las Leyes de Núremberg, podrían otorgarme el estatus de «ario honorario» —anunció Fritz, despachando la preocupación de Von Starhemberg sin mencionar la palabra «judío» en voz alta.

—¿Qué diablos es eso?

—Es una distinción creada por el general Goebbels para las personas judías que trabajaron directamente para la causa nazi.

—Así que, aun cuando ellos te consideraran judío —Fritz se encogió al escuchar la palabra, pero Von Starhemberg continuó—, te permitirían vender armas.

—Sí.

Von Starhemberg se recargó en el respaldo de su silla, asintiendo.

—Bien. Eso cambia las cosas, ¿no te parece?

Los hombres chocaron sus copas antes de beber hasta la última gota del brillante licor. Me acomodé en mi silla, sorprendida por lo que había escuchado. De algún modo pensé que no debía sentirme así, pero aun así lo hice.

Papá y yo habíamos confiado en la fuerza de voluntad de Fritz para protegernos, y era inconcebible que, con todo su poder, riqueza e impulso, Fritz no pudiera mantener a Hitler a raya. Y, sin embargo, mi esposo había llegado a la conclusión de que no podría ganar la pelea peleando de frente, y cuando eso había ocurrido, no lo había avergonzado cambiarse al bando victorioso.

Ahora compartía la cama con un hombre que a su vez se había metido en la cama de Hitler.

Capítulo 22

28 de noviembre de 1936
Viena, Austria

El plan parecía sencillo en un principio: colocarme una máscara que no había utilizado en mucho tiempo pero que aún reconocía y pronunciar los parlamentos de mi personaje. Estos no habían sido escritos por un dramaturgo desconocido, sino por mí. Por lo demás, el plan se asemejaba a la noche de estreno de una obra de teatro. O al menos eso fue lo que me dije a mí misma.

Para comenzar con mi interpretación esperé a que Fritz emprendiera un viaje de negocios. Sus giras a los lejanos confines de Europa del Este —el «terreno campesino», como lo llamaba él, de Polonia y Ucrania, donde se localizaban algunas de sus fábricas— se habían vuelto mucho más frecuentes que las visitas a destinos glamurosos que solíamos realizar por negocios o placer. Por lo que había escuchado en algunas conversaciones, sabía que el propósito de esos viajes de Fritz era fortalecer sus propiedades menos productivas y liquidarlas cuando fuera posible, además de mover las ganancias para guardarlas en Sudamérica, sitio ajeno a la inminente guerra. Mantuvo trabajando a su máxima capacidad las fábricas de municiones y componentes de armas con el fin de cumplir con los contratos con Austria, España, Italia y ciertos países sudamericanos, amén de fabricar los suministros que, según creía, el Tercer Reich podría utilizar si lo convencía de sentarse a negociar, pese a que tiempo atrás había peleado durante años por la independencia austriaca.

Elegí como coprotagonista a un hombre famoso por su superficialidad y su falta de visión. Ese era un rasgo necesario para el papel que le había asignado. Por fortuna, el destino me regaló a un peón perfecto y siempre presente, uno que a Fritz le parecía incapaz de maldad o de cualquier otra cosa, y, sobre todo, alguien a quien yo podía acceder con facilidad: Ferdinand von Starhemberg, el hermano de Ernst.

La primera escena comenzó en el salón de nuestro departamento vienés, con todas sus cerraduras, una soleada mañana de noviembre. Estaba sentada ante mi escritorio *art nouveau* y, a través de la ventana que tenía enfrente, miraba cómo las hojas doradas de los árboles que rodeaban la Ringstrasse se arremolinaban con la brisa. La clara luz otoñal y la naturaleza liberadora de mi plan me hacían sentir libre, casi mareada.

Tomé mi pluma fuente favorita y redacté una carta en el grueso papel membretado con mis iniciales.

Queridísimo Ferdinand:

Da la casualidad que tengo unas horas libres esta tarde y me gustaría tener compañía. ¿Será que tú estás disponible también? Si es así, por favor ven a tomar el té.

Tuya,
la señora Mandl

Firmar la carta como «la señora Mandl» me parecía algo forzado, dadas mis intenciones, pero no recordaba que Ferdinand me hubiera llamado nunca por mi nombre a pesar de que yo usaba el suyo. Fritz era demasiado posesivo para permitirle la familiaridad de dirigirse a mí por mi nombre de pila, aun cuando consideraba a Ferdinand un tonto inofensivo que solo tenía a su favor su título nobiliario y la reputación de su hermano. Aun así, no podía arriesgarme a ser castigada si alguien interceptaba mi carta y se descubría mi plan.

Encomendé a Auguste, nuestro sirviente más joven y dócil, para que entregara la carta en la residencia de Ferdinand, mansión que Fritz había descrito como una suma de opulencia de mal gusto. No podía arriesgarme a confiar en Ada, la mucama encargada de ese tipo de entregas. Nunca descubrí evidencia de que existiera o hubiera existido un amorío entre Fritz y ella; sin embargo, por la razón que fuera, Ada me detestaba y gozaba con mi encierro, como lo probaban sus miradas furtivas llenas de odio. No podía confiarle la carta porque ya la veía leyendo su contenido, ansiosa por descubrir cualquier información que pudiera condenarme. Sospeché que nada la haría más feliz que comunicarle a Fritz alguna falta cometida por mí. ¿O acaso ya imaginaba conspiraciones por doquier?

La respuesta de Ferdinand llegó mucho más rápido de lo que esperaba, pues abrió y leyó la carta al momento de la entrega. Supuse que no pensaba hacer nada a esas horas; Fritz con frecuencia decía que la principal ocupación de Ferdinand era acudir a eventos sociales. Le pidió a Auguste que aguardara en lo que escribía su respuesta, y el sirviente regresó a casa con la aceptación a mi invitación. Solo me restaba ordenar que prepararan el té, ocupar a los sirvientes con tareas que les tomaría hasta la noche completar, y prepararme.

La larga y sedosa cola de mi vestido más entallado serpenteaba detrás de mí cuando salí de la privacidad de mi habitación hacia el salón, el escenario de la segunda escena. El reloj de mesa anunció que faltaba un cuarto de hora para las cuatro, y mis nervios resonaron junto con él. ¿Funcionaría mi guion? Para tranquilizarme de cara a mi interpretación, puse las manos sobre las teclas del piano y me relajé con la serenata número 13, «Eine kleine Nachtmusik», de Mozart. Por un momento me transporté a un lugar libre, fuera de mi cárcel de oro.

El carraspeo de un hombre interrumpió mi embeleso. Mis dedos se paralizaron y alcé los ojos. Era Ferdinand, quien parecía hipnotizado e incómodo al mismo tiempo.

Me levanté de un salto, corrí a su lado y sostuve su mano un poco más de lo usual.

—Ferdinand, ha rescatado a una damisela en aprietos. Fritz está de viaje por dos días, y tengo mucho tiempo libre y nada que hacer.

—Parece que ocupa ese tiempo con música hermosa. Ignoraba que usted sabía tocar tan bellamente.

Le sonreí con modestia fingida.

—Hay muchas cosas que desconoce de mí, Ferdinand.

Un rubor escarlata subió por su cuello y llegó hasta sus mejillas —la reacción exacta que deseaba provocar—; le hice un gesto para que se sentara junto a mí en el sofá frente al que los sirvientes habían dispuesto el té, *petits fours* y una garrafa de cristal con *schnapps* dulce. Detuve mi mano un momento sobre el asa de la tetera antes de moverla hacia la garrafa.

—¿Le molesta si empezamos con una copa en lugar de té, Ferdinand?

—Claro que no, señora Mandl. Con todo gusto haré lo que usted disponga, como siempre.

Sabía que seguiría mis indicaciones en otros asuntos, no solo en la elección de bebidas, claro. Además de ser vacuo, Ferdinand era absolutamente transparente, y jamás había logrado ocultar el deseo que sentía. Por lo menos no lograba escondérmelo a mí. Fritz no veía nada más que su fatuidad.

Terminamos nuestras bebidas y conversamos un poco sobre el excelente clima otoñal. Le serví otro y otro trago en lo que yo bebía el mío a sorbos, despacio, y aguardaba a que las huellas de la incipiente embriaguez aparecieran en su rostro.

—Puedo imaginar que está usted preguntándose por qué lo invité. En ausencia de Fritz. —Su confusión por el encuentro resultó evidente desde un principio, quizá desde el momento en que recibió mi carta esa mañana, pero sabía que su incertidumbre no superaría su deseo ni su curiosidad.

—Así es.

Como si de pronto me sobrecogieran la emoción y la timidez, mantuve los ojos fijos en el suelo mientras decía:

—Es que siento algo por ti, Ferdinand. Desde hace algún tiempo.

—Yo… Yo… Yo… —tartamudeó—. No sabía que se sentía así, señora Mandl.

—Por favor, llámame Hedy —ronroneé—. Me encantaría escuchar cómo suena mi nombre en tus labios.

—Hedy —dijo, sin apartar los ojos de mi rostro.

Me acerqué para besarlo. Sorprendido, no reaccionó en un principio. Sus labios parecían tan imperturbables como la determinación de Fritz. Pero pronto se suavizaron y respondieron a lo que recibían.

—Deseaba hacer esto —le susurré, y dejé que mi aliento entibiara su cuello.

—Yo también —susurró a su vez—. No tienes idea —me dijo al abalanzarse sobre mí.

A pesar de que me parecía repugnante, lo besé un momento más antes de separarme y fingir que me faltaba el aire.

—Aquí no, Ferdinand. Los sirvientes espían e informan de todo a Fritz.

La mención de mi esposo hizo que el cuerpo de Ferdinand se tensara, pero no lo suficiente para calmar su pasión.

—¿Dónde entonces? —preguntó, llevándome nuevamente hacia su pecho.

—Una amiga de Budapest tiene una casa vacía. Si me ayudas a salir de este departamento, podemos tomar el tren que parte en una hora. Llegaremos ahí antes de la medianoche.

No respondió. En su rostro pude ver que estaba horrorizado ante la posibilidad de escapar con la esposa de Fritz Mandl. Quizás había esperado una cita veloz en un hotel local.

Me acerqué a él, acaricié sus hombros, su pecho y, al final, con los nudillos rocé el frente de sus pantalones.

—Tendríamos dos días y dos noches juntos. Para el placer ininterrumpido.

El vaso se desbordó.

—Vámonos.

—¿De verdad?

—Sí. ¿Cómo te saco de aquí sin que se den cuenta los sirvientes o Fritz? —apenas logró decir el nombre.

Le recité el plan que había ideado e hice a un lado la breve culpa que sentí al involucrar el nombre de mi madre.

—Vete de aquí ahora y llama del teléfono más cercano que encuentres. A cualquiera de los sirvientes que conteste, dile que hablas del Hospital General de Viena, de parte de Gertrude Kiesler, que acaba de ser internada y que solicita la presencia de su hija. Luego dirígete al hospital; yo te encontraré en la recepción. Y de ahí nos vamos a Budapest.

—Ingeniosa —dijo con una sonrisa de admiración.

Hice que me repitiera las palabras que diría por teléfono al sirviente. Luego me levanté del sofá, fingiendo que no quería dejarlo ir.

—Vete. Te veré pronto.

La tercera escena sucedió exactamente como yo la había concebido: la llamada, mi histeria, el viaje veloz del chofer al hospital, la reunión secreta con Ferdinand. Reía de placer ante lo sencillo que había resultado todo. Para escapar solo había requerido armarme de valor con el fin de dar el salto. De haberlo sabido, quizás habría dejado a Fritz antes, en el instante en que me di cuenta de que no podría protegerme.

Antes de que pudiera empezar a cuestionar mi plan, Ferdinand y yo estábamos en un vagón de primera clase con destino a Budapest; mi bolso se hallaba en el compartimento superior, lleno de los *chelines* ahorrados y algunas joyas de poco valor. Celebré con varias copas de champaña que casi lograron quitarme el enfado que me provocaba mi coprotagonista, hasta que empezó a manosearme. Me preocupaba tener que consumar mi engaño en el tren, cuando el conductor abrió la puerta de nuestro vagón para permitir la entrada de una viejecilla con su perro caniche. Fue un rescate por lo menos temporal.

Había planeado que la última escena culminara de una manera muy distinta de las expectativas de Ferdinand. Tomaríamos un coche para ir a la casa de mi amiga de la infancia —esa parte era verdad—, pero la casa no estaría vacía. Ella, su esposo y su pequeña hija se encontrarían ahí; no estarían esperándome, pero les daría gusto verme. Cuando vi a mi amiga la primavera pasada en un viaje que hice con Fritz, ella me había dicho que la invitación estaba abierta. La presencia de mi amiga y su familia haría imposible consumar el devaneo; eso le diría a Ferdinand, quien tendría que volver a Viena insatisfecho. Entonces quedaría yo libre para escapar a donde quisiera. Más allá de eso, no había planeado nada.

Ferdinand bajó del tren en la estación de Budapest y me tomó de la mano para ayudarme a bajar por las inclinadas escaleras del andén. Al descender lo miré con mi sonrisa más convincente y él, en respuesta, me sonrió y apretó mi mano de camino a la salida de la estación. Solo habíamos dado unos cuantos pasos cuando lo vimos: Fritz.

Cuando es más intenso, el fuego no es rojo ni naranja, sino blanco. Ese blanco aterrador, el color de las llamas de mil grados, era el color del rostro de Fritz, un tono que jamás había visto en él ni en nadie más. No el rojo de la ira, sino el blanco de la furia impronunciable.

Ferdinand y yo nos soltamos las manos, pero ninguno habló. ¿Qué podríamos haber dicho? ¿Que la escena no era lo que parecía? ¿Que en realidad yo no planeaba acostarme con el hermano de Ernst, sino solo abandonar a Fritz?

—Te vienes conmigo a casa, Hedy —dijo Fritz con una tranquilidad perturbadora.

—Claro, Fritz —dijo Ferdinand con voz temblorosa a pesar de que Fritz ni siquiera había reparado en su presencia. Mi esposo se había dirigido solo a mí.

Fritz giró hacia la salida de la estación, donde esperaba un Rolls-Royce negro. Sin mirar a Ferdinand, lo seguí deprisa. El chofer cerró la puerta y arrancó hacia Viena; permanecimos en silencio hasta que Fritz volteó su cara, abrasadoramente blanca, hacia mí.

—¿De verdad creíste que te me escaparías, Hedy? Volé hasta aquí para asegurarme de que llegaría antes que tu tren. —Estaba encolerizado; su saliva me rociaba las mejillas.

Me preguntaba cómo se había enterado. ¿Habría sido por Ada, quien por fin había hallado información sobre mí para confiarle a Fritz? ¿O alguno de los sirvientes le habría notificado acerca de la supuesta llamada de mi madre desde el hospital? No tenía duda de que mamá me habría entregado si Fritz la hubiera visitado para interrogarla sobre la llamada.

Me dio una cachetada y luego me empujó contra el asiento. Me arrancó la ropa y ahí mismo me tomó. Sabía que era un monstruo. Siempre lo había sabido. Pero, mientras me ultrajaba una y otra vez, lo *vi*. Y verlo era mucho peor.

Capítulo 23

12 de julio de 1937
Viena, Austria

La próxima vez no sería tan tonta. No habría carreras ni confiaría en nadie más. Sola, tomaría mi tiempo para prepararme.

Mientras hacía planes, volví a encarnar el personaje de la señora Mandl. La máscara, sin embargo, ya no me quedaba. Los bordes se habían vuelto ásperos, toscos, por momentos incluso algo resbalosos. De pronto estaba a media conversación en una fiesta o en una cena y la máscara se me caía. Me descubría deshilvanada, sin saber quién era y cómo debía actuar. Pero gracias al frenesí del ambiente —la preocupación efervescente y la energía frenética provocada por la inestable situación política—, nadie se daba cuenta. Siempre que mi rostro estuviera maquillado y mi cuerpo cubierto por un vestido, y sin importar qué personas reverberaran bajo la superficie, yo era la señora Mandl.

Puesto que la gente me veía únicamente como la superficial esposa de Fritz —si es que me percibían siquiera—, conseguí hacerme de una especie de invisibilidad. Esto me permitía escuchar, inadvertida o quizás ignorada, a las legiones de constructores, fabricantes de armas, políticos extranjeros y compradores militares que ahora poblaban mis casas, en lugar de los dignatarios y miembros de la realeza de otros tiempos. Fritz fabricaba bombas, granadas y aviones militares, entre otros armamentos, así que, con frecuencia, escuchaba al pasar discusiones sobre planes militares y armas adecuadas, además de conversaciones sobre las fortalezas y las debilidades de los sistemas alemanes. Esas maniobras encubiertas me permitieron ver —o quizás aceptar— el inevitable Anschluss por venir que la mayoría seguía negando, así como el papel de mi esposo en la anexión de Austria a la Alemania de Hitler.

Yo era visible solo para Fritz. Al parecer, mi intento de fuga no había disminuido su deseo por mí. Él parecía creer que, siempre y cuando me dominara físicamente, seguiría siendo mi dueño. Así que por las noches mi cuerpo se convertía en una nación sobre la que Fritz reafirmaba su dominio una y otra vez.

Una mañana muy ventosa para la temporada, realizaba mi rutina diaria, idéntica, sin importar en qué casa estuviéramos. Después de despertar sola en mi habitación, me miraba en el espejo de cuerpo completo para revisar las huellas de la campaña que Fritz había emprendido sobre mí. Seguía un largo baño en mi honda tina de marfil; me tallaba la piel con piedra pómez para retirar cualquier rastro de mi esposo. Sentada frente al tocador, me aplicaba el maquillaje de la señora Mandl y me vestía para interpretar el papel de dama millonaria ociosa. Y entonces, después de mordisquear el desayuno y la comida, de revisar libros científicos y tocar el piano, aguardaba las instrucciones de Fritz.

Ese día particular en Villa Fegenberg, sin embargo, no hubo instrucciones, ni en persona ni por carta. Pero, a juzgar por los constantes azotones con que se cerraba la puerta, supe que había llegado gran cantidad de gente a la casa. El rechinido de la antigua escalera de la entrada y el sonido seco de los velices que los sirvientes subían, me daban a entender que se trataba de visitas que pasarían la noche en la villa. ¿Quiénes eran? Fritz no me había hablado de ninguna fiesta o baile, y aunque él, junto con el personal de la casa, siempre se hacía cargo de los detalles de esos eventos, no dejaba de informarme para que pudiera arreglarme y mandar traer las joyas de la caja fuerte.

Percibí un estremecimiento de ansiedad y miedo entre los sirvientes, quienes se resistían a todos mis intentos por obtener información. Fritz debió haberles dado instrucciones precisas para que mantuvieran en secreto la identidad de nuestros invitados, y en esa ocasión debió haber pedido específicamente que no me dieran ningún detalle. ¿Qué pasaba en la villa?

No podía interrogar directamente a Fritz. Ese tipo de preguntas provocaban su suspicacia, que de por sí ya estaba en alerta máxima tras mi fallido intento por escapar con Ferdinand. Hacía poco, en un periódico local habían aparecido falsos rumores que mencionaban mi intención de volver al teatro; resultaban absurdos en vista de que muchos actores judíos se habían trasladado en masa de Berlín a Viena porque allá las Leyes de Núremberg les prohibían ejercer su profesión, tal como había ocurrido con mi amigo Max Reinhardt. No obstante, esos rumores habían incrementado los temores de mi esposo respecto de otro posible intento de fuga. Cuando por fin me encontré con Fritz esa tarde en el pasillo, busqué sacarle información de manera oblicua.

—Fritz, percibo cierta prisa entre los sirvientes, como si estuvieran preparando una cena o fiesta. Quiero asegurarme de estar vestida adecuadamente para los invitados que escuché llegar, aunque no los vi. ¿Qué vestido quieres que me ponga para esta velada?

Me miró buscando señales de rebelión. Al no hallarlas —pues me aferré a un recuerdo agradable de una caminata dominical por el bosque con papá para asegurarme de que ese sentimiento se reflejara en mi semblante—, relajó su gesto.

—No es necesario que prepares ningún vestido, Hedy. Los invitados están aquí por negocios, nada más. No tienes que estar en la cena.

—Gracias por avisarme. Pediré a la cocinera que me prepare algo para subir a mi recámara y no estorbar.

Asintió y siguió caminando por el pasillo. Antes de desaparecer de mi vista, volteó a verme y dijo:

—Prepárate para recibirme cerca de la medianoche.

Algo desagradable estaba gestándose. Fritz jamás organizaba «cenas de negocios» en las que no exhibiera a su mujer-objeto. Aun después del mal momento con Ferdinand, Fritz me tuvo junto a él en incontables cenas, fiestas y bailes. Y jamás se había preocupado por que yo escuchara sus conversaciones políticas o de negocios, incluidas las intrigas más recientes mediante las cuales, a inicios de año, había abastecido de armas a ambos bandos de la guerra civil española. De hecho, solicitaba mi opinión en esas conversaciones. Así que no buscaba impedir que escuchara información delicada. ¿Qué diablos pasaba en Villa Fegenberg que Fritz no quería que yo viera ni escuchara? Pensé que lo único que quizá querría evitar que yo conociera serían sus maquinaciones con los nazis, actos que se considerarían traiciones, incluso en esos días de colaboración entre el canciller austriaco y Hitler.

Más tarde esa noche, me arriesgué en verdad. Como le anuncié a Fritz, pedí que me sirvieran la cena en mi habitación. Cuando la mucama tocó la puerta para entregarme mi charola, abrí en bata, con el rostro cansado y lista para irme a dormir, sin importar que el reloj ni siquiera marcaba las nueve. Bostezando, le pedí que nadie me molestara el resto de la noche.

Esperé hasta las diez y media para ponerme una gabardina ligera con la que cubrí mi vestido. Abrí la puerta unos centímetros y me asomé al pasillo para ver si había algún empleado. Al no hallar a nadie, me deslicé hasta el amplio balcón que abarcaba la esquina norte de la villa. Con un cigarro colgando de los labios, como si hubiera salido a fumar, con toda naturalidad, caminé hasta otro par de puertas que daban al salón de baile, al comedor pequeño y el estudio en el que suponía que estaba efectuándose la reunión de Fritz.

¿Me atrevería a proceder? No había razón alguna para mi presencia en esa zona de la villa, excepto que estaba espiando a Fritz y a sus invitados. Si me descubrían, el castigo de mi esposo sería peor que los que ya había padecido. Aun así, necesitaba confirmar mi mayor temor y sospecha, esto es, que la «reunión de negocios» era con los mandos más altos del Partido Nazi Alemán. Así que abrí la puerta.

El pasillo estaba vacío salvo por las voces que salían del pequeño comedor. Sabía que había una antecocina pequeña y poco utilizada, la cual se conectaba con ese comedor en particular. Con suerte se hallaría vacía porque los sirvientes estarían atendiendo a Fritz y sus invitados en la media cocina que se encontraba al otro lado del comedor y que preferían porque tenía un montaplatos que les evitaba el trabajo de subir y bajar escaleras.

Me arriesgué y caminé de puntitas por el pasillo. Después de respirar aliviada al ver que mi suposición había sido correcta, levanté mi vestido y me acuclillé en la alacena vacía y completamente a oscuras. Me acomodé para escuchar.

—¿Cómo podemos estar seguros de que nos proporcionará por adelantado los elementos necesarios para la invasión? Sus actos del pasado no reflejan los objetivos de la unificación de nuestro país —dijo una voz áspera con marcado acento alemán, muy distinto de nuestro terso alemán austriaco. Seguramente venía de Alemania.

—No solo tienen los documentos contractuales que detallan la entrega prometida de armas, municiones y componentes del armamento; también cuentan con mi compromiso ideológico. Ahora veo que pelear contra la inevitable unión de nuestros países germánicos fue empresa tonta y falsa. Por favor, créame, *Reichminister* —dijo Fritz en un tono tranquilizador que jamás había escuchado en su voz. Mi esposo ordenaba a los demás; él no recibía órdenes de otros. Hasta ahora.

—No puedo tomar esa decisión, señor Mandl. Solo nuestro *Führer* puede absolverlo de sus actos pretéritos contra el Reich y de su supuesto judaísmo. Él determinará si merece nuestra confianza. Esa decisión tengo que dejársela a nuestro *Führer* —respondió el *Reichsminister* a mi suplicante marido.

La habitación permaneció en silencio, como si esperaran a alguien. Solo podía tratarse de Hitler. Contuve la respiración, temerosa de que pudiera alertarlos y revelar mi presencia. Según mi reloj, pasó un minuto antes que alguien hablara o hiciera algún sonido.

Por fin se escuchó una voz suave, imperativa pero ecuánime. Estaba segura de que se trataba de Hitler —después de todo, el *Reichmaster* solo cedía la palabra a su *Führer,* su líder—; sin embargo, el volumen con el que hablaba era tan bajo que casi no podía distinguir sus palabras. ¿Dónde estaban los contundentes, casi histéricos gritos que Hitler empleaba en sus famosos discursos electrizantes?

Una vez que me acostumbré al volumen y al acento, pude captar algo de lo que dijo Hitler.

—Creo que entiende que nosotros los germanos somos un pueblo separado por una frontera arbitraria y que nuestro destino no se realizará hasta que no estemos reunificados. También creo que su judaísmo se había interpuesto entre usted y esa comprensión hasta ahora…

Escuché que Fritz intentaba decir algo, objetar la etiqueta de judío. Alguien debió haberlo detenido, porque de pronto guardó silencio, y él no solía callar sus opiniones. Pero estaba claro que nadie interrumpía a Hitler.

Hitler continuó como si el intento de interrupción nunca hubiera ocurrido.

—Yo soy quien decide si alguien es judío. Y he decidido otorgarle el título de «ario honorario», lo que significa que cualquier mancha de sangre semítica que porte quedará lavada. Ya no es usted judío. Siéntase seguro de que, sin esas máculas en su sangre, podrá adoptar nuestra fe, lo que sin duda ya habrá hecho, en un único país germánico.

—Gracias, *Führer* —dijo Fritz en voz baja. Su uso de la palabra *Führer* me dejó impresionada. ¿Mi esposo acababa de decirle a Hitler que era su líder? ¿Había jurado lealtad al enemigo?

—Como ario honorario estará, claro, exento de las Leyes de Núremberg en cuanto se apliquen después de la reunificación de Alemania y Austria, y también de mis planes futuros para la remoción permanente de los judíos de la sociedad germana. Y lo mismo vale para su esposa, quien, según entiendo, también es judía.

Mi cuerpo empezó a temblar al escuchar que Hitler me llamaba judía. De pronto me sentí desnuda y amenazada, aquí, en mi propia casa. ¿Cómo era posible que el Tercer Reich supiera de mi herencia judía?

—¿Remover permanentemente a los judíos de la sociedad germana? —Fritz formuló la pregunta que yo estaba haciéndome. ¿A qué se refería Hitler?

—Ah, sí. —La voz del *Führer*, al explicarlo, sonaba distendida—. Tenemos que resolver el problema de los judíos. No se les puede permitir que coexistan con los germanos. Las Leyes de Núremberg son solo el primer paso de un plan del que espero que un día llegue a completarse, en particular cuando el Reich conquiste el continente entero.

Solté un gemido y de inmediato me quedé helada. ¿Alguien me habría oído? Puse atención, a la espera de captar alguna señal de mi inminente descubrimiento, alguna interrupción en la conversación o pasos que se aproximaran. Cuando la discusión continuó, me deslicé fuera de ese espacio y por el pasillo hasta llegar al balcón.

No podía creer lo que acababa de escuchar. Mi esposo —el Mercader de la Muerte— hacía honor al mote que le habían puesto hacía años.

Y él entregaría personalmente la muerte a Austria y a su gente.

Capítulo 24

24 de agosto de 1937
Viena, Austria

No podía esperar más y, a decir verdad, tampoco hacía falta. Los elementos que formaban parte de mi plan —dos meses me había tomado urdirlo— estaban todos en su lugar. Había trazado mi método de escape, una ruta inesperada pero no demasiado complicada. Después de pasar horas pensando qué pasaría con mis posesiones —los bellísimos vestidos de alta costura con incrustaciones de joyas, los zapatos hechos a mano y las más finas bolsas de piel y seda, y en especial la joyería de esmeraldas, diamantes, perlas y otras innumerables piedras preciosas— y eligiendo entre ellas solo las esenciales para ejecutar los siguientes pasos de mi plan, deposité en lugares seguros y de fácil acceso los elementos indispensables para empezar mi nueva vida. Y, más importante aún, había conseguido la pieza clave, un sirviente que no sospechaba nada y que resultaba elemental para toda la operación: Laura, mi nueva mucama. Solo precisaba elegir el momento adecuado para echar a andar todo.

Antes de proceder, sin embargo, debía cumplir la última promesa que le había hecho a papá.

—Si me fuera de Viena, ¿vendrías conmigo? —le pregunté a mi madre en una de mis visitas a Döbling, mientras tomábamos el té.

La casa que había sido imponente ahora parecía pequeña, y mi madre lucía más pequeña aún. Y aunque el lugar estaba atiborrado con las pertenencias de mis padres y lleno de recuerdos e incluso del evocativo aroma del tabaco de la pipa de mi padre, se sentía muy vacío sin él.

Mi madre me dedicó una mirada sentenciosa. Casi podía escucharla ponderar las razones por las que le había planteado tal pregunta, y comencé a preguntarme si Fritz le había contado de mi huida a Budapest. ¿Le habría dicho que inventé una coartada que se basaba en el invento de que la habían hospitalizado? Mamá nunca mencionó mi fallida evasión y, claro, a mí no se me hubiera ocurrido hablarle de ella. Pero era probable que tuviera un sinfín de razones para ocultarme que lo sabía, si ese era el caso.

El vapor salía de la taza que mi madre tenía en las manos; escuché la lluvia de verano golpear la ventana del salón durante el largo minuto que esperó antes de llevarse la bebida a los labios para darle un sorbo. Solo entonces me respondió:

—¿Por qué quieres dejar Viena, Hedy? Tu esposo está aquí. —Su tono me resultó inescrutable.

Debía tener cuidado con mamá. Pese a que intenté explicarle las restricciones a las que me veía sometida al vivir con Fritz, ella elegía no escucharme o se ponía del lado de mi esposo. Aun cuando mi mejilla luciera un moretón, siempre me exhortaba a mostrar mi «compromiso». «El deber de una mujer es con su marido», solía repetir cuando le parecía pertinente. Más de una vez me pregunté si esa proclama no era producto de los celos y de una pizca de ira. Puesto que había sacrificado una prometedora carrera como pianista de concierto para convertirse en ama de casa y madre de familia, quizá creía que yo debía hacer renuncias y compromisos similares. Sin importar el costo.

—Quiero decir: si mi esposo y yo nos vamos de Viena, debido a la situación política —estuve a punto de decir: «debido a la amenaza de Hitler», pero me interrumpí; sabiendo que mi esposo acababa de aliarse con él, no me atrevía a mentirle así, aunque hubiera una buena razón para ello—, ¿vendrías con *nosotros*?

154

Necesitaba saber si debía considerarla en mi plan final. Saber si los riesgos y los planes que involucraban a una sola persona debía expandirlos para incluir a otra. Aunque no me había animado a hablar con mi madre acerca de mis intenciones, si hubiera tenido que adivinar, habría dicho que no sería muy partidaria de dejar Viena, en particular porque nos iríamos solas, contra los deseos de Fritz y sin su conocimiento.

—Claro que no, querida. Esta es mi casa. Además, tu padre siempre se preocupó demasiado por el daño que Hitler pudiera causar. Viena es, y seguirá siendo, perfectamente segura, independientemente de que se cumplan o no las amenazas de Hitler. —Chasqueó la lengua y añadió—: Tu padre siempre te comunicó sus cavilaciones y preocupaciones políticas. No debió agobiarte con esas tonterías. Después de todo, no eres un varón.

Sentí que el enojo me invadía. ¿Cómo se atrevía mamá a hablar así de papá? ¿Y cómo podía sugerir siquiera que yo había significado menos para él por haber nacido mujer?

Sus palabras me animaron a expresar pensamientos que llevaban mucho tiempo enterrados.

—A ti nunca te importó mi relación con papá. Y nunca me quisiste mucho, ¿verdad? No fui la hija que esperabas.

Arqueó la ceja, el único gesto de sorpresa que se permitía. Su voz, sin embargo, se mantuvo tranquila.

—¿Cómo puedes decir eso, Hedy?

—Mamá, cuando era niña no me felicitaste una sola vez. Solo lanzabas tus críticas y tus instrucciones sobre las cosas que debía modificar para parecerme más a las otras niñas de Döbling.

Su expresión no cambió.

—No es que no te quisiera, o que no te quiera —replicó—. Tenía otros motivos para ser parca con mis elogios.

Alcé la voz conforme crecía mi furia. No toleraba esa certeza tranquila en su tono, la constante contención de cualquier cosa que no fueran juicios.

—¿Qué motivos, mamá? ¿Por qué una madre elegiría ser «parca» en elogios y afecto?

—Puedo ver que no me creerías, Hedy, aun cuando te lo explicara. Te has aferrado a tus ideas sobre mí. Sin importar lo que diga o las explicaciones que te dé, solo pensarás lo peor.

—No es verdad. Si acaso hay motivos, me encantaría conocerlos.

Mamá se puso de pie y se alisó la falda; luego, arreglándose el cabello, dijo:

—Creo que nuestro tiempo juntas llegó a su fin. Me refiero al tiempo de nuestra reunión para tomar el té. —Salió de la habitación.

Mi madre acababa de echarme justo cuando estábamos por comenzar la discusión más íntima de nuestras vidas. Pero me había respondido la pregunta que había ido a plantearle: no tenía intenciones de salir de Viena conmigo.

Mientras me abotonaba la gabardina ligera y me preparaba para salir, empecé a sentirme confundida. Una parte de mí sentía que tenía que cumplir con mi deber de correr al estudio en el que se había refugiado mamá y hablarle de la conversación que había escuchado acerca de los planes de Hitler para los judíos. ¿Consideraría partir conmigo entonces? Dudaba que esa información la hiciera cambiar de opinión, y ni siquiera estaba segura de que me creyera. De hecho, pensaba que sería peor contárselo. Sospechaba que le informaría a Fritz mis planes y con eso cancelaría la mejor oportunidad que tenía para escapar. Decidí que el camino más seguro, por el momento, era el silencio.

Mamá había tomado su decisión, y yo nunca había sido capaz de hacerla cambiar. Había cumplido la promesa que le había hecho a papá.

Capítulo 25

25 de agosto de 1937
Viena, Austria

El sol, al final de la tarde, daba un brillo cálido a las paredes de mi habitación vienesa, de un sedoso color caramelo. Desde donde me encontraba, en el taburete frente a mi tocador, miré a mi esposo. Estaba medio dormido en mi cama, saciado por la carnalidad que yo había provocado después de la comida, una táctica que empleaba para tranquilizar su constante supervisión celosa. Por un momento volvía a ser recién casada. Una joven enamorada del poderoso marido mayor, agradecida por la protección que ofrecía a su familia.

Fritz abrió los ojos y se encontró con los míos. Ya no era una niña inocente. Fingiendo una sonrisa recatada, caminé hacia la mesa, desnuda, y me planté frente a él. Con un dedo recorrió mis senos, siguió bajando más allá de mi obligo y se detuvo en mi cadera. Intenté no estremecerme de asco al sentir su dedo traidor tocando mi cuerpo.

—Desearía tener tiempo para más —dijo con voz adormilada.

—Yo también —susurré, aunque en secreto rezaba por que ese fuera nuestro último encuentro. Para siempre.

—Pero el deber llama y hay que prepararnos para la cena. Los invitados llegarán en breve para el coctel.

—¿El vestido azul marino es adecuado para la ocasión? —Pronuncié las palabras que había practicado.

—Sí, se te ve muy bien.

157

—Pienso que el juego de Cartier lo complementaría bien —dije con ejercitada indiferencia.

—¿El de nuestro viaje de compromiso a París?

—Ese mismo. —¿Habría sonado tan casual como siempre, como si mi plan no dependiera de que trajera puestas mis joyas más caras?

—El vestido hará que resalten los zafiros y los rubíes, ¿verdad?

—Es lo que estaba pensando. —No dije lo que en verdad pensaba: que Fritz le había obsequiado todas las otras joyas a la señora Mandl, la anfitriona, no a mí. El juego de Cartier era lo único que Fritz me había comprado a mí, a Hedy, quien era yo antes de convertirme en su esposa. Eso me pertenecía.

—Lo sacaré de la caja fuerte.

Para cuando Fritz me entregó el collar, los anillos y el brazalete, ya me había puesto el vestido azul marino y aguardaba paciente mientras mi nueva mucama, Laura, me arreglaba el cabello y me maquillaba. En el espejó vi cómo Laura me aseguraba el collar alrededor del cuello, el brazalete en la muñeca y me ponía los aretes con cuidado para no estropear mi peinado.

Aunque había buscado con empeño una dama de compañía con excelentes referencias y que se pareciera a mí, fingí aceptar, *por fin*, la insistente sugerencia de Fritz de contratar a una mucama solo para mí. En altura, peso y color de piel, Laura se parecía a mí siempre y cuando la inspección fuera realizada a distancia. Al acercarse, uno percibía que sus ojos eran marrón y los míos verdes, y sus facciones carecían de la simetría y la gracia de las mías. Aun así, de un lado al otro de la habitación, podían confundirnos. Esa fue la razón por la que la elegí entre un océano de candidatas.

—Por favor, ponte a zurcir en mi vestidor mientras estoy en la cena, Laura. Vuelvo más tarde.

—Sí, señora.

Después de los cocteles y la plática, Fritz convidó a los invitados a pasar al comedor. Ocupé mi lugar en la cabecera de la mesa y sonreí a mi esposo mientras él hacía el brindis. Nuestros invitados eran desconocidos para mí esa noche. Ni realeza, ni artistas, ni los hombres de negocios de los primeros días de nuestro matrimonio, y tampoco los militares y políticos que frecuentaron nuestra casa en los días de calma política que siguieron. Sospechaba que estaba sentada junto a la siguiente camada de industriales austriacos con convicciones políticas que pronto conducirían el país según las órdenes de Hitler.

A la mitad del segundo platillo de la cena, comencé a hacer un gesto cada cierto tiempo, como si estuviera sintiéndome mal. Nada intenso ni de larga duración; pero, para cuando llegamos al postre, ya no quitaba la mano de mi bajo vientre.

Una vez que Fritz exhortó a los invitados a pasar al salón de baile, me le acerqué y le dije en voz baja:

—No me estoy sintiendo bien.

—Me di cuenta. —Hizo una pausa, y de pronto su rostro se iluminó—. ¿Será? —Casi un año antes, Fritz había ordenado que una de las muchas habitaciones de Villa Fegenberg se convirtiera en un cuarto para bebé. No tenía ni idea de que yo usaba un diafragma cada vez que podía.

—No lo sé —respondí con una sonrisa tímida, procurando transmitirle emoción y esperanza.

—¿Debo llamar a Laura para que te ayude a llegar a tu habitación? —Esa atención inesperada me hizo sentir incómoda. No estaba acostumbrada a recibir amabilidad de parte de Fritz.

—No, no. Puedo caminar sola. Le pediré a Laura que se quede conmigo por si necesito algo. —Hice un gesto señalando a la gente que se arremolinaba alrededor, esperando que Fritz los llevara al salón de baile—. No quiero alarmar a tus invitados.

—Claro. —Como si recién se acordara de su presencia, giró para quedar frente a ellos y, cual si fueran su rebaño, los condujo al salón de baile.

Yo caminé lentamente hacia mi habitación, cuidadosa de mantener la farsa de mi indisposición.

159

Laura saltó cuando abrí la puerta de la habitación.

—Regresó temprano, señora.

—Me siento un poco indispuesta. ¿Tomamos té, Laura?

Desde que la había contratado, hacía seis semanas, había comenzado un pequeño ritual con ella que consistía en tomar el té juntas al final del día, costumbre poco usual para una dama y su mucama, pero necesaria para mi plan. Como cada tarde, Laura preparó el té para las dos y yo esperé en el sofá de seda color caramelo a que se sentara conmigo. Justo cuando estaba por colocar la charola en la mesa, le dije:

—Oh, Laura, ayer traje un poco de miel del mercado. ¿Podrías sacarla del clóset? Está en una bolsa junto a mis zapatos.

—Claro, señora —respondió y se dirigió al clóset. En lo que buscaba la miel que yo había dejado en un rincón, saqué el somnífero en polvo que había conseguido en la farmacia local unas semanas antes y que había escondido dentro de los cojines del sofá. Puse el triple de la dosis recomendada en el té de Laura, lo suficiente para noquearla pero sin hacerle daño.

Cuando volvió con la bolsa, di unas palmadas en el asiento a mi lado en el sillón y le dije:

—Déjame ponerle un poco de miel a tu té. Es pura y supuestamente mucho más dulce que las mieles comunes. —Esperaba que la miel ocultara o al menos explicara el sabor dulzón del somnífero.

—Muchas gracias, señora. Es usted muy amable.

Mientras bebíamos el té y hablábamos de los vestidos que necesitaría al día siguiente, vi que Laura empezó a bostezar. Sus ojos comenzaron a entrecerrarse y en unos minutos se quedó dormida, sentada en el sofá.

Me paralicé. Aunque había planeado la somnolencia de Laura y todo lo que vendría después, me sentí anonadada. ¿Así que mi plan sí iba a realizarse? ¿Lograría escapar esta vez? ¿Qué pasaría si volvía a fallar?

«Piensa, Hedy, piensa», me dije. ¿Cuál era el siguiente paso? Cerré los ojos y repasé la lista que había escrito hacía algunas semanas y que después lancé al fuego en la chimenea de mi habitación.

Mientras Laura dormía, me quité el vestido y lo dejé colgando de una silla en mi vestidor. Del rincón más oscuro del clóset tomé una caja de zapatos que contenía mis elegantes botas alpinas bordadas, que solo utilizaba en los inviernos más feroces; metí la mano en su interior y extraje los chelines ahorrados. Saqué también mi riñonera de cuero y guardé en ella mis documentos de identidad, los chelines y el juego de joyas Cartier. De una caja de sombrero marca Chanel saqué un sombrero de campana y un uniforme de mucama idéntico al de Laura. Después de descomponer mi peinado y hacerme un simple chongo como el de Laura, me puse un gorro de encaje como los de las mucamas y me calcé un par de zapatos de cuero negro.

Me miré en el espejo. Mi parecido con Laura era desconcertante. Sentía que estaba lista para habitar otra máscara, aunque fuera temporalmente.

Salí al pasillo. Fijé la mirada en el piso de mármol y adopté la forma de caminar de mi mucama. Imitando sus pasos cortos y rápidos, llegué a la cocina en tiempo récord. Esa habitación, lo sabía, entrañaba el desafío mayor. No había logrado diagramar toda mi ruta de la entrada a la puerta de servicio porque era imposible predecir qué sirviente estaría en qué lugar al momento de hacer mi aparición. Sin embargo, cuando abrí la puerta no había nadie a excepción de la cocinera, quien se encontraba demasiado ocupada sirviendo en tazones el *Bowle* caliente de la estufa para nuestros invitados.

Corrí por el piso escaqueado de la cocina dando pisadas ligeras. Tomé una bolsa de ropa —un par de vestidos de día y chaquetas, un vestido de noche y un par de zapatos— y algunos artículos de tocador que había guardado en la alacena, debajo de una hilera de pepinillos en salmuera, y me dirigí a la puerta. El picaporte cedió fácilmente y di un paso hacia la seductora noche.

El Opel destartalado de Laura —se lo habíamos comprado para hacer mandados y llevar y traer cosas entre nuestras residencias, pues ella era la única mucama que viajaba con nosotros de casa en casa— se hallaba en el rincón más apartado del estacionamiento del personal. Las piedras crujían bajo mis pasos y agradecí que no hubiera luz de luna. Si alguien me veía —aun disfrazada de Laura— en ese lugar, Fritz se enteraría.

Usé la llave que le había sacado a mi mucama del bolsillo y abrí la puerta del auto. Con la llave en la marcha, el coche cobró vida, y, aunque sabía que era prematuro, sentí euforia al alejarme de mi casa vienesa. Era como si escapara de una cárcel, algo que, en cierto sentido, era lo que estaba haciendo.

Manejé directamente a la estación de tren, la Hauptbanhof en la plaza Mariahilfer. De ahí podría tomar el Expreso de Oriente hacia París, una de las pocas ciudades en las que Fritz no tenía espías y donde su poder era limitado. El andén estaba desierto cuando compré mi boleto al agente, quien me informó que el tren llegaría a la estación con una demora de doce minutos. Los segundos y minutos pasaron tan lentamente como la miel que había puesto en el té hacía menos de una hora, y a cada rato miraba por encima del hombro, esperando que apareciera Fritz. Cuando por fin escuché que las vías temblaban por el arribo del tren, exhalé profundamente. Quizá sí llegaría a París, y de ahí podría irme en tren a Calais, y tomar un barco a Inglaterra.

En Londres esperaba comenzar una nueva vida e historia.

PARTE DOS

Capítulo 26

24-30 de septiembre de 1937
Londres, Inglaterra, a bordo del SS Normandie

El presidente de los estudios MGM me ofreció la oportunidad de comenzar una segunda historia.

Hacía semanas imaginaba esa transformación, y me había ido acercando a ese momento —hacía meses en realidad, si consideraba el tiempo que me había tomado planear mi huida—, y aun así no parecía verdad. ¿Realmente merecía yo un nuevo inicio?

—¿Y Lamarr? —La voz se hizo escuchar por encima del sonido de las olas que chocaban contra el casco del enorme trasatlántico. Margaret Mayer siempre se había asegurado de que su particular tono de voz fuera escuchado.

Su esposo, Louis B. Mayer, alejó su raqueta de ping-pong de la mesa y la apuntó hacia ella.

—Dilo de nuevo —le ordenó. El fundador y presidente de la MGM, el estudio cinematográfico más prestigioso de Hollywood, era alguien acostumbrado a dar órdenes, incluso a su esposa. Ella rara vez aceptaba sus ladridos sin protestar.

—Lamarr —respondió con autoridad y dirigiéndose al señor Mayer y sus colegas, gente de Hollywood como él, quienes habían detenido el juego y estaban mirándola. Sola entre hombres, ella atraía su atención y a veces incluso su respeto.

—Tiene algo que suena bien —dijo el señor Mayer, fumando su sempiterno puro. Su rostro con gafas, por lo general adusto, se iluminó.

—Seguro que sí, jefe —replicó uno de sus hombres. ¿Tenían permiso esos hombres de pensar por su cuenta? O, mejor dicho, ¿tenían permiso de expresar sus pensamientos en voz alta?

—¿Por qué me suena conocido? —preguntó el señor Mayer, casi hablando consigo mismo.

—Por Barbara La Marr, la estrella de cine mudo que murió de una sobredosis de heroína. Te acuerdas de ella, ¿no? —le respondió su mujer con una pregunta intencionada, la cual acompañó con el arqueo de una ceja y una mirada astuta.

Yo ya había notado la misma expresión en su cara cuando vio que su esposo conversaba con una bella mujer junto a la alberca a bordo del *Normandie*. No era aventurado pensar que había existido una relación entre el señor Mayer y Barbara La Marr. Los rumores que circulaban acerca de los amoríos del señor Mayer —algunas personas los consideraban acoso— habían llegado hasta la comunidad actoral de Viena.

—Sí, sí —respondió el señor Mayer con una expresión parecida a la vergüenza en el rostro; era la primera vez que se le veía así en cuatro días de navegación.

Durante ese diálogo, y en realidad durante todo el juego de ping-pong de los hombres, yo no me había movido de mi sitio, al lado de la señora Mayer, recargada contra el barandal de la cubierta, a pesar del viento que me despeinaba. Sabía que el lugar más seguro en ese barco era al lado de la esposa del hombre más poderoso, y no tenía la menor intención de moverme de ahí. Al escuchar con atención a los hombres me di cuenta de que hablaban de mí como si no estuviera presente, como si fuera un mueble, y, después del acuerdo al que había llegado, prácticamente en eso me había convertido.

La primera parte del acuerdo la había negociado en Londres, aunque el señor Mayer no se había percatado de ello. Para alejarme lo más posible de Fritz, hui de París hacia Londres, tal como lo había planeado. Era un sitio en el que mi esposo, bien conectado y pródigo en recursos, no podía alcanzarme. Una vez que llegué a la capital británica pude dejar de mirar por encima del hombro para asegurarme de que Fritz no estuviera siguiéndome. Antes de eso, en los hombres que veía dentro de todos los trenes y en todas las calles, había visto su quijada cuadrada y sus ojos enfurecidos, acechando, a la espera de poder cobrar venganza por mi escape.

Una vez en Londres, supe que debía hallar la manera de mantenerme. Los chelines que había traído conmigo y el dinero que obtendría por la venta de las joyas Cartier solo durarían un poco. Actuar era la única profesión que conocía, pero necesitaba mantenerme alejada de las zonas de influencia de Fritz, y con Hitler en campaña y las Leyes de Núremberg en vigor, el único lugar seguro para que una emigrada judía pudiera conseguir trabajo como actriz era Hollywood, aun cuando nadie supiera que esa emigrada era judía. Desde hacía un año, gracias a mi antigua red de contactos en la actuación, me había enterado del silencioso éxodo de gente de teatro judía hacia Estados Unidos.

Conseguí presentarme con el señor Mayer gracias a Robert Ritchie, un buscador de talento de MGM al que conocía por intermediación de mi antiguo mentor Max Reinhardt, quien ya se encontraba en Estados Unidos. Según Ritchie, el señor Mayer celebraba sus reuniones en una suite del Hotel Savoy. Me aterraba entrar en ese espacio sola —me imaginaba lo que «reunión en una *suite* de hotel» podía significar—, así que le pedí a Ritchie que me acompañara. Le dije que era para que me ayudara con la traducción, cosa que en parte era cierta. Mi inglés era rudimentario, pero Ritchie podía traducirme si lo requería, ya que tenía una comprensión elemental de mis otros idiomas. No obstante, también lo necesitaba cerca por mi seguridad.

Para mi gran alivio, cuando la puerta de la suite se abrió, me di cuenta de que la reunión no sería solo entre el señor Mayer y yo. Me recibió un pequeño destacamento de hombres con trajes oscuros, parados todos contra la pared de la sala de juntas como si fueran un tapiz; entre ellos estaba Benny Thau, hombre al que el señor Mayer describió como su «mano derecha», y Howard Stickling, su representante de prensa. El señor Mayer me examinó a detalle, incluso me pidió que diera un par de vueltas y caminara de un lado a otro. A continuación me preguntó por *Éxtasis*:

—En Estados Unidos producimos películas sanas. Películas para toda la familia. No mostramos partes del cuerpo de la mujer que solo deben conocer los ojos del esposo. ¿Comprende?

Asentí. Estaba preparada para esa pregunta. Sabía que *Éxtasis* me seguiría a donde fuera.

—No quiero hacer películas impúdicas nunca más, señor Mayer —dije.

—Eso es bueno. —Me miró durante largo rato y añadió—: Y nada de judíos. Los estadounidenses no toleran a los judíos en la pantalla.

Había pensado que Estados Unidos era un país más tolerante. Mis contactos me habían informado que el señor Mayer, quien era judío ruso, en parte estaba en Londres para reclutar artistas judíos emigrados y llevarlos a Hollywood. No porque fuera un salvador, sino porque el talento judío —impedido de actuar por las Leyes de Núremberg— podía adquirirse por muy poco.

¿Sabría o solo sospechaba que yo era judía? Como no me había preguntado nada, pensé que lo mejor sería no responder.

—Usted no es judía, ¿o sí?

—No, claro que no, señor Mayer —respondí de inmediato. ¿Qué más podía decir? Si mi supervivencia en esa nueva vida dependía de que dijera mentiras, las diría. Tampoco me eran ajenas.

—Eso es bueno, señora Mandl. ¿O debo llamarla señorita Kiesler? —Giró para mirar a los hombres recargados en las paredes de la habitación—. ¿Cómo diablos vamos a llamarla? Mandl y Kiesler son muy alemanes —gritó.

—Podríamos elegir un nombre muy estadounidense, como Smith —dijo uno de ellos.

—¿Acaso parece una Smith? —gritó a su colega, quien se sonrojó, y luego volteó a verme—. Si logramos encontrarle un nombre, le daremos un contrato. Uno estándar. Siete años. Ciento veinticinco dólares por semana.

Arqueé la ceja, pero mantuve mi semblante impasible.

—¿Ciento veinticinco dólares a la semana? ¿Por siete años? —pregunté.

—Es la tarifa —respondió el señor Mayer dando una fumada a su puro.

Lancé una mirada de asombro al señor Ritchie. Me tradujo «tarifa».

Enderecé los hombros y miré al señor Mayer directamente a los ojos negros y fríos detrás de sus gafas. Era tan implacable y voluble como se decía, pero yo había lidiado con gente peor que él. Para conseguir lo que quería, yo también tenía que ser igual de implacable.

Me estaba arriesgando demasiado, pero era el único gambito que podría catapultarme a un estrato más alto que el de actriz de reparto mal pagada y fácil de olvidar. Los hombres nunca olvidan las cosas ni las personas caras.

—Esa puede ser la «tarifa» para cualquier desconocida. Pero no es la mía. Solo aceptaré lo que creo valer. —Con la mirada más penetrante que pude lanzar, miré a todos los hombres de la habitación, y salí.

El señor Ritchie me seguía mientras caminaba por el pasillo del hotel.

—¿Qué diablos haces, Hedy? Estás arruinando tu oportunidad —me gritó mientras me alejaba.

No estaba segura de comprender muy bien sus palabras, pero las razones por las que me perseguía y me gritaba de ese modo eran claras. Él creía que estaba dejando escapar mi única posibilidad de tener una carrera en Hollywood. Pero Ritchie estaba equivocado. Las cosas con el señor Mayer aún no terminaban; esa era la primera fase de nuestras negociaciones. Aun cuando él no se hubiera dado cuenta.

Me di la vuelta para mirar al señor Ritchie con mi semblante más resuelto, y le dije:

—Esperaba que el señor Mayer y yo llegáramos a un acuerdo hoy, pero sabía que quizá no sucedería. Conseguiré mucho más que esos patéticos ciento veinticinco dólares a la semana. Ya verás.

—No entiendo lo que estás haciendo. —Meneó la cabeza—. Acabas de decirle que no al productor cinematográfico más importante del mundo, y no tendrás una segunda oportunidad.

—Tengo un plan, señor Ritchie. —Y le dediqué una sonrisa enigmática.

Vendí el brazalete de mi juego de Cartier y compré un boleto para el *Normandie,* en el que sabía que el señor Mayer cruzaría el Atlántico para luego volver a Estados Unidos en una semana. Calculé que varios días en altamar con el magnate de las películas me darían suficiente oportunidad de persuadirlo para que me ofreciera un contrato mejor.

No me tomó días. Me tomó exactamente una noche.

La primera tarde en altamar me puse mi vestido verde oscuro, del mismo color que mis ojos —era el único que había traído de la colección de la señora Mandl porque conocía el efecto que producía—, y entré confiada en el salón de baile. Antes de eso cerré los ojos por un momento, para concentrarme. Eché mano de todo mi poder para llamar la atención, tal como lo hacía al pisar el escenario en mis días como actriz, y abrí la puerta.

Parada en la parte más alta de la espectacular escalinata curva que llevaba a la pista de baile, esperé a que los ojos de todos los hombres, incluidos los del señor Mayer, repararan en mí antes de comenzar a bajar. Me tomé mi tiempo con cada paso, y me aseguré de que el capo de Hollywood viera el efecto que provocaba en los demás pasajeros. Me dirigí hacia los Mayer.

Saludé a la señora con deferencia y al señor solo le hice un gesto con la cabeza. Puesto que había experimentado de primera mano el trato degradante que recibían las esposas de los hombres poderosos, en especial por parte de mujeres atractivas, juré que jamás actuaría de ese modo. En cualquier caso, la señora Mayer podría ser mucho más beneficiosa para mi carrera como amiga, y quería dejar claro desde un principio dónde estaba mi lealtad.

El señor Mayer soltó un pequeño silbido.

—Bien hecho —dijo.

—Gracias, señor Mayer.

—Si eres capaz de hacer eso con este salón, sin duda puedes hacer lo mismo frente a una cámara. Te subestimé: vales mucho más que la tarifa actual. —Fumó su puro y me miró de arriba abajo—. ¿Qué te parece un contrato de siete años por quinientos cincuenta dólares a la semana, con todos los aumentos incluidos? Es lo más que he ofrecido a una estrella en ciernes.

—Me halaga, señor Mayer. —Mantuve el tono profesional; no quería que se me escapara un ápice de mi creciente emoción—. Los términos son satisfactorios.

—¿Eso es un sí?

—Así es.

—Eres una negociante dura para ser una mujer tan bella.

—Como le dije antes, aceptaré lo que creo valer. Y, si uno no pide, tampoco recibe.

Me dedicó una mirada de admiración. La señora Mayer asintió.

—Me gusta eso —dijo el magnate—. Quiero que mi familia, y quien firma contrato conmigo y con mi estudio *es* mi familia, tenga convicciones sólidas sobre quién es.

¿Eso quería decir que el señor Mayer valoraba a las mujeres poderosas? Sospechaba que soltaba esa frase cada vez que la ocasión lo ameritaba, pero sin creerla en realidad. Era demasiado dominante para dejar espacio a nadie más, y mucho menos a una mujer. Aun así, como me convenía en ese momento, di por ciertos sus comentarios.

—Bien.

—El trato viene con una advertencia —me dijo el hábil negociante que conseguía un sí y luego introducía una cláusula más.

—¿De qué se trata? —No pude evitar sonar algo molesta.

—Tenemos que encontrarte un nuevo nombre. Y un pasado distinto.

Regresé al momento presente, en el que los hombres seguían discutiendo acerca de mi nuevo nombre. Me alejé del barandal y me acerqué a la señora Mayer, en solidaridad con su sugerencia. Ella era mi aliada entre todos esos varones.

—Hedy Lamarr —dijo el señor Mayer y volteó a verme, con los brazos en jarras—. Funciona.

Un coro de «sí, claro» y «sin duda» se alzó entre los colegas del señor Mayer.

—Bien. Nada alemán en él. Misterioso. Algo exótico, como nuestra Hedy. —El señor Mayer se me acercó y me dio un apretón en el brazo.

La señora Mayer me apretó el otro brazo.

—Sí, como *nuestra* Hedy Lamarr —dijo. Sin duda ella no quería que yo le perteneciera solo a él; no quería que él se me acercara. Su apretón era una señal para su esposo: indicaba que yo era un bien suyo solo para asuntos cinematográficos y nada más.

—Bien, señores; la rebautizaremos con el nombre de Hedy Lamarr —declaró el señor Mayer.

¿Rebautizar? Casi solté una carcajada ante la suposición de que me habían bautizado antes. La conversión al cristianismo antes de mi boda había sido una medida apresurada y torpe, en la que el sacerdote de la Karlskirche se había visto obligado a participar en virtud de la promesa de Fritz de hacer un donativo importante. Solo había sido necesaria una bendición verbal, pero no el uso del agua simbólica.

Intenté pronunciar mi nuevo nombre.

—Lamarr —me dije en voz baja.

Para mí, sonaba como el término en francés para el mar: *la mer*. Parada sobre la cubierta del enorme barco, navegando por las interminables aguas del océano, el nombre me pareció propicio, e incluso un buen augurio. Del mar nacería mi nueva historia.

Capítulo 27

22 de febrero de 1938
Los Ángeles, California

Me perdí por un momento. El sol abrasador de California, las aguas azules del Pacífico, la novedad de los edificios, el desfile de hombres para elegir, la abundancia de sonrisas desintegraron a la vieja Hedy y todas sus máscaras fatigadas. Olvidé —quizás arrinconadas en algún sitio remoto de mi mente— mi vida como la señora Mandl y las amenazas contra Viena y la gente de Döbling —mamá incluida— a manos del loco alemán. Después de todo, California me ofrecía un lienzo brillante y en blanco para trazar una nueva narrativa de mi vida, y era muy fácil hacerlo.

Sin embargo, un día desperté anhelando los tonos sepia de los edificios austriacos, la abundante historia que se agazapaba bajo cada piedra, el olor a manzanas cocidas para el *strudel* y la brusca entonación de mi lengua natal. Y sentí el estremecimiento que provoca la culpa. Por haberme marchado. Sola. Sin mamá ni nadie más.

Solo entonces me di cuenta de que haber aceptado iniciar una segunda historia no haría que abandonara por completo la primera. Mi vida pasada se filtraría en mi nuevo mundo como agua por las grietas en una represa mal construida, al menos hasta que no hiciera frente a mi primera historia.

—Vamos, Hedy. Termina de arreglarte o llegaremos tarde. Y sabes lo mucho que el señor Mayer valora la puntualidad. No quiero arriesgarme a perder un papel solo por no estar a tiempo —me regañó mi compañera de casa.

Al llegar a Hollywood, el señor Mayer me asignó un departamento y una compañera de casa, la actriz húngara Ilona Massey. Ella también había formado parte del grupo de artistas emigrados reclutados por el señor Mayer. Ilona y yo nos llevábamos de lujo, reíamos mucho al intentar perfeccionar nuestro inglés y al adoptar una apariencia más americana, como nos había pedido el señor Mayer.

—¿No podemos mejor ir a ver *La adorable revoltosa* otra vez? —le rogué.

Ilona y yo nos la pasábamos en el cine; veíamos las mismas películas una y otra vez para aprender la pronunciación y los énfasis correctos; nos encantaba *La adorable revoltosa*, con Katherine Hepburn y Cary Grant.

Ilona rio pero se mantuvo firme:

—Hedy, hemos llegado muy lejos como para perder nuestra oportunidad por una fiesta.

La fiesta, en la casa de Hollywood de un director amigo del señor Mayer, era una función de gala. No era la primera aparición obligada a la que Ilona y yo habíamos acudido en los casi seis meses que habían transcurrido desde nuestra llegada a California, aunque deseaba que fuera la última. Esas reuniones servían sobre todo para que los directores, productores, escritores y ejecutivos de Hollywood presenciaran un verdadero desfile de jovencitas que buscaban papeles y eligieran a sus preferidas. Éramos como caballitos en el carrusel, forzadas a saltar más alto o brillar más que las otras; yo lo odiaba. Pero ¿qué opción tenía en ese momento?

Ilona y yo nos ayudamos a subir el cierre de los vestidos que habíamos comprado en Broadway, la tienda departamental local, para ocasiones de ese tipo. Luego tomamos un taxi para ir a la mansión en la que el señor Mayer y los otros tipos de Hollywood nos esperaban. Aunque era probable que la residencia estilo Tudor impresionara a la mayoría de los visitantes, a mí me parecía una triste y malograda imitación de los verdaderos castillos y villas bávaros que no solo había visitado, sino que alguna vez poseí. Por un momento fugaz sentí nostalgia por la vida de lujos que había llevado con Fritz, siendo la señora Mandl.

Fritz. ¿Dónde estaría en ese momento? ¿Sería anfitrión de un baile en Schloss Schwarzenau en honor de los oficiales nazis que ya estaban bien plantados en el gobierno austriaco? ¿Tendría a una rubia doncella germana a su lado mientras negociaba los términos de un acuerdo de venta de armas con alguno de los emisarios de Hitler? Mediante un abogado que conocí en Londres, inicié el proceso de divorcio, y sabía que se le había enviado la notificación a Fritz. Esperaba recibir noticias suyas en la dirección de mi abogado —no en la mía, por supuesto; había dado instrucciones precisas de que no se le revelara mi paradero por ningún motivo—, pero hasta entonces no había sabido nada. Ni siquiera habían llegado a mí los delirios enfurecidos del marido abandonado, el monstruo que se escondía detrás de la plática banal cuando había más personas en la habitación. Y mamá nunca mencionaba a Fritz en las cartas cortantes con que respondía a las mías.

Al pasear entre los invitados, Ilona y yo recibimos una atención lasciva que no habíamos solicitado. Tomamos unas copas de la bandeja de un mesero que pasaba y nos hicimos una idea de la disposición del lugar. Intentábamos ser estratégicas en esas fiestas para asegurarnos de conversar con los directores importantes, con los que buscaban contratar elencos, y también para que el señor Mayer nos viera y tomara en cuenta nuestra asistencia. Pero procedíamos en pareja para evitar situaciones comprometedoras con cualquiera de los hombres presentes. Habíamos escuchado muchísimas historias de aspirantes a estrellas —por lo general chicas sin contratos, conexiones o posibilidades económicas— que sufrían abusos en habitaciones vacías o pasillos oscuros.

Al pasar junto a un grupo de gente que reconocí como parte de los estudios rko Pictures, escuché que uno de ellos se burlaba de otro diciéndole:

—Puedes mirar a ese par, pero ni se te ocurra tocarlas. Son propiedad de Mayer.

Le murmuré a Ilona la frase que había dicho el hombre y le pregunté:

—¿Qué quiere decir eso? —Por el tono sugerente, suponía que se referían a que teníamos contrato con los estudios MGM.

—Que Mayer es nuestro dueño. Dentro y fuera del set —me explicó Ilona con desagrado en la mirada.

Sentí que se me revolvía el estómago. Había jurado que al dejar a Fritz no volvería a permitir que ningún hombre fuera mi dueño.

Al ver mi expresión, Ilona me tomó del brazo. Me llevó hacia uno de los camastros junto a la alberca, en la que flotaban cientos de velas. Me habrían parecido un detalle encantador, de no ser por el comentario del ejecutivo de rko. ¿Acababa de sustituir el dominio de Fritz por otro tipo de posesión?

—Escúchame, Hedy —me dijo Ilona una vez que estuvimos sentadas—. No podemos permitir que esas ridículas palabras nos afecten. De verdad que no. No vamos a sucumbir al comportamiento que esos tipos sugieren; no debemos darles siquiera el gusto de escucharlos.

Levanté las cejas y me pregunté si debía plantearle mi verdadera preocupación. Decidí hacerlo:

—Pero ¿el señor Mayer cree que eso es cierto?

Antes de que pudiera responderme, el director Reinhold Schünzel se nos acercó. Ilona esperaba poder hablar con él esa noche, pues había escuchado el rumor de que buscaba elenco para *Balalaika*, musical romántico en el que sus talentos podrían brillar. Cuando el señor Schünzel le preguntó si quería tomar una copa en la barra para «hablar de un proyecto», Ilona me miró emocionada y yo asentí con la cabeza. Ese tipo de conexiones era la razón por la que sufríamos esas fiestas, aunque ambas sabíamos que había que tener cuidado: una copa en la barra podía significar muchas cosas.

No tenía nada que hacer y pensé en tomar un taxi para volver a casa cuando de la nada apareció el señor Mayer. Aparcó su humanidad en un estrecho camastro a mi lado.

—Señorita Kiesler. Perdón, quise decir señorita Lamarr —dijo como recordatorio deliberado de que él era mi creador.

—Hola, señor Mayer. ¿Está disfrutando la velada? —Utilicé mi mejor acento estadounidense. Había estado practicando mi inglés sin cesar, contenta de dejar atrás la lengua de los invitados nazis de mi esposo. Ni el idioma ni el acento alemanes eran bien vistos en Hollywood en esos días. Y en ningún otro lugar de Estados Unidos, en realidad.

—Sí, señorita Lamarr. ¿Qué le ha parecido Hollywood hasta el momento? —me preguntó.

—¿Quiere que le diga la verdad? —Supuse que el señor Mayer estaba acostumbrado a tratar con actrices aduladoras, deseosas de complacerlo a cada instante. Yo quería que supiera que era distinta de ellas, que no haría *cualquier* cosa por un papel, como habían insinuado aquellos tipos. Algo que ya debía saber por nuestra primera reunión en el Hotel Savoy.

—Por supuesto.

—Pues la verdad es que estoy un poco decepcionada.

—¿Qué? —En verdad parecía sorprendido—. ¿Cómo puede ser que todo esto — señaló con el brazo la alberca y la mansión— te haya decepcionado?

—No olvide de dónde vengo, señor Mayer. Verdaderos castillos y villas eran algo común para mí. Pero la oportunidad de actuar vale el sacrificio. —Hice una pausa con toda intención—. Porque supongo que tengo esa oportunidad, ¿no?

Sus ojos se entrecerraron detrás de sus lentes redondos; reconocí esa mirada dura y posesiva. La había visto en el rostro de Fritz muchas veces.

—Bueno, esperemos que no *me* defraudes, Hedy. En especial ahora que eres parte de la familia MGM.

—¿Qué quiere decir, señor Mayer? He estado practicando mi inglés y mejorando mi apariencia, tal como usted lo pidió.

Pensaba que estaba al tanto de lo que yo hacía con mi tiempo, pero no se lo dije. El señor Mayer había contratado gente para que Ilona y yo estuviéramos vigiladas en todo momento.

—Espero que entiendas que, si eres *buena* conmigo, esas oportunidades pueden llegar mucho antes. De hecho, hay un papel para el que te he estado considerando —dijo y estiró una mano para tocarme la rodilla bajo el manto protector de la noche oscura.

Había tenido razón sobre las expectativas del señor Mayer.

Aún dolida por el comentario ofensivo del ejecutivo de rko y tratando de asimilar el hecho de que el señor Mayer creyera que yo le pertenecía, le dije:

—Ningún hombre es mi dueño, señor Mayer. Y ningún hombre lo será. Ni siquiera usted.

La inconfundible ira apreció en su rostro. Comenzó a lanzarme injurias cuando de pronto escuchamos que lo llamaban por su nombre.

Cerca de la alberca apareció la señora Mayer, quien se dirigió hacia nosotros.

—Hedy —dijo y, luego de darme un abrazo fuerte, se sentó en el camastro frente a nosotros—. No tenía idea de que ya habías llegado. —Mirando a su esposo con sospecha evidente, añadió—: ¿Por qué tienes a Hedy oculta en este rincón? ¿Acaso no exiges siempre a tus actores y actrices que convivan en estas horribles fiestas?

Se me escapó una risa, muy a despecho de mi voluntad y mi humor. Así que la señora Mayer también creía que esas fiestas eran un horror. No me sorprendió, pero me desconcertó escuchar que lo admitía. Aunque ella era una mujer inteligente con una enorme fuerza de voluntad, podía imaginarme que esos eventos le resultaran intolerables. Fue reconfortante saber que yo no era la única que sufría tan largas y dolorosas veladas.

Decidí aprovechar la aparición de la señora Mayer para forzar la mano de su marido.

—Su esposo me tiene en este rincón por una buena razón, señora Mayer.

—¿Ah, sí? ¿Cuál es? —Se llevó la mano a la cadera, lista para pelear.

—Estaba contándome que tiene un papel para mí en una película. Parece que todo es muy secreto.

—Ah, pero qué emocionante —me dijo, y se acercó para darme un apretón en el brazo. Sin embargo, regañó a su esposo—: Te he estado diciendo que es hora de que Hedy salga de la banca.

No conocía la frase «salir de la banca», pero supuse que significaba ponerse a trabajar.

—Han pasado apenas unos meses, Margaret. Además, necesita pulir su acento. No podemos tener a una actriz mascullando en alemán en el set. ¿Qué va a pensar el público? ¿Que contratamos nazis? Eso no sería muy patriótico.

—Supongo que tienes razón. Pero su inglés suena muy pulido ahora. Solo tiene un vago toque europeo. Nada específico, tal como te gusta.

—Justamente por eso le tengo un papel *ahora* —reviró, sin duda irritado por la posición a la que lo había orillado.

—¿Le importaría contarnos de qué se trata, señor Mayer? —pregunté, sonriendo con deferencia ahora que estaba presente la señora Mayer.

Había acorralado al jefe del estudio, quien se hallaba encolerizado, pero sabía que debía comportarse frente a su esposa.

—Creo que encontré la mejor forma de explotar tu presencia en la pantalla y al mismo tiempo echar mano de tus diferencias, es decir, tu extranjería. Serás Gaby, una turista francesa que visita la Casba, el laberíntico barrio de Argel. En la película —la estamos llamando *Argel*— tu personaje sin quererlo atrae la atención del famoso ladrón de joyas francés Pepe le Moko, y eso detona la acción.

—Suena ideal —comenté, y lo creía de verdad—. ¿Quién interpretará a Pepe?

—Un actor francés llamado Charles Boyer.

—Conozco su trabajo. Es excelente.

—Entonces es un hecho —sentenció la señora Mayer—. Te asegurarás de que todo salga bien en el set y de que nadie moleste a Hedy, ¿verdad, L. B.? —Levantó una ceja, dejando claro que yo no debía ser acosada por nadie, incluido él.

—Por supuesto, Margaret.

La señora Mayer volteó a verme y dijo:

—Ven, Hedy. Hay unas mujeres encantadoras que quiero que conozcas.

Capítulo 28

4 de marzo de 1938
Los Ángeles, California

—La esperan en el set en cinco minutos, señorita Lamarr —gritó el asistente en mi camerino.

Susie terminó de aplicarme el delineador a toda prisa y subió el cierre de mi vestido. No quería retrasar la filmación, además de que John Cromwell, el director, era famoso por su puntualidad. Me había costado mucho sacarle ese papel al señor Mayer para ponerlo en riesgo.

Cuando concluyó su labor, Susie me miró en el espejo del tocador, lleno de labiales rojo rubí, envases de barniz de uñas, delineador negro y polvos para el rostro. La efervescente joven que me habían asignado como asistente de camerino era todo lo contrario de la señora Lubbig, la fría ayudante del Theater an der Wien, cuyo retraimiento extrañaba a veces.

—¡Se ve hermosa! —gritó Susie.

Me levanté y me estudié en el espejo de tres vistas al fondo de mi camerino. Todo ese maquillaje me hacía ver un poco estridente bajo el brillo de las luces del camerino, pero sabía que estaba bien para las cámaras. Mi vestuario consistía en un vestido negro de seda acompañado de una lujosa chaqueta de seda blanca, perlas brillantes y aretes de diamantes. Todo falso pero deslumbrante. El director y la vestuarista, Irene Gibbons, consideraron que ese era el atuendo apropiado para una francesa millonaria de viaje por la empobrecida maraña de callejones de la Casba. Era ridículo pensar que una turista rica viajaría por el submundo de Argel, en particular vistiendo de ese modo, pero así era Hollywood.

La única decisión con la que la vestuarista acertó fue la osada paleta blanco y negro de mi vestuario. Era impactante, como lo había sido mi vestido de novia Mainbocher. Lo limitado de los colores resaltaba mi cabello oscuro y la palidez de mi piel, más pálida aún por el maquillaje, y sabía que eso daría dramatismo a la película. Todas las cintas que Ilona y yo habíamos visto para perfeccionar nuestro inglés me habían enseñado algo más que una entonación correcta; también había aprendido de luces y sombras.

Estaba terminando de revisar mi aspecto cuando Susie puso una mano sobre mi hombro. Casi di un salto. Los estadounidenses actuaban con mucha familiaridad entre ellos, casi desde el momento de conocerse. La señora Lubbig jamás habría pensado en tocarme salvo cuando era estrictamente necesario para vestirme, maquillarme o arreglarme el peinado. Pero ahora yo intentaba ser una estadounidense, de modo que reprimí el impulso austriaco de sacudirme la mano de Susie.

—De hecho, señorita Lamarr, luce usted *glam* —dijo con una risita—. Espere a que la vean en el estudio.

¿Qué quería decir Susie con *glam*? Por la expresión en su cara supuse que había querido elogiarme, pero por momentos me costaba trabajo entender los coloquialismos.

Asentí, extraje algo de arrojo de su comentario y abrí la puerta del camerino. El pasillo que llevaba al estudio me pareció demasiado largo y mis zapatos negros de satín hacían un ruido descomunal. ¿O solo serían mis nervios?

El ruido del equipo y el zumbido de la plática quedaron opacados por el sonido de mis tacones. Llegué al set con esa especie de fanfarria. A mi alrededor había un conjunto de representantes de toda clase de oficios —carpinteros, tramoyistas, técnicos, actores y extras parecían realizar sus labores en medio de un frenesí—, quienes estaban construyendo una ciudad norafricana dentro de un estudio en Estados Unidos. Aunque conocía bien las escenografías teatrales, esa elaborada construcción era muy distinta de cualquier escenario o set cinematográfico en el que yo hubiera trabajado. Lucía vasta y real. Y yo me sentía agobiada.

¿Por qué llegué a pensar que mi breve temporada como actriz en Europa me había preparado para trabajar en Hollywood?

Cuando la gente dejó de mirarme, me armé de valor y caminé hacia un hombre de facciones severas y pelo entrecano que parecía estar al centro de todo ese enjambre de actividad. Quizás él podría orientarme. Desvió la mirada de una discusión algo acalorada que sostenía con un camarógrafo y me miró. Luego exclamó:

—¡Ah, tú debes ser nuestra Gaby!

Estiré la mano para saludarlo; me sentí aliviada porque sabía quién era yo. Por la autoridad con que hablaba, adiviné quién era.

—Así es. ¿Usted es el señor Cromwell?

Nos saludamos y dijo:

—Sí, soy yo. Pero, por favor, llámame John.

—Y usted llámeme Hedy. Le agradezco la oportunidad de ser Gaby.

—Eres todo lo que Mayer prometió que serías —dijo el señor Cromwell mirándome de arriba abajo—. Y eso es bueno, porque tenemos grandes planes para esta escena.

Su anuncio de que había «grandes planes» para Gaby me alivió y me deleitó. El argumento de *Argel* estaba lleno de acción e intriga, pero mi personaje no participaba de esas escenas porque únicamente era una suerte de manzana prohibida para el protagonista, Pepe, el ladrón de joyas. La naturaleza ornamental de mi personaje no me sorprendió —la mayoría de los papeles femeninos en Hollywood solo eran decorativos—; además, poder dar consistencia y gravedad a Gaby era una oportunidad sugerente e inesperada. Había imaginado escenas en las que Gaby se unía a una persecución en lugar de permanecer sentada como un bello adorno. Sin embargo, y sin importar el carácter de mi papel, lo imponente del set y la cantidad del personal, me hicieron recordar que debía estar agradecida por la oportunidad.

—Me da mucha emoción escucharlo, señor Cromwell. Quiero decir, John. Tengo muchas ideas sobre cómo podemos dar más vida a Gaby, y me encantaría hablarle de ellas.

Las cejas de John se juntaron en un gesto de perplejidad, pero no respondió a mi oferta.

—Bueno, vamos a presentarte a nuestro director de fotografía, James Wong Howe. Tiene algo especial en mente para ti.

Caminamos por el estudio hasta un rincón en el que habían construido un callejón estrecho rodeado de falsos edificios de arcilla. Ahí, un hombre chino de baja estatura, con boina y pañuelo atado al cuello, indicaba a dos camarógrafos dónde poner el equipo y daba instrucciones sobre los ángulos de la luz a tres tramoyistas apostados encima de los edificios.

—Jimmy, aquí está nuestra Gaby —dijo John.

El señor Howe giró hacia nosotros.

—Ah, estábamos esperándola, señorita Lamarr. La escena está lista para su llegada.

—Ya sabes qué hacer, Jimmy. La dejo en tus hábiles manos —dijo John y se alejó al otro lado del estudio.

—¿Está lista? —me preguntó el señor Howe. No me había pedido que lo llamara Jimmy.

—Me aprendí mis parlamentos para esta escena, señor Howe, pero me temo que no he tenido oportunidad de ensayarlos con mis compañeros actores. Además, John mencionó que tenía usted algunos planes para la escena, pero no sé bien de qué se trata.

—No se preocupe por eso —dijo el señor Howe con el tono de voz que uno utilizaría para tranquilizar a un niño angustiado—. Los planes que tenemos no requieren mucho ensayo.

—Está bien —respondí con lentitud. No estaba del todo segura de qué era lo que el señor Howe esperaba de mí.

—Antes de filmar la escena con todos los extras debemos cerciorarnos de que las cámaras y las luces estén perfectas. —Me tomó de la mano y me llevó a un escalón del callejón que tenía una X marcada con cinta—. He creado una iluminación especial para usted; la alumbrará desde arriba y creará sombras precisas en sus rasgos simétricos. Le he dado vueltas a esta idea desde hace años pero nunca había tenido una actriz con una faz tan perfecta como la suya.

—Gracias, señor Howe —dije, aunque él no lo había dicho como un elogio sino como una simple observación.

Con un dedo alzó mi barbilla y estudió mi rostro desde varios ángulos.

Se echó hacia atrás y me dio instrucciones:

—Quédese completamente quieta. Y abra los labios lo suficiente para lucir atractiva, pero no tanto como para que se vean sus dientes.

Hice lo que me pidió y permanecí inmóvil, esperando. El señor Howe ordenó a los camarógrafos y tramoyistas que hicieran pequeños ajustes en sus equipos, y luego me miró a través de la lente de la cámara central. No me había movido, así que no sabía qué era lo que le parecería interesante.

Pasaron largos minutos y me puse a pensar qué sería lo siguiente que haría Gaby. Cuáles serían los «grandes planes» que el director había mencionado. Sin duda esa no era la totalidad de mi escena.

—¿Deberíamos ir marcando las siguientes acciones de Gaby? —pregunté cuando me pareció que habían pasado unos diez minutos.

—¿A qué se refiere, señorita Lamarr? —respondió el señor Howe detrás de la cámara.

—John Cromwell dijo tener «grandes planes» para mi personaje. ¿No deberíamos practicar el movimiento que incluiremos en la escena?

—Señorita Lamarr, esta toma extendida, con el exacto juego de luces y cámaras, es el «gran plan».

—Pero no estoy haciendo nada. —Estaba confundida.

—No necesita *hacer* nada —respondió el señor Howe; resultaba evidente la irritación en su voz. Casi podía escuchar sus pensamientos: «¿Por qué me está preguntando esas tonterías? ¿Por qué no se limita a hacer lo que se le pide?»—. La idea del director es presentarla a usted, que es un emblema de la feminidad, como un enigma, un misterio que Pepe, y la audiencia junto con él, debe descifrar. Y debe saber que, para una mujer, la mejor manera de inspirar misterio es por medio de su belleza y su silencio.

Silencio. Una vez más me pedían que permaneciera en silencio. Había abandonado a Fritz y su mundo en parte porque todo lo que él quería era un cascarón obediente y mudo. Aunque sabía que era un poco fantasioso de mi parte, había esperado más de esto. No obstante, me daba la impresión de que eso era lo que Hollywood esperaba de mí.

Capítulo 29

13 de marzo de 1938
Los Ángeles, California

Susie comenzó a quitarme el vestido negro de coctel y las perlas que había utilizado en la escena que acababa de volver a filmar: el momento en el que Gaby y Pepe se veían por primera vez. Esa escena, como muchas otras, requería que me quedara en perfecta quietud por largos momentos mientras la cámara se demoraba en mi rostro. Empezaba a sentirme más cómoda en el set, salvo por esos interludios incómodos en los que el resto del elenco retrocedía en silencio y esperaba a que la lente del señor Howe culminara su trabajo. Durante esos minutos interminables intentaba reunir el poder que había sentido en el escenario para hacer que Gaby fuera interesante y tuviera más consistencia; deseaba que esa energía resultara evidente en la pantalla. Aun así, no podía evitar sentir que me relegaban a ser un mero maniquí.

Las delgadas paredes de mi camerino se sacudieron cuando alguien tocó a la puerta. Susie fue a abrir en lo que yo me ataba la bata. En el set podía haber una reunión en cualquier lugar, en cualquier momento, y sabía —más teniendo *Éxtasis* en mi historia— que debía mantener el recato.

Mi antigua compañera de casa, Ilona, asomó por la puerta con un periódico en la mano. Hacía unas semanas habíamos decidido que cada una tendría su propio hogar, de modo que renté una pequeña casa de seis habitaciones en Hollywood Hills, con suficiente espacio en el jardín para tener algunas mascotas como compañía. Aun así, Ilona y yo seguíamos siendo muy cercanas, en particular después de que trabamos amistad con un grupo de emigrados que se habían instalado en Hollywood, como nosotras, entre ellos los directores Otto Preminger y mi mentor, Max Reinhardt, y algunos judíos estadounidenses, como el productor Walter Wanger. En las cenas nos enterábamos de los sucesos europeos que no llegaban a los periódicos de Estados Unidos. Y, a pesar de que el hombre con el que había comenzado a salir, el actor Reggie Gardiner, era inglés y no continental como el resto de nosotros, nos comunicaba la información que le daban sus contactos. De todos mis pretendientes, lo había elegido a él por su disposición amable y sus modales inofensivos. No más Fritz Mandl para mí.

Por la expresión de Ilona y el periódico que traía enrollado en la mano, entendí que quería que habláramos a solas.

—Susie —dije—, ¿te molestaría traernos unos cafés?

—Claro que no, señorita Lamarr —respondió animada. Comprendía muy bien el inglés de Susie, pero no su personalidad siempre entusiasta. Era tan desconcertante como el clima invariablemente soleado de California.

Cuando mi asistente cerró la puerta, Ilona me entregó el periódico. Entonces pude ver sus ojos irritados, señal de que había estado llorando. Antes de que pudiera mirar el periódico, me preguntó:

—¿Has visto esto?

—No; he estado todo el día en el set. ¿Tiene que ver con…?

No tuvo que escuchar la frase entera para saber lo que iba a preguntarle:

—Sí.

Habíamos estado esperando noticias de los acontecimientos políticos en Austria, sobre los que mamá no hablaba en sus cartas; conociéndola, quizá con toda intención. Unos días atrás supimos que, como consecuencia de algunos disturbios provocados por los nazis austriacos y debido a la insistencia alemana de nombrar al simpatizante nazi Arthur Seyss-Inquart ministro de Seguridad Pública con control absoluto, el canciller Schuschnigg —el hombre que había sacado del gobierno a Ernst von Starhemberg por considerarlo débil frente a los alemanes— había convocado a un referendo sobre la unificación de Austria con Alemania. En respuesta, Hitler había amenazado a Schuschnigg con invadir el país. Ilona era húngara, no austriaca, pero veía en los actos de Hitler el modelo de lo que sucedería a Hungría. ¿Hitler realmente invadiría Austria? ¿Qué haría la comunidad mundial si los alemanes lo intentaban?

Ilona no podía esperar a que terminara de leer el artículo. Las noticias se le escapaban del cuerpo.

—Hedy, esto es increíble. Ayer, como temíamos, el Ejército alemán cruzó la frontera hacia Austria. ¿Sabes con qué se encontraron?

—No —le dije, aunque imaginaba a las tropas austriacas combatiendo las fuerzas de Hitler en los puntos de seguridad que había visitado hacía algunos años con Fritz. Me pregunté si, una vez más, Fritz había abastecido a ambos bandos. O si había fracasado en su juego de poner a los dos extremos a combatir entre sí, como solía hacerlo, y se había visto obligado a huir.

—Se encontraron con austriacos que ondeaban banderas nazis, y ninguna resistencia militar. Nada. De manera increíble, el gobierno austriaco ordenó al Ejército no oponer resistencia. Hitler no hizo más que avanzar.

—¿Qué? —Estaba sorprendida. Sentada frente a mi tocador, me temblaban las piernas—. ¿Sin que nadie se le opusiera? ¿Nada?

—No. Al parecer, en los días previos a la invasión, la SS apresó en secreto a todos los disidentes potenciales. Aun así, Hitler se sorprendió con la bienvenida que le dieron. Su intención era demoler al Ejército austriaco y convertir a Austria en un país falsamente independiente, con Seyss-Inquart al frente de un gobierno pronazi, pero no le hizo falta tomar esas medidas. Los austriacos le mostraron tanto apoyo que solo tuvo que integrar Austria a su Reich.

—Y así nada más, Austria se convirtió en parte de Alemania. —Mi voz tembló al decir esas palabras.

—Así nada más —respondió Ilona, con evidente incredulidad en la voz.

La Anschluss, la invasión y la conquista que papá y yo temíamos y que había motivado mi matrimonio, había sucedido. Aunque lo que Ilona me decía era verdad, de hecho, yo más que nadie sabía que era un hecho inevitable, la noticia me sorprendió. Una parte de mí había creído que ese día no llegaría jamás, y había rezado por que no sucediera, a pesar de no tener siquiera un dios específico a quien elevar mis plegarias.

En los días previos y en los que siguieron a mi escape había terminado por aceptar que los nazis conquistarían Austria. Suponía que el ejército de Hitler y el fanatismo de sus seguidores complicarían las cosas para las fuerzas austriacas, mal abastecidas bajo el mando del débil Schuschnigg. Sin embargo, nunca imaginé que los austriacos darían la bienvenida al loco alemán al verlo llegar.

¿Dónde estaría mamá cuando las tropas nazis desfilaron por las calles de Viena entre vítores de bienvenida? Sin duda no ondeó ninguna bandera. Era probable que hubiera estado en el salón tomando el té mientras los tanques recorrían la ciudad, fingiendo que no sentía cómo temblaba la casa. ¿Estaría a salvo?

Necesitaba sacarla de Austria antes de que su inconsciencia la condenara. Pero ¿me permitiría intentarlo, ahora que Alemania controlaba Austria? De ser el caso, ¿cómo lograría sacarla? Ni siquiera conocía las leyes migratorias de Austria bajo la ocupación alemana ni las leyes migratorias de Estados Unidos. Había entrado en el país del brazo y bajo el manto de la influencia del señor Mayer, quien tuvo que lidiar con una compleja y empantanada red de papeleo y aprobaciones.

Empecé a llorar. Ilona se arrodilló a mi lado y me abrazó.

—Tu madre sigue ahí, ¿verdad? —me preguntó.

Asentí, pero no dije nada de lo que estaba pensando. ¿Qué pasaría con los judíos austriacos? ¿Les aplicarían las Leyes de Núremberg? ¿A mamá? Después de haber escuchado los planes de Hitler para remover a los judíos de la sociedad alemana, estaba casi segura de conocer la respuesta, aunque no podía formularla en voz alta frente a nadie. Eso habría sido equivalente a admitir que era judía y que había sabido de esos hechos antes de que ocurrieran.

En Hollywood no había judíos.

Capítulo 30

14 y 15 de enero de 1939
Los Ángeles, California

Argel cambió todo y no cambió nada.

La fama que buscaba llegó. Caminé por alfombras rojas en los distintos estrenos de *Argel*, con fanáticos gritando mi nombre a cada lado de la calle. En todos lados, las mujeres adoptaron lo que los periódicos llamaron el «*look* Lamarr»: cabello oscuro —con frecuencia teñido—, ondulado y simétrico, con raya en medio; cejas arqueadas; piel blanca, y labios carnosos y brillantes. Ese estilo que yo había considerado muy estadounidense, y que utilizaba a instancias del señor Mayer, ahora se asociaba con el «exotismo» de Hedy Lamarr; una ironía que nos hizo reír mucho a Ilona y a mí.

El dinero llegó también. Al tiempo que mantenía a raya al señor Mayer, quien insistía con su atosigamiento, logré obtener una remuneración mayor de la que había negociado en un principio. El «culto» a Hedy Lamarr me daba el valor y la ventaja necesarios para pedir un salario más alto, acorde con el éxito de taquilla que todo el mundo pronosticaba que serían mis películas.

Después del estreno de *Argel*, el terror que aún le tenía a Fritz se disolvió también. Me otorgaron el divorcio. El proceso legal permitió a Fritz conocer mi dirección y comenzó a enviarme cartas, pero, cosa rara, sus palabras eran conciliadoras ahora que no tenía ningún control jurídico sobre mí y su propio poder había decaído. Lo expulsaron de Austria cuando su alianza con los nazis se desgastó, y se retiró a Sudamérica, donde había dejado en custodia la mayor parte de sus activos desde que estábamos casados. Al reconectarse conmigo solo parecía buscar la fama que tener una exesposa bien conocida le traería. No le di nada. El divorcio me liberó de mis miedos y también me dio la libertad de involucrarme sentimentalmente con quien quisiera. Esa licencia me produjo un renovado deseo de relacionarme con un hombre tras otro, buscando seguridad en sus brazos pero sin renunciar en modo alguno a mi autonomía; así, además del amable pero aburrido Reggie Gardiner, aparecieron otros hombres.

No obstante, una soledad profunda me seguía, como si se tratara de un perro abandonado que ladraba al silencio cada vez que callaban el ruido de las multitudes o los susurros de algún hombre. Algunas veces, como bálsamo para mi tristeza, me permitía avanzar tan rápido como los estadounidenses —quienes se movían raudos, como si temieran que al detenerse la historia se les quedaría incrustada como una lapa—, pero enseguida los recuerdos que buscaba evadir me alcanzaban y me llenaban de culpa. ¿Cómo podía justificar el hecho de vivir rodeada de tal abundancia cuando en Austria a diario había terror y privaciones? ¿Cuando los judíos estaban siendo brutalmente atacados en las calles por matones con suásticas y las Leyes de Núremberg les negaban sus derechos? ¿Cuando un frenesí antisemita había propiciado una masacre en noviembre durante la cual las turbas habían destrozado tiendas judías y quemado sinagogas, incluidas las de Döbling? No podía decir que no tuviera noticia de semejantes horrores, aunque fuera de manera general. Mi vida en Estados Unidos parecía un sinsentido frente a la oscuridad creciente, y la ligereza que requería era cada vez más difícil de mantener.

Así que me dividí en dos. De día, con la máscara de Hedy Lamarr, me pintaba los labios y las cejas y lanzaba miradas enigmáticas a la cámara. Durante la noche volvía a ser Hedy Kiesler, una mujer acongojada por el destino de sus semejantes, tanto vieneses

194

como judíos, aunque antes de abandonar Austria nunca me había considerado judía. Entendí que haber dejado mi país sin advertir a nadie de la seriedad de los planes de Hitler era una deuda que tenía con el pueblo austriaco, y en particular con los judíos. Sin embargo, no sabía cómo ayudar a nadie. Excepto a mamá.

Me enfermaba pensar que en nuestro último encuentro no había logrado convencerla de partir conmigo. Cuando tomábamos aquel té, cedí al enojo al escuchar que criticaba a papá, y temí que pudiera revelar mis planes a Fritz. Esas emociones me invadieron y cancelaron cualquier esfuerzo de persuasión luego de escuchar que mamá no quería salir de Viena. Debí haber controlado mis emociones y contarle lo que sabía sobre el Anschluss y sobre Hitler.

Me había dado por vencida muy rápido, pero no permitiría que sucediera de nuevo. Encontraría la manera de sacar a mamá de Austria.

En su carta más reciente me decía que ya no necesitaba esforzarme por convencerla de abandonar su amada Viena. Mamá no describía explícitamente los horrores que ocurrían; le preocupaba, con toda razón, que los funcionarios del gobierno nazi revisaran las cartas dirigidas al extranjero y tomaran represalias. Sin embargo, en cada frase precavida y en cada palabra que *no* escribía podía percibir su temor por los espantosos sucesos.

Querida Hedy:

Espero que tu nueva vida en Hollywood te siga tratando bien. El éxito es algo que siempre has buscado.

Respiré profundo al leer estas líneas para que no me molestara ese elogio que también era una crítica. Para decirlo con pocas palabras, mamá era incapaz de elogiarme —que Dios la librara de felicitarme por mi trabajo en *Argel* en lugar de decir que el éxito era algo que siempre había «buscado»—; sin embargo, no podía dejar que su disposición pesimista me disuadiera de mis intenciones. Seguí leyendo.

Pienso con frecuencia en nuestra conversación cuando tomábamos el té antes de tu partida. Me doy cuenta de que debí haber seguido tu consejo, Hedy. Pero con frecuencia las madres no dan crédito a la sabiduría de sus hijas, y no soy la excepción. Me pregunto si será demasiado tarde.

En caso de que lo sea, Hedy, quiero enmendar un malentendido que surgió entre nosotras aquella misma tarde. Durante nuestra conversación me confesaste que creías que yo me negaba a mostrarte afecto a causa de cierto resentimiento o de una antipatía innata hacia ti. Eso es absolutamente falso. Lo que buscaba era atenuar la desmedida adulación e indulgencia que tu padre te prodigaba. Me preocupaba lo que pudiera pasar con una niña tan hermosa, adorada por la sociedad en virtud de su belleza y a la que sus padres dijeran que todo lo que hiciera sería perfecto. No fue algo fácil para mí pero, contrario a lo que crees, lo hice por amor.

Las lágrimas resbalaron por mis mejillas al leer esas palabras, lo más cerca que mamá había estado de expresarse con sentimentalismos hacia mí, o lo más cerca que estuvo de pedirme una disculpa. Su carta dejaba clara una cosa: estaba lista, incluso desesperada, por salir. Solo había que encontrar la manera de traerla a Estados Unidos.

La tarde siguiente, durante una conversación casual, me señalaron un camino. En una fiesta en Hollywood, dos de mis amigos europeos se alejaron para charlar con un director con el que deseaban trabajar y me dejaron junto a un tipo muy aburrido y tímido que había permanecido al margen de nuestra plática. Estuve a punto de alejarme sin disculparme cuando recordé que ese hombre había dicho a uno de mis amigos que era abogado.

—¿Usted mencionó que era abogado?

Puesto que había sido invitado a una fiesta de gente del cine, supuse que no sería especialista en temas migratorios. De cualquier modo, no perdía nada con preguntar. Por lo menos, quizá podría darme el nombre de algún experto en ese campo.

Los ojos del sujeto se iluminaron cuando volteé a verlo, como si no pudiera creer que estuviera dirigiéndole la palabra. Yo tampoco lo creía. Tartamudeó por un momento y por fin dijo:

—Sí, sí, sí, sí. Lo soy.

No había razón para alargar la charla, así que fui directa.

—¿Sabe cómo lograr que una persona europea sea admitida en este país?

—U-u-u-n, un poco —respondió, aún tartamudeando. ¿Era yo quien lo ponía nervioso o padecía ese lamentable hábito?—. No es mi especialidad, pero conozco las leyes. Supongo que pregunta por alguna persona en particular...

Asentí.

—¿De dónde vendría? —Cuanto más cómodo se sentía, menos tartamudeaba.

—Austria.

—Hmmm —respondió. Su frente, oculta en parte por sus enormes lentes, se arrugó—. Bueno, para empezar, Estados Unidos no tiene una política de asilo, solo una política migratoria. Tenemos un estricto sistema de cuotas según el cual solo cierto número de personas de cada país recibe permiso para migrar cada año. En cuanto se cubre la cuota, todas las solicitudes se rechazan, lo que puede suceder al principio o al final del año.

—¿Y cómo puedo saber si Estados Unidos sigue aceptando austriacos o si ya se cubrió la cuota?

—Bueno, creo que Roosevelt ha unido las cuotas de Austria y Alemania, ahora que las dos naciones se han reunificado...

Tuve que contenerme para no gritar que no se habían «reunificado», sino que Alemania había tomado por la fuerza a Austria.

Pero el abogado seguía hablando y yo necesitaba poner atención a lo que decía.

—Sin embargo —continuó—, confío en que podría averiguarle la cuota. Pero debe saber que el proceso es muy complicado y no se limita a los sitios disponibles. ¿Esa persona ha iniciado ya el trámite?

No había pensado en todo el rompecabezas administrativo. Negué con un gesto.

—Bueno, Estados Unidos ha hecho de su sistema migratorio algo muy desconcertante. Y con toda intención. El gobierno utiliza todas las etapas de su oneroso proceso de solicitud como una suerte de disuasión.

—¿Por qué?

—Para que entre al país la menor cantidad de migrantes, claro. —Continuó hablando, sin reparar en lo espantoso de su frase—: Ese es el meollo del asunto. El solicitante primero debe registrarse en el consulado estadounidense, y con eso se le anota en una lista de espera para obtener una visa. Mientras aguarda tiene que recabar una larga lista de papeles, como documentos de identidad, certificados de policía, permisos de salida y tránsito, así como un afidávit financiero, pues necesita comprobar que tiene solvencia económica para mantenerse a sí mismo. El problema de esos documentos es que tienen fecha de expiración, así que hay que conseguirlos y lograr salir de la lista de espera antes de que termine su validez; de lo contrario, el proceso comienza de nuevo. Los tiempos de los documentos son tan complicados —casi imposibles, en realidad— que suele llamárseles el «muro de papel».

Asentí. La cabeza me daba vueltas al pensar en todos los requisitos que mamá tendría que cumplir para salvar ese «muro». No podía ni imaginar cuánto duraría el proceso. ¿Estaría a salvo en lo que aguardaba? No podía darme el lujo de esperar.

—¿Y no hay manera de acortar el proceso? —pregunté.

—Bueno, requeriría tener contactos en sitios muy altos. Pero si usted conoce a alguien en el gobierno federal, quizá tenga oportunidad de hacer que la persona solicitante avance en la lista de espera, o que eliminen algunos o incluso todos los documentos requeridos.

Sabía lo que tenía que hacer. Sin detenerme a preguntar su nombre —y, mucho peor, sin siquiera agradecer su explicación—, desaparecí entre la multitud. Corrí hacia la única persona que conocía con el tipo de «contactos» que necesitaba: el señor Mayer.

Capítulo 31

28 de enero de 1939
Los Ángeles, California

—¿Por qué no nos escapamos y nos casamos? —preguntó una voz desde las sombras, junto a la alberca.

Di un salto y estuve a punto de soltar mi cigarro. Había salido para estar sola y no había visto a nadie alrededor. De haber sabido que había un hombre, me habría alejado de la zona y habría buscado un refugio distinto para escaparme de esa horrible reunión.

Había mucha gente en la fiesta; era el tipo de velada de Hollywood que odiaba, pero el señor Mayer había insistido en que asistiera, y puesto que había aceptado ayudarme con la situación de mamá, no me atreví a negarme. El objetivo de esa celebración del estreno de una triste película consistía en chismear sobre los últimos contratos de Hollywood, pelear por papeles en películas en producción y soportar los flirteos de ejecutivos y directores borrachos. Habría preferido pasar la tarde conversando sobre asuntos políticos y culturales en casa de alguno de mis amigos europeos, o sola en mi nueva residencia, tocando el piano o mejorando algunas de mis creaciones científicas ideadas durante el tiempo que pasé en la mesa de Fritz escuchando a los hombres discutir sobre sus inventos. Sin embargo, me encontraba ahí, oyendo al señor Mayer elogiarse a sí mismo al hablar de mí con los «muchachos», esos aduladores que lo seguían a todos lados.

—Este viejo no es tan mal juez de talento, ¿no creen? Vi a esta dama una vez y me dije a mí mismo: «Esta chica es una estrella». Y en muy poco tiempo la convertí en estrella.

En otras circunstancias habría huido antes que tener que conversar con extraños, en especial si se trataba de un hombre. Pero algo en el tono de voz de ese caballero me pareció familiar, cautivador incluso. Además, me había parecido gracioso. Su pregunta, amistosa y completamente inapropiada, me hizo reír, hazaña muy difícil en esos días.

—¿Trajiste la argolla de matrimonio? —respondí hacia la oscuridad. ¿Cómo reaccionaría el bromista si le plantaba cara?

—Claro. Supuse que te gustarían los diamantes.

—Prefiero las esmeraldas, pero los diamantes están bien.

—Había pensado en un collar de esmeraldas como regalo de bodas después de la ceremonia.

—Conoces muy bien a tu esposa —dije, casi riendo.

—Después de tantos años, querida —su voz se hizo más cercana—, más me vale.

Una silueta masculina salió de entre las sombras de la terraza. Cuando se acercó me di cuenta de que era muy alto; quizá medía un metro noventa, igual que papá.

—Sí, más te vale —dije en voz baja, recelando de quién podría aparecer.

No podía distinguir sus facciones con claridad, pero la tenue luz que llegaba de la fiesta comenzó a iluminar su cara, como debía iluminar la mía también.

—Oh, Dios. Eres Hedy Lamarr.

Sonaba sorprendido pero no espantado. Me gustó eso. Desde el estreno de *Argel*, los hombres se mostraban o muy tímidos o extremadamente agresivos conmigo.

—Oh, Dios, lo soy —respondí fingiendo sorpresa, y luego di una larga fumada a mi cigarro.

Cayó ceniza de la punta y advertí que estaba temblando ante la cercanía de ese hombre maduro y atractivo. Su cabello peinado a la perfección y su traje inmaculado contrastaban con esa sonrisa fácil, mirada cálida y trato agradable. Tenía la sensación de conocerlo, y nadie más me había provocado eso desde mi llegada a Hollywood.

—Supongo que debo disculparme por ser tan presuntuoso —dijo, pero no había contrición ni incomodidad en su voz.

—Por favor, no lo hagas. De lo contrario tendré que mandarte de vuelta a ese rincón para poder tener una conversación normal.

Soltó una carcajada sincera y sonora. Una vez más, igual que papá.

—¿Y qué te trae al exterior en una fría noche de enero, cuando hay una fiesta ahí dentro? —me preguntó.

—Soy austriaca. Esto no se considera clima frío.

—No respondiste mi pregunta.

—Supongo que la conversación es mejor en el exterior que en el interior.

Dejó ver lo blanco de sus dientes al sonreír.

—¿Un elogio de la señorita Lamarr? Me halaga.

—¿Quién dijo que hablaba de *tu* parte de la conversación? Quizá me refería a la mía.

Volvió a reírse.

—No me habían dicho que tu ingenio igualaba tu belleza.

—Los elogios no te servirán de nada, señor… —Dejé la frase a medias porque no sabía quién era. Aunque, si había sido invitado a la fiesta, muy probablemente formaba parte de la industria del cine, y eso hizo que me simpatizara menos.

—Markey. Gene Markey.

Conocía ese nombre; se trataba de un guionista. Recordé que había estado casado con la actriz Joan Bennett, y que tenían una hija pequeña. No tenía fama de seductor, pero tampoco de no serlo. Enterarme de quién era me desconcertó un poco.

Echando mano de su facilidad para la conversación, Gene rompió el silencio:

—¿Nos vamos de esta horrible fiesta? Conozco un pequeño bar aquí a la vuelta; quizá sea lo que necesitamos.

Irme con él contravenía mis reglas. Después de todo, no conocía a ese hombre, y Hollywood estaba lleno de predadores. Pero me atraía. Por única vez, solté las riendas y me arriesgué.

Asentí, apoyé mi brazo en el suyo, y salimos de la terraza rumbo a la calle. Al caminar a su lado me sentí tranquila y segura, algo que no había experimentado desde la muerte de papá. Su presencia me hizo preguntarme si por fin había conocido a un hombre con el que no necesitaba interpretar un papel.

Capítulo 32

10 de julio de 1939
Los Ángeles, California

Con una canasta llena de flores, abrí la puerta de nuestra casa de campo en Benedict Canyon Drive, a la que nos dio por llamar Hedgerow Farms, una suerte de capullito de tranquilidad con sus paredes y muebles blancos; los tapetes, los cuadros y las flores eran los únicos detalles de color. Entré en la sala. Gene dormía en el sofá blanco, con las páginas de un guion regadas por la alfombra roja. Donner, nuestro gran danés, había intentado acomodar su enorme cuerpo en una pequeña área de cojín que quedaba libre a los pies de Gene. Los dos irradiaban tranquilidad, una felicidad de raíces profundas en la que empezaba a confiar. Cuando lograba acallar mis demonios personales, claro.

Me deslicé hasta la cocina, evitando molestarlos. Saqué un sencillo jarrón de porcelana blanca del armario y lo llené con agua. Después de cortar las puntas del colorido manojo de flores, las deposité en el jarrón y comencé a acomodarlas.

De pronto me vi girando en el aire en brazos de Gene. La falda de mi tradicional *Dirndl* revoloteaba y yo reía. Gene me dejó en el suelo y dijo:

—Mi pequeña *Hausfrau*, qué atractiva te ves con tus ropas de hogar.

—Muchas gracias, gentil hombre —respondí, y me abrazó.

Jamás habría imaginado que nuestro encuentro casual en la terraza junto a la alberca de un desconocido terminaría con un matrimonio menos de ocho semanas después. Supongo que la familiaridad y el bienestar que sentí con Gene desde el principio hicieron que la decisión fuera sencilla. Aun así, no podía dejar de preguntarme qué había hecho para merecer ese pedacito de felicidad, en medio de una guerra europea de la que había logrado sacar a mamá. Si me hubiera quedado en Austria, mi realidad habría sido muy distinta.

—Dime, ¿qué estás pensando? —me preguntó.

No quería decirle lo que en realidad pensaba. Jamás le había revelado a Gene el secreto de mi linaje judío ni el hecho de que mi exesposo vendía armas a Mussolini y Hitler. Por mi parte, sabía que él había estado casado antes, claro, pero nada más. No me atrevía a contarle esos secretos que había sepultado en mi interior.

—Estaba recordando nuestra boda —le respondí, en lugar de confesarle la verdad.

Llevábamos sentados un rato frente a los restos de una deliciosa cena de mariscos en nuestro restaurante favorito frente a la playa. Eran los primeros días de marzo; terminaba un largo viernes en el set. Yo había estado ensayando mi papel en *La dama de los trópicos* y Gene había estado ocupado con la reescritura de un guion. Ambos tendríamos que volver a nuestras ocupaciones el lunes por la mañana, y estaba deseosa de que empezara ese raro descanso de fin de semana. Mis directores por lo regular pedían que trabajara sábados y domingos.

—Casémonos mañana —dijo Gene, tomando mi mano y besándola.

Me reí. Conversador vivaz y bromista empedernido, Gene siempre me hacía reír, a semejanza de papá cuando me planteaba una adivinanza boba o dejaba una figurita misteriosa envuelta para regalo en mi mesita de noche. Me llevaba casi veinte años, y había vivido toda una vida como oficial de la Marina condecorado en la Primera Guerra Mundial, y luego como novelista antes de conocernos; su experiencia y su imperturbabilidad me hacían sentir segura.

Los ojos negros de Gene decían que hablaba en serio.

—No bromeo, Hedy. Quiero que iniciemos una vida juntos y no quiero esperar.

Dejé de reír.

—¿Me estás proponiendo matrimonio?

Gene parecía haberse sorprendido a sí mismo.

—Supongo que sí.

Me quedé anonadada. Aunque me sentía mucho más cercana y segura con Gene que con cualquier otro hombre, incluyendo a Fritz al inicio de nuestra relación, apenas llevábamos dos meses juntos. Y me había prometido a mí misma que jamás dejaría que otro hombre se convirtiera en mi dueño, como Fritz lo había hecho. Pero ¿estar casada con Gene sería como estar casada con Fritz? No podía imaginar que ese hombre de mundo, afable, con una singular capacidad para hacerme sentir segura, me tratara como Fritz lo había hecho. Aun así me preocupaba que quisiera casarme tan precipitadamente para sentirme más asentada en un mundo en el que me sentía inestable.

Quise ganar un poco de tiempo respondiendo con una broma.

—¿Por fin me vas a dar ese anillo de diamantes que me prometiste la noche que nos conocimos?

Ahora fue Gene quien se rio.

—Esperaba que lo hubieras olvidado.

—Una esposa necesita un anillo —dije, extendiendo la mano.

Él sonrió.

—¿Me estás diciendo que sí?

¿Era lo que le estaba diciendo? No me veía intercambiando votos con Gene —ni con ninguna otra persona—, pero tampoco consideraba decirle que no. Gene había hecho que mi vida en Hollywood fuera real en lugar de ser la gran puesta en escena que había sentido que era. ¿De verdad rechazaría su propuesta solo porque tenía miedo de aceptar?

Contrario a lo que pensaba, y a lo que consideraba sensato, dije:

—Supongo que sí.

Esa tarde viajamos en auto al estado de Baja California, en México, el único sitio en el que podíamos casarnos en menos de veinticuatro horas. A la tarde siguiente, Gene me esperaba en el escalón más alto del palacio de gobierno de Mexicali. Tenía en la mano un ramo de flores color lila para mí. El sol vespertino daba una suerte de estructura al aire; era casi como si brillara por su cuenta.

Me bajé de la limosina —habíamos decidido que, para cumplir con lo que dictaba la decencia, llegaríamos por separado— y subí los escalones del edificio. Cuando llegué al último, tomé el ramo, asentí con la cabeza y entrelacé mi mano libre con la suya. Pero no pronunciamos una palabra. Nos habían dicho que, según la tradición mexicana, los novios no debían hablar hasta el final de la ceremonia, y no queríamos atraer la mala suerte que, se decía, agobiaba a las parejas que no observaban esa regla.

Llegamos frente a Apolonio Núñez, el juez del registro civil, acompañados de nuestros tres testigos: Gustavo Paredes hijo, del consulado mexicano; Raúl Mateus, del Departamento de Policía, y Jimmy Alvarez, dueño de una cantina local. Parecía una escena de teatro hasta que el señor Núñez comenzó a hablar en español. Ninguno de los dos entendió los votos en ese idioma, pero éramos conscientes de la importancia que tenían esas palabras.

Volteé a ver a Gene, quien estaba muy guapo con su sencillo traje gris. Lo había elegido para que combinara con el vestido oscuro que había diseñado mi amigo Adrian, aunque no para esa ocasión. La ceremonia pedía decoro, pero Gene no dejaba de sonreír, y yo tampoco podía evitar sonreírle en respuesta. Qué distinta esta boda comparada con la primera.

—¿Hedy? —Al escuchar mi nombre desde la lejanía de mis pensamientos, volví al presente—. ¿No deberíamos alistarnos? —preguntó Gene.

—¿Alistarnos para qué? —De verdad estaba confundida. Creía que habíamos decidido disfrutar de una comida austriaca tradicional en casa y después pasar el resto de la noche leyendo junto a la chimenea.

—Para ir a la fiesta en el Trocadero, claro está. Escuché que es formal para los hombres, así que deberías ponerte uno de tus vestidos.

Recordaba el evento en el Trocadero, pero no quería ir; además, pensaba que habíamos acordado no acudir. Solo había fingido no saber de qué hablaba para prolongar nuestro tiempo juntos, a solas.

Me le acerqué susurrando:

—Imaginé que pasaríamos una linda noche juntos en casa. —Lo besé con ternura en el cuello, como le gustaba. Gene era un amante hábil, apasionado y fácil de convencer.

Me rodeó con sus brazos y me dio un beso intenso. Recorrí con mis dedos su espalda, trazando círculos hasta que soltó un gemido suave. Entonces dije:

—Perfecto, está decidido.

Me separé de su abrazo y, tomándolo de la mano, empecé a llevarlo hacia la habitación.

Gene se soltó.

—No, Hedy, hay que salir. Nos hemos quedado en casa dos veces esta semana.

—Y salimos las otras cinco noches. —Mi voz denotaba irritación. ¿Cómo podía querer ir a esas horribles fiestas casi a diario? Las noches en casa con Gene me encantaban; podía tocar el piano o explorar algunas ideas para mis creaciones científicas —diseños o modelos de arcilla o metal— mientras él leía o trabajaba en algún guion. ¿No se suponía que tener un esposo era la razón por la cual disfrutabas quedarte en casa con él, ya fuera junto a la chimenea o en la cama? Eso era algo que no había tenido con Fritz.

—Vamos, Hedy. Ya sabes cómo es este juego. Los contratos en las películas —ya sea como actriz, guionista, productor o lo que sea— vienen con el poder. Y el poder viene de las relaciones. Y no puedes crear ni fomentar relaciones sin asistir a fiestas.

Gene pronunció ese monólogo trivial sobre el funcionamiento de Hollywood —algo que yo conocía mejor que nadie— como una especie de cortina de humo para ocultar sus verdaderas preocupaciones. Había estado trabajando como productor en la nueva película *La reina de la canción* y estaba teniendo problemas con sus colegas en 20th Century Fox. Creía que al congraciarse con ellos allanaría el camino, y también que, si yo aparecía impecable en el Trocadero, solucionaría mi disputa con el señor Mayer por el dinero de la película que filmaba en ese momento, *Esta mujer es mía,* al lado de Spencer Tracy. Me había mostrado firme con mi jefe respecto del porcentaje de ganancias que, a mi juicio, me correspondía. Pese a ser hombre sofisticado, Gene podía ser muy inocente a veces. Se necesitaría mucho más que una velada en el Trocadero para arreglar las cosas.

Miré directamente a los ojos suplicantes de mi esposo, preguntándome si sabía con quién me había casado en realidad. Tampoco tenía claro quién creía él que era su esposa.

Capítulo 33

14 de octubre de 1939
Los Ángeles, California

La humedad cubría la ciudad como una manta y llenaba de pesadumbre nuestros corazones. Aunque en el techo giraban los ventiladores y la cortina violeta de la tarde ocultaba el sol, mi ropa estaba pegajosa y húmeda. Ansiaba los bosques helados de Viena, pero sabía que no podía volver a casa. No en ese momento, y quizá nunca.

Los periódicos estaban esparcidos sobre la mesa del salón privado del Brown Derby, llenos de redondas marcas de humedad causadas por los vasos que sudaban. Las publicaciones venían de sitios lejanos, y muchos de esos ejemplares eran difíciles de conseguir. Sin importar el idioma, las letras formaban una hemorragia de noticias terribles en primera plana. Europa estaba en guerra.

Mis amigos europeos y yo nos habíamos reunido no para ahogar las penas, sino para compartir información. Sabíamos que en los diarios solo aparecía un fragmento de la verdad. La invasión nazi a Polonia sin duda se describía en todos sus detalles, lo mismo que los ultimátums que el Reino Unido y Francia habían dirigido a Alemania. Pero, como solía recordar al grupo, cuando Hitler invadió Austria y las Leyes de Núremberg entraron en vigor, muy pocos periódicos dieron cuenta de ello. Nuestra red europea era el medio para enterarnos de los saqueos a los hogares o las tiendas de los judíos austriacos; de los judíos que no podían ir a la escuela ni a la universidad y tenían prohibido ejercer sus profesiones; de los judíos golpeados en las calles cada vez que los nazis querían, y —lo que resultaba terrible para algunos de mis amigos más superficiales— de las actrices judías a las que obligaban a limpiar baños. Solo la violencia explícita de la Kristallnacht, en noviembre de 1938, pareció atrapar la atención de los reporteros. En esa ocasión, los titulares denunciaron el robo de negocios, casas, hospitales y escuelas judíos, la quema de miles de sinagogas y la muerte de más de cien personas, así como el traslado de más de treinta mil hombres judíos a los recién construidos campos de concentración. Nos sentimos animados por la condena mundial que la Kristallnacht provocó y pensamos que sería suficiente para aplacar la ira antisemita de Hitler; sin embargo, los reportes desaparecieron pronto. Y una vez más tuvimos que conformarnos con nuestra red, en especial cuando se trataba de noticias sobre los judíos en Europa.

La verdad circulaba de boca en boca, como si fuéramos las primeras personas que habitaran el planeta, unidas únicamente por una historia oral. Cuando las murmuraciones sobre un programa organizado para segregar a todos los judíos en barrios llamados guetos, apartados del resto de la población, se hicieron más intensas, nuestra preocupación colectiva se agudizó. Lo que me inquietaba era que los guetos de Hitler fueran apenas una etapa de un plan que parecía intensificarse para resolver el llamado «problema» judío. Me pregunté hasta dónde llegaría Hitler en su afán de eliminar a los judíos de la sociedad alemana, en particular si Alemania extendía sus dominios como una plaga por toda Europa.

La gravedad de mi crimen resultaba clara. ¿Podría haber ayudado a los judíos europeos si hubiera revelado que las Leyes de Núremberg no eran el fin último de los planes de Hitler? Me sentía culpable por haber guardado ese secreto. Si mi silencio y mi egoísmo habían permitido que se desbordaran las represas, ¿qué podría hacer para enmendar mi falta?

Peter Lorre, amigo actor de origen húngaro, preguntó:

—¿Alguien ha sabido por sus familias algo de lo que pasa en la calle?

Habíamos aprendido que los relatos de primera mano eran los que proporcionaban la información más precisa y detallada.

Ilona respondió primero:

—Recibí un telegrama en el que me confirmaron que todo estaba bien. Pero, bueno, Hungría no se ha visto afectada. Hasta ahora.

Otto Preminger, director y actor austriaco, asintió.

—Como casi todos saben, logré sacar a mi madre de Viena y llevarla a Londres la primavera pasada, así que no tengo información de su parte —agregué, sin mencionar que los contactos del señor Mayer me habían ayudado a realizar ese traslado. A cambio de esa ayuda, había tenido que renunciar a algunas de mis exigencias salariales y prometer que no pediría apoyo para sacar a otros refugiados—. No he escuchado nada de mis otros familiares de Austria. Nunca fuimos tan cercanos.

Una parte de mí quería que mamá estuviera más cerca, quizás en Estados Unidos, aunque había resultado mucho más sencillo tramitar su traslado a Inglaterra que a territorio estadounidense. No sabía si el gobierno me permitiría traerla a mi lado, ni siquiera valiéndome del poder de mi fama y el apoyo del estudio, en particular después de lo sucedido con el MS *St. Louis*. Casi tres meses atrás, en mayo, ese trasatlántico había salido de Alemania con cerca de mil personas a bordo en una huida desesperada de los nazis; los pasajeros consiguieron llegar a Cuba, desde donde pidieron asilo a Estados Unidos. Sin embargo, los gobiernos cubano y estadounidense negaron la entrada a los refugiados y los obligaron a regresar a las peligrosas costas europeas. ¿Qué me hacía pensar que mamá tendría mejor suerte que esas casi mil almas?

Mi coprotagonista en *La dama de los trópicos,* el austriaco americano Joseph Schildkraut, repitió mis palabras:

—Mi familia más cercana está aquí y no hemos sabido nada de nuestros parientes más lejanos.

Los demás negaron con la cabeza. Nadie tenía familia en Alemania ni en Polonia, de donde podríamos obtener los detalles más importantes. Observé los periódicos y los desesperanzados rostros europeos que me rodeaban —Gene no me había acompañado esa noche; cada vez prefería asistir más a fiestas de Hollywood por encima de cualquier otro plan—, y por enésima vez pensé cuán egoísta había sido. Había aprovechado la información secreta que tenía sobre el Anschluss y mis sospechas sobre los planes de Hitler contra los judíos, y me las había guardado y traído conmigo a Estados Unidos. Como la caja de Pandora, ocultaba un terrible y oscuro secreto, y me importaba más lo que se podría pensar de mí en caso de revelar la verdad que la utilidad que esa información podría tener para las víctimas de la ira de Hitler. ¿Cuántas vidas habría podido salvar si hubiera abierto la caja y dejado que el mundo conociera mi secreto? ¿Me considerarían culpable por saber lo que podía pasar y no haber actuado?

Peter azotó su vaso vacío sobre la mesa llena de periódicos.

—Odio esta impotencia —dijo—. Me gustaría que pudiéramos hacer algo. —Expresaba mis propios sentimientos.

—¿Qué podemos hacer desde aquí? ¿Enlistarnos en el Ejército? ¿Recaudar fondos para la guerra? Estados Unidos no se va a involucrar —respondió Ilona al comentario casi retórico de Peter—. Y volver a Europa no es opción.

—Escuché que Canadá se unirá a la lucha pronto —dijo Joseph en un intento por sumarse a la conversación.

—¿Y eso de qué nos sirve a nosotros? —respondió Peter, exasperado.

—Quizás anime a Estados Unidos a declarar la guerra también, ¿no? —conjeturó Joseph.

La habitación quedó en silencio; todos estábamos absortos en nuestros pensamientos sobre la guerra y sus consecuencias para la familia y los amigos. El humo de los cigarros se elevaba hacia el techo, giraba alrededor de las aspas del ventilador. Detrás de la puerta cerrada que llevaba al restaurante podía escucharse el suave rumor de los comensales del Brown Derby, casi todos parte de la industria del cine. Ninguno tenía idea de las preocupaciones que contenían las paredes que nos rodeaban; no imaginaban el terror que pronto aquejaría a los suyos si los planes de Hitler llegaban a realizarse. La negación y la cortina de humo del entretenimiento eran su lenguaje.

—Yo sé de algo que alguien, o algunos de ustedes, puede hacer —dijo una mujer que me parecía familiar. La había visto en alguna cena, como solía pasar en esa constante rotación de amigos, siempre cambiantes conforme las personas mudaban de película, set o locación. Creía que había venido con Joseph Schildkraut, pero ya era tarde para preguntarle su nombre.

—¿Sí? —respondió Peter, y dio una larga calada a su cigarro. Sin ocultar el escepticismo en su voz, añadió—: ¿Qué se puede hacer?

—Adoptar un hijo.

—¿Qué quieres decir? —pregunté. La sugerencia de la mujer me desconcertó—. ¿Qué tiene que ver eso con la guerra?

—Todo. —Miró al grupo—. Hay tres mujeres, Cecilia Razovsky y Frances Perkins en Estados Unidos, y Kate Rosenheim en la Alemania nazi; ellas trabajan en secreto para sacar niños de zonas controladas por los nazis y traerlos a este país. La señora Razovsky es la jefa del Consejo de Asesores de la secretaria del Trabajo, la señora Perkins, en materia de reformas migratorias. Razovsky mantiene informado al Departamento del Trabajo sobre la situación de los refugiados en el mundo, y junto con Perkins intenta flexibilizar las políticas de la actual administración. Cuando no lo logran, lo que sucede en la mayoría de los casos, se enfocan en casos individuales. La señora Razovsky trabaja con la señora Rosenheim, jefa del Departamento de Migración Infantil alemán; con gran riesgo personal, ambas identifican a los niños en peligro y, una vez que lo hacen, Razovsky y Perkins intentan conseguirles visas y asociarse con organizaciones privadas para financiar su viaje a Estados Unidos.

—¿Sin sus padres? —preguntó Ilona.

—Sus padres no pueden salir o han muerto —respondió. No necesitó añadir nada más para que entendiéramos lo que quería decir: los niños eran judíos o hijos de gente que se oponía a los nazis. De otro modo, sus padres habrían podido acompañarlos.

El silencio en la habitación se hizo opresivo. La mujer había llenado el vacío con una súplica tan lastimera que me preguntaba si, entre todas esas personas del espectáculo, alguien podría permanecer inconmovible.

—¿Alguno de ustedes recibiría a un bebé? —suplicó, y puso un papel doblado en el único lugar de la mesa que había quedado libre—. No sabemos mucho acerca del niño excepto que sus padres fueron de los primeros deportados. Por favor entiendan que, por obvias razones, esto no será oficial: los estadounidenses no quieren ensuciarse las manos con esta guerra. Al menos hasta ahora, como algunos de ustedes han dicho. Pero encontraremos la manera de legalizar la adopción. Por favor.

Mis amigos miraron hacia todos lados y se concentraron en sus cigarros y en sus bebidas. Nadie estiró la mano hacia el papel doblado. Nadie salvo yo.

Capítulo 34

8 de julio de 1940
Los Ángeles, California

¿Mis secretos comenzaban a pesar en mi relación con Gene? ¿O la distancia que se había creado entre nosotros era genuina? Nos habíamos casado con alguien a quien no conocíamos. Y lo habíamos hecho por razones muy distintas.

El patrón que Gene y yo establecimos durante los primeros días de nuestro matrimonio funcionó en un principio. Libre y sin vigilancia, como un ave, yo salía todas las mañanas para trabajar en Hollywood; él se quedaba en casa, ocupado con sus guiones. Al regresar volvía con la esperanza de pasar una tarde tranquila. Pronto me di cuenta de que, mientras yo deseaba disfrutar las tardes en la tranquilidad de Hedgerow Farms, Gene disfrutaba asistiendo a fiestas y clubes nocturnos de la escena hollywoodense, con el fin de hacer conexiones y recabar material para sus argumentos. Le gustaba ir acompañado de su esposa, una bella estrella de cine, y en un principio yo lo complacía.

Con el tiempo, sin embargo, dejé de interpretar el papel de la famosa Hedy Lamarr cuando Gene me lo pedía. Me entristecía su anhelo por la Hedy pública, la falsa, en lugar de la Hedy real. En consecuencia, Gene comenzó a salir antes de que yo volviera del set. Cada vez, con más frecuencia, me quedaba sola en las noches, y si quería comunicarme con mi esposo tenía que dejarle notas o sorprenderlo en algún lugar de Hollywood. Solo pasábamos la noche juntos en casa si invitábamos gente, en especial nuestros queridos amigos Arthur Hornblow Jr. y Myrna Loy. De no ser así, nunca estábamos solos.

A veces me preguntaba si contarnos nuestros secretos nos ayudaría a crear una nueva intimidad o si Gene saldría corriendo. Me atemorizaba esa posibilidad y, como resultado, la distancia entre los dos se convirtió en un abismo.

—¿Lista? —preguntó Gene.

—Lista —respondí, aunque no me sentía así.

Intercambiamos unas hojas de papel con un elegante membrete que entrelazaba nuestras iniciales; era un monograma que habíamos diseñado juntos dos días antes de nuestra boda. El estómago me dio un vuelco al mirar el papel que Gene me entregó. ¿Qué habría en su lista? ¿Qué me había llevado a querer participar en ese ejercicio, sugerido por una amiga actriz que juraba que así había salvado su matrimonio?

Lo que sí sabía era por qué estaba dispuesta a enlistar los atributos que valoraba más en Gene, así como sus problemas más espinosos. Y viceversa. Era un intento desesperado por evitar lo inevitable: el fin de nuestro matrimonio.

Antes de leer, mecí al pequeño Jamesie en su moisés para asegurarme de que estuviera cómodo. Miré a Gene, luego a nuestro rollizo bebé. Gene no se emocionó ante la oportunidad de adoptar a un niño refugiado. Y yo tampoco, para ser honesta. Me sentí obligada a hacerlo en aquella mesa del Brown Derby. Mi compulsión no surgió de un deseo maternal —mi propia infancia había estado desprovista de ejemplos maternales y cariñosos—; más bien fue resultado de mi sentimiento de culpa y mi falta de acción. Quizá, pensé, si salvaba a ese niño lograría expiar la culpa por no haber salvado a muchos otros.

Nunca aclaré por completo a Gene el posible origen de Jamesie ni las circunstancias de su adopción; pero, bueno, tampoco tenía idea de mi herencia judía. ¿Conocer esa verdad lo haría sentirse más vinculado conmigo? ¿Más vinculado con Jamesie? Gene entendía que la adopción era un intento por volver a unirnos. Su sola disposición a realizar el trámite *por mí* —a pesar de que él ya tenía una hija— me hizo sentir más cerca de él, y cuando tuve a Jamesie en brazos, miré a Gene con una sensación de plenitud. Pero tener un bebé en casa no se tradujo en la creación del cercano núcleo familiar que esperaba que apareciera, sino en dos vidas separadas; la realidad de nuestro distanciamiento era insoslayable.

Leí las palabras de Gene. Me animó un poco conocer las cualidades que admiraba en mí: mi encanto europeo, mi belleza, mis habilidades como ama de casa y como madre, y mi intelecto. Alcé los ojos para ver a Gene y le sonreí, pero él no me veía. Estaba absorto en mis palabras.

Entonces bajé la mirada y me preparé para enterarme de lo que opinaba de mis fallas. Sin embargo, la lista estaba en blanco.

Fruncí el ceño, levanté la vista y descubrí a Gene mirándome con ojos ansiosos:

—No incluiste ningún problema —dije.

—No.

—¿Por qué?

—Porque no son problemas tuyos, Hedy. No son fallas tuyas. Son mías.

—¿A qué te refieres?

La mirada de Gene se suavizó; casi diría que se entristeció.

—Te casaste conmigo buscando algo completamente razonable: un esposo, un hogar, una familia. Pero lo que tú quieres no puedo dártelo. Ya no puedo ser el padre de otro hijo. No en este momento, por lo menos.

Asentí; por fin entendía. Mi matrimonio con Gene nunca mejoraría, nunca progresaría. Había terminado.

Gene rompió el silencio. Dijo lo que ambos pensábamos pero ninguno de los dos quería decir:

—¿Buscamos un abogado?

Asentí. De verdad no había alternativa.

—¿Qué pasará con Jamesie? —preguntó Gene, inclinando la cabeza hacia el bebé que dormía.

¿Qué estaba preguntando? ¿Quién de los dos se quedaría con la custodia? ¿O acaso preguntaba algo impensable? ¿Querría saber si regresaríamos al pequeño?

Saqué a mi hijo de su moisés y lo abracé con fuerza. Jamesie hizo un ruido pero no se despertó.

—Me lo quedaré —le dije, pese a saber que la señora Burton, la nana de Jamesie, pasaría más tiempo con él que yo debido a las exigencias de mi trabajo. Aun así, su vida en Estados Unidos sería mucho mejor que el destino que le esperaba de haberse quedado en Europa.

Gene asintió y estiró un brazo para hacerme una caricia en la mano.

—Me gustaría verlo de vez en cuando.

—Por supuesto, Gene. Al fin y al cabo eres su padre. Sin importar el tipo de padre que quieras ser.

Me había aferrado al puerto seguro en el que había convertido a Gene, una versión de papá que él no habría podido ser, y él se había casado con una glamorosa estrella de cine que acudía a fiestas cada noche. Pero yo solo era Hedy Kiesler, y él un *bon vivant* de Hollywood. Yo tenía un pesado secreto que necesitaba expiar, y lo que Gene percibió fue lo luminoso; incluso se negó a ver ese toque de oscuridad. Éramos personas opuestas, extraños el uno para el otro.

Capítulo 35

19 de septiembre de 1940
Los Ángeles, California

Subía y bajaba a Jamesie en mis brazos en tanto Susie leía en voz alta el periódico. Me encantaba que ese ángel visitara mi camerino durante las pausas de mi trabajo, aunque dudaba de mi capacidad para ser una madre competente en las pocas horas que tenía libres para dedicarle, mientras corría entre sets porque trabajaba tanto en *No puedo vivir sin ti,* con el encantador Jimmy Stewart, y *Camarada X,* con el agradable Clark Gable. Con todo, Jamesie, el único vestigio de mi breve matrimonio con Gene, era un gran rayo de sol que iluminaba mi ocupada y con frecuencia estresante vida.

—Impactados por un torpedo mientras se aferraban a sus osos de peluche —chasqueó Susie, con lágrimas en los ojos.

—¿De qué hablas? —Seguramente había escuchado mal por estar concentrada en los tiernos balbuceos de Jamesie. ¿Por qué habría hablado de torpedos y juguetes en la misma frase? Quizás era mi mala comprensión del inglés. O el argot de Susie.

Esta no respondió mi pregunta, algo inusual en ella.

—¿Qué pasa, Susie?

Siguió sin responder. La señora Burton, quien se hallaba sentada en un rincón, tejiéndole un gorrito a Jamesie, se levantó y fue a echar un vistazo al periódico por encima del hombro de Susie. Soltó un gemido.

Con Jamesie retorciéndose en mis brazos, me acerqué a ambas para leer el periódico.

Leí en voz alta el horrendo titular: «Torpedo nazi hunde barco de refugiados y mata niños».

Susie murmuraba frases entrecortadas de la terrible historia:

—«Ante los cada vez más frecuentes ataques aéreos alemanes y la amenaza inminente de una invasión por tierra, los hogares canadienses, de manera espontánea, ofrecieron al gobierno británico hospitalidad y asilo para niños refugiados. El 12 de septiembre de 1940, el ss *City of Benares,* con ciento noventa y siete pasajeros y doscientos tripulantes, entre ellos noventa niños, zarpó con destino a Canadá para alejarse del Blitz y la amenaza de la invasión alemana. El barco, que viajaba de Liverpool a Canadá, fue alcanzado el 17 de septiembre de 1940 por torpedos alemanes cuando se hallaba a novecientos sesenta y seis kilómetros de la costa. El ss *City of Benares* se hundió y ciento treinta y cuatro pasajeros y ciento treinta y un tripulantes murieron, incluidos ochenta y tres de los noventa niños enviados por sus padres a Canadá para garantizar su seguridad».

—¡No! —grité. ¿Cómo podía haber sucedido algo así? Los nazis no serían capaces de atacar un barco lleno de niños, ¿o sí?

Susie siguió leyendo en voz alta los detalles sobre los niños a bordo del ss *City of Benares.* Provenían de familias británicas que habían padecido el bombardeo del Blitz, así como de familias de refugiados que temían por la seguridad de sus hijos judíos si Hitler invadía Inglaterra; eso lo inferí, pues el periódico aludía a la situación de los niños judíos por medio de eufemismos. Sin importar sus historias personales, todos buscaban lo mismo para sus hijos: seguridad. Eso que los nazis les habían arrebatado.

Miré a los ojos de mi hijo de año y medio. De no ser por un capricho del destino —algún factor desconocido en los empeños de las señoras Rosenheim, Perkins y Razovsky—, Jamesie pudo haber sido uno de los niños de ese barco. Un azar oportuno lo habría ubicado en un barco hacia Estados Unidos en octubre pasado, y no este mes, en otra embarcación rumbo a Canadá. Después de haber estado a punto de perder a mi hijo ante el sistema de servicios infantiles cuando Gene y yo nos separamos en junio —el sistema judicial de Estados Unidos parecía incapaz de considerar que una madre soltera quisiera criar a un hijo adoptado por su cuenta—, la posibilidad de volver a perderlo fue demasiado para mí. Pude sentir el dolor visceral de los padres de las víctimas del SS *City of Benares*.

El asistente asomó por la puerta.

—Es hora, señorita Lamarr.

La señora Burton estiró los brazos y dijo:

—Lo llevaré a casa para su siesta, señora.

A regañadientes, le entregué a mi hijo. Ella lo recostó con cuidado en su carriola y lo sacó de mi camerino. «Pobrecito», pensé. Quizá Jamesie creía que la señora Burton era su madre. Su verdadera madre trabajaba mucho y su padre era una incógnita, ya que el vínculo entre Gene y Jamesie era delgadísimo y casi se disolvió durante el divorcio.

Sin mi amado hijo en brazos me sentía inestable, y el enorme peso de la pérdida me oprimía. Sin preocuparme por el vestido de noche que usaría en la siguiente escena, me dejé caer al piso como un pedazo de papel arrugado, tumbada por la pena y la culpa. ¿Podría haber hecho algo para impedir todas esas pérdidas? Si hubiera informado al gobierno estadounidense o al británico de mis temores por los planes de Hitler, ¿los niños no habrían tenido que embarcarse en ese viaje fatal? ¿Los enemigos de los nazis habrían sido capaces de detener los terribles planes de Hitler para que los padres no tuvieran que enviar a sus amados hijos solos en esa travesía por el vasto y peligroso océano Atlántico? ¿Me habrían creído? ¿Estaba exagerando mi papel? Las emociones que sentía pesaban tanto que necesitaba depositarlas en algún lado.

—Vamos, señorita Lamarr. —Susie me rodeó con sus brazos y con cuidado intentó levantarme del piso. Mi cuerpo era como peso muerto y no pudo moverme. Derrotada, se sentó a mi lado y permanecimos en silencio. Por primera vez, la animada Susie no dijo nada. Ella aún desconocía el idioma de la pena.

El asistente volvió a llamar. Debían estar esperándome en el set. Al ver que nadie respondía, abrió un poco la puerta:

—¿Señorita Lamarr? —Casi saltó del susto al verme a mí y a Susie sentadas en el piso y recargadas contra la pared. Una vez que se recuperó, corrió a nuestro lado y preguntó—: ¿Quiere que traiga al doctor?

Miré los ojos azules del hombre —apenas un niño que intentaba ascender en la escalera de Hollywood— y me di cuenta de que a partir de ese momento todo cambiaría. Mi historia personal y todos los caminos que pude haber tomado en el pasado habían dado forma a mi presente. Habían guiado mis pensamientos y mis actos como el timón invisible de un barco. Pero nada desvió mi presente de su curso como el SS *City of Benares*.

No me permitiría seguir entregándome a la culpa ni a la pena; me lanzaría a la acción con el fin de purgar mis pecados. Tomaría todo lo que sabía sobre el mal que Hitler representaba y lo afilaría hasta convertirlo en un arma. Y con esa arma atacaría el corazón del Tercer Reich.

Capítulo 36

30 de septiembre de 1940
Los Ángeles, California

—Por Robin Gaynor Adrian. —Gilbert Adrian, conocido como Adrian, alzó su copa y brindó por su hijo recién nacido.

Solo la celebración en honor al nacimiento del hijo de mis grandes amigos, los Adrian, me sacó de la casa en los días posteriores al hundimiento del ss *City of Benares*. ¿Cómo faltar a una fiesta para festejar la llegada al mundo de un bebé sano cuando tantos habían muerto? Choqué mi copa de champaña con los demás asistentes a mis costados, y me di cuenta de que no me habían presentado al hombre que tenía sentado a mi diestra, pequeño y rubio, con los enormes ojos azules de un niño.

Casi no había reparado en las formalidades de la presentación; tan lúgubre era mi ánimo y tanta mi concentración en el trabajo. Desde que me enteré de la espantosa noticia de la tragedia del *Benares*, me impuse un régimen estricto. Cuando volvía a casa del set de la película boba en que trabajaba, titulada *El fruto dorado*, pasaba tiempo con Jamesie hasta que él tenía que irse a dormir. Entonces me quedaba toda la noche intentando registrar mis recuerdos de las cenas a las que había asistido como la señora Mandl y en las que se habían discutido asuntos militares y de armamento; hacía apuntes frenéticos en un cuaderno. Con esas notas esperaba hallar un camino para la expiación, una manera de utilizar esa información secreta para ayudar a las personas que había dejado atrás.

Me dijeron que después del Anschluss, una vez que los nazis quemaron las bibliotecas de judíos e intelectuales, durante días flotaron en el aire fragmentos de las páginas de los libros. En las banquetas o sobre sus abrigos, los vieneses hallaban unas cuantas palabras de Albert Einstein, Sigmund Freud, Franz Kafka, Ernest Hemingway, entre otros. Pasaban las tardes intentando ubicar esas frases en su contexto o entender qué significaban. Cuando trataba de ensamblar y descifrar mis recuerdos de conversaciones militares escuchadas mientras presidía la mesa, me sentía como mis compatriotas vieneses, buscando reunir las piezas del rompecabezas, dar sentido al caos.

Hice largas listas de planes militares y fallas en los armamentos de las que Fritz se había lamentado. De todas las municiones, armas y componentes que Fritz había fabricado, los torpedos eran los que más problemas daban. Su precisión resultaba problemática, además de que sus señales eran vulnerables a interferencias de buques enemigos. Junto con cada frase sobre los torpedos, escribí toda la información que recordaba de mi breve conversación con Hellmuth Walter, experto en torpedos nazis, en la fábrica de Hirtenberger, poco tiempo antes de mi huida. Parecía que mi mayor oportunidad para debilitar al Tercer Reich —y garantizar que ningún submarino o buque alemán volviera a atacar un barco lleno de niños refugiados— consistía en utilizar el conocimiento que había adquirido para explotar las debilidades de los sistemas de torpedos alemanes.

La clave para aumentar la precisión de los torpedos de los enemigos de los nazis, y al mismo tiempo encontrar la manera de impedir que los hombres de Hitler interfirieran las señales de radio, estaba ahí afuera, o en mi interior. Partes de la solución se me revelaban mientras dormía, en la duermevela, en mis pesadillas e incluso durante el día. Sin embargo, la inspiración se me escapaba cuando intentaba afinar mi arma contra Hitler.

Adrian me trajo de vuelta al presente. No había terminado su brindis.

—Robin se tomó su tiempo para llegar. —Hizo una pausa hasta que terminaron las risas que sabía que produciría el doble sentido de su frase. La mayoría de los amigos de Adrian, escenógrafo y vestuarista, y de su mujer, Janet Gaynor, sospechaban que ese matrimonio era una fachada, que aunque Janet y Adrian se amaban profundamente, buscaban parejas entre personas de su mismo sexo. Pero eso no debilitaba la fortaleza de su infalible unión ni su deleite ante el hecho de haberse convertido en padres. Esa pareja, luminosa y sofisticada, organizaba el tipo de reuniones de Hollywood de las que sí disfrutaba.

Mirando hacia Janet, Adrian prosiguió:

—Queremos agradecerles a todos, queridos amigos, por animarnos y celebrar con nosotros ahora.

Janet alzó su copa ante la mesa de catorce amigos reunidos a su alrededor; las mujeres lucían hermosas con los vestidos de Adrian, yo entre ellas.

Adrian hizo que su esposa diera un giro y declaró:

—Ahora, bailemos.

La mayor parte de los asistentes se puso de pie para bailar al ritmo del disco que Adrian y Janet habían colocado en el gramófono, pero yo permanecí sentada; no me sentía con ánimos para acompañarlos. Lo mismo hizo mi vecino de asiento, quien comenzó a trastabillar unos minutos después:

—Debo disculparme por no haberme presentado. Claro que sé quién es usted, y me quedé petrificado durante todo el primer tiempo de la cena ante la posibilidad de saludar a la famosa Hedy Lamarr. Apenas si pude comer —dijo, señalando su plato de ostiones casi intacto.

Me reí por la manera en la que se había expresado. ¿Cómo evitarlo? Por lo general, las personas, si no me conocían, sentían lo

226

mismo que él, pero no tenían los arrestos para admitirlo, mucho menos los hombres. Su honestidad me pareció muy original.

Estiré la mano para saludarlo y dije:

—Soy yo quien debería disculparse. Temo que no he estado muy sociable en los últimos días, y eso me ha hecho olvidarme de las formas.

Parecía alarmado.

—¿Está todo bien, señorita Lamarr?

—Por favor, llámame Hedy —le dije, y luego, mientras encendía un cigarro, pensé cómo responder a su pregunta—. Verás, es la guerra. Ha hecho que mi vida diaria aquí en Estados Unidos parezca... —busqué la palabra correcta— trivial. No me siento con ánimos de convivir. Me resulta extraño hacer películas y ganar dinero en Hollywood cuando el resto del mundo está pasando por un momento tan... —Me interrumpí; temía que mis palabras no tuvieran sentido para un estadounidense y me preguntaba por qué había confiado pensamientos tan íntimos a un extraño.

El hombre llenó el silencio.

—Te entiendo. Mi esposa es europea y, para ella, la guerra es más real e inminente de lo que me parece a mí, incluso a pesar de que mi hermano Henry murió en junio cuando estaba destacado en la embajada estadounidense en Finlandia como consecuencia de la breve guerra entre ese país y la Unión Soviética.

Me llevé la mano a la boca.

—Lamento mucho lo de tu hermano.

—Gracias. Fue una pérdida terrible. Pero vivimos tiempos terribles, aunque no lo parezca aquí en Hollywood. —Y con toda intención miró hacia la pista de baile.

—Sí me entiendes.

Me sentí aliviada al poder establecer una conexión verdadera en lugar de verme forzada a entablar las conversaciones banales de siempre. Permanecimos en un silencio plácido y pensativo por un momento, mientras mirábamos a las personas bailar. Luego preguntó:

—Aquí estoy, sentado a tu lado, y no te he invitado a bailar. ¿Quieres?

—¿Te ofenderías si te digo que no?

—La verdad, me quitarías un peso de encima. Nunca he sido muy buen bailarín. Más bien soy músico.

—¿Músico? Qué bien. Mi madre era pianista de concierto. ¿También tocas el piano?

—Sí; aunque ahora, más que interpretar, compongo.

—Eres compositor —repetí, intrigada—. Disculpa, creo que no escuché tu nombre.

—George Antheil.

—¿El autor de *Ballet mécanique*?

En mi juventud, durante un viaje familiar a Francia, había escuchado algo acerca de esa escandalosa pieza que consistía, en parte, en la sincronización de casi una docena de pianolas —según se rumoraba, se trataba de una avalancha de métrica errática y acordes radicales—, y del caos musical que provocó en París y en el Carnegie Hall de Nueva York cuando se estrenó, hacía casi una década. El señor Antheil era un compositor e intérprete de obras de vanguardia de considerable fama, así como autor de importantes artículos sobre la guerra en Europa y los regímenes políticos detrás de esta; también era la última persona a la que esperaba encontrar en ese Hollywood comercial.

—¿Has escuchado hablar de ella? —Se notaba sorprendido.

—Sin duda. ¿Así que eres el compositor?

—El mismo.

—¿Y qué *te* trae a Hollywood?

Se rio al advertir dónde había puesto el énfasis.

—Trabajo en la música de un par de películas.

—Eso está muy lejos de tus obras anteriores.

—Bueno, todos necesitamos hacer un poco de dinero de vez en cuando. Y con *Ballet mécanique* no me alcanzaba para pagar la renta —dijo sin entusiasmo.

—Debes estar orgulloso de esa obra; me han dicho que es muy original. Me encantaría escucharla alguna vez.

—¿Sí?

—No lo habría dicho si no fuera verdad —hice un gesto señalando el piano.

Nos pusimos de pie y caminamos hacia él; vi que George era mucho más bajito que yo. Quizá medía un metro sesenta y yo un metro setenta. Pero la disparidad de nuestra estatura fue irrelevante cuando nos sentamos en el taburete del piano; de hecho, parecía más alto al momento de tocar.

Ballet mécanique era, como lo había descrito, poco común, pero también era algo vital; no había escuchado nada semejante en años. Me sentí vigorizada por las notas discordantes y lamenté que tuviera que terminar.

—Supongo que, con una madre concertista, usted también sabe tocar muy bien, señorita Lamarr —comentó George.

—Hedy. Y sí, toco el piano, aunque no diría que lo hago «bien». O por lo menos mi madre no lo diría. —Podía imaginar el horror en el rostro de mamá si se hubiera enterado de que el famoso compositor George Antheil había preguntado por mi habilidad para tocar el piano. Ella habría sido la primera en criticar mi técnica.

—¿Te molestaría que tocáramos a dúo?

—Siempre y cuando no te importe mi falta de habilidad.

Sonrió juguetón y comenzó a interpretar una tonada que parecía familiar pero que no podía ubicar. Lo seguí, porque la melodía era sencilla, pero de pronto cambió a una tonada completamente distinta. Nos sincronizamos con toda naturalidad —gracias a su habilidad, sin duda, no a la mía— mientras pasábamos de una canción a otra, y reíamos todo el tiempo.

De pronto me surgió una idea. Había estado rumiándola desde hacía tiempo, al pensar en la manera en que torpedos, submarinos y barcos se comunicaban en secreto por radio. Retiré los dedos de las teclas del piano y volteé a ver a George.

—Tengo una petición algo extraña que hacerte.

—Sería un honor hacer cualquier cosa que pida Hedy Lamarr.

Con mirada suplicante, le pregunté:

—¿Trabajarías en un proyecto conmigo? Quizá sirva para acortar la guerra.

Capítulo 37

30 de septiembre de 1940
Los Ángeles, California

—¿Así que este es el estudio de una estrella de cine? —murmuró George mientras caminaba por el espacio blanco, inmaculado salvo por el desorden de los materiales de trabajo—. Te confieso que pensé que el lugar estaría lleno de frascos de maquillaje, joyas y vestidos, no de pizarrones colmados de bocetos y —levantó de la mesa mi edición de *Radiodynamics: The Wireless Control of Torpedoes and Other Mechanisms,* de B. F. Miessner— libros incomprensibles.

Me reí y con un gesto señalé toda la habitación.

—Un desorden científico; así es como luce el estudio de una estrella de cine.

—Ahora entiendo por qué nadie te ve después de salir del set.

—¿Me has estado vigilando? —No sabía si enojarme o sentirme halagada.

—Hago mi tarea —dijo, e hizo una pausa antes de añadir—: En especial si voy a encerrarme con esa estrella de cine para trabajar en algo importante relacionado con la guerra.

Decidí sentirme halagada.

—Me alegra escuchar que no eres ajeno a hacer tarea, porque de ahora en adelante tendrás muchísima.

—¿Por fin me dirás qué es lo que haremos?

—Sí, supongo que sí.

Con un gesto le indiqué que se sentara frente a mí. Respiré profundamente y comencé a hablarle acerca de mi vida como la señora Mandl. No entré en detalles sórdidos, claro, pero sí le referí las interminables conversaciones que había escuchado sobre municiones, armamento y, lo que resultaba más importante para nuestros propósitos, torpedos. En términos sencillos, le expliqué las fallas que había en los torpedos alámbricos y mi deseo de crear un sistema de torpedos guiados por radiocontrol para que los aliados tuvieran mayor precisión en sus blancos y pudieran utilizar frecuencias imposibles de interferir.

George me miraba estupefacto. Soltó un breve silbido y dijo:

—Me impresiona tu profundo conocimiento de esta tecnología y que estés tan enterada de lo que supongo es información militar clasificada del Tercer Reich. No tenía ni idea de que hablaríamos de esto hoy y ni siquiera sé por dónde empezar con mis preguntas, Hedy.

—Pregúntame lo que quieras —le dije, y lo decía en serio. Hablar abiertamente con George de mi pasado y mis ambiciones, en vez de comunicarme a través del personaje que había estado habitando todo el día, Hedy Lamarr, estrella de cine, era liberador. En su voz no percibía juicios ni desilusión por estar reunido con esta Hedy; al contrario, me sentía reconocida por primera vez desde mi llegada a Hollywood. Reconocida y aceptada.

—¿Por qué torpedos? Es claro que has tenido acceso a todo tipo de información sobre planes militares y armamento, pero te has enfocado en los torpedos.

—En un principio no me había concentrado en ellos. Más bien escribí todo lo que recordaba haber escuchado sobre estrategia militar y armamento, y estuve buscando algún tema en el que pudiera tener mayor incidencia cuando sucedió la tragedia del *Benares*. Entonces juré que utilizaría mi conocimiento para ayudar a los aliados a hundir todos los submarinos y buques de guerra alemanes en el océano. No quiero enterarme de otra tragedia como la del *Benares*.

Esa era, por supuesto, solo una de mis razones. Mi motivación tenía su origen en las múltiples caras de mi culpa. A pesar de habernos comunicado con tanta naturalidad, todavía no podía confesar a George mi pasado más privado y mis sospechas sobre los planes de Hitler.

—Tiene sentido. Fue una pérdida terrible la del *Benares*. —Negó con la cabeza—. Todos esos niños.

—Sí, lo fue. —Me esforcé por no llorar para poder continuar—. También tuve la experiencia única de pasar una hora o más con el genio de los torpedos alemanes, Hellmuth Walter. Conversamos acerca de su solución para el problema de la propulsión submarina, la cual consiste en utilizar peróxido de hidrógeno, y sobre las investigaciones que él y su equipo realizaban con torpedos a control remoto. En ese momento, y sin duda hasta ahora, los ejércitos prefieren la dirección alámbrica para los torpedos: el proyectil está unido al submarino o al buque con un delgado cable aislado que lo conecta con el submarinista o marino que lo dirige hacia el blanco. Walter estaba explorando la posibilidad de controlar los torpedos de manera remota. Concretamente examinaba el sistema de radiocontrol que se utiliza en las bombas aéreas con alerones lanzadas desde aviones, en las que cada bombardero y bomba tienen una de dieciocho radiofrecuencias distintas para comunicarse. Hasta entonces sus esfuerzos no habían sido fructíferos porque el enemigo podía interferir la comunicación entre bombardero y bomba si detectaba la frecuencia que estaban utilizando. Sin embargo, pensé que podríamos utilizar esa misma idea, un poco modificada, para los torpedos.

Hice una pausa para ver si George tenía comentarios o preguntas. Su entrecejo fruncido evidenciaba total estupefacción.

—Seguro que tienes más preguntas —le dije.

—Miles —dijo, riendo—. Creo que lo que me está costando entender es, bueno, ¿por qué yo? ¿Qué te hace pensar que un compositor sin ninguna formación científica podrá ayudarte a solucionar un problema que las mejores mentes militares no han podido resolver? No es que no quiera ayudarte, desde luego.

—Pues tienes todas las cualidades necesarias para ser mi compañero científico en este proyecto. Tienes una gran comprensión del funcionamiento de los instrumentos mecánicos y eres brillante. Te enfrentas a los problemas, e incluso al mundo, con un enfoque amplio, a diferencia de la mayoría de los inventores y pensadores, que estrechan demasiado su visión. Eso te hace estar mejor calificado para el trabajo que cualquier científico. Y eres...

—¿Soy qué? —preguntó.

—Eres una fuente de inspiración. Cuando tocamos el piano juntos hace unas tardes en casa de los Adrian, descifré el enigma de cómo crear un torpedo a control remoto invulnerable a las interferencias. —Sonreí al recordar ese momento de claridad, cuando por fin entendí cómo resolver el problema de los torpedos—. Se trata de una solución general por lo menos. Y veo con gran nitidez cómo puedes ayudarme con ella.

—¿Todo eso pasó durante nuestro dueto? —Me miraba incrédulo.

—Así es.

Hice una pausa para encender un cigarro; le ofrecí uno, pero no lo quiso.

—¿Cómo fue eso?

—Según te dije, el problema principal del control remoto de los torpedos —lo que les daría mucha mayor precisión, al no existir la limitación del cable— es que el enemigo puede interferir la señal utilizada con enorme facilidad. Ni siquiera el gran experto Walter logró solucionar ese problema.

—Eso ya lo entendí. Pero ¿qué diablos tuvo que ver en todo esto que hayamos tocado el piano juntos?

—Cuando tocamos a dúo, nos seguíamos el uno al otro, saltábamos de una tonada a otra sin problemas. Tú comenzabas y yo te seguía. De alguna manera actuabas como si fueras el emisor de la señal, como el submarinista o el marinero, y yo como la receptora, como el torpedo. Y comencé a pensar qué pasaría si el submarinista o marinero y el torpedo pasaran constantemente de una frecuencia de radio a otra, de la misma manera como tú y yo pasábamos de una tonada a otra. Eso haría que resultara casi imposible interferir la comunicación entre ambos, ¿no es cierto? Tú puedes ayudarme a crear un instrumento que haga eso.

George se hundió en su silla en silencio, en lo que procesaba mi teoría.

—Es genial, Hedy —dijo en voz baja.

Alguien tocó la puerta del estudio.

—Pase, señora Burton —dije, pues era la única persona de mi servicio doméstico que seguía en la casa.

La nana uniformada abrió la puerta y me entregó a Jamesie, vestido con un mameluco azul.

—Este pequeño caballero está por irse a la cama —anunció.

Me puse en pie de un salto.

—Ven a darle un beso a mamá antes de dormir —le supliqué mientras le hacía cosquillas en sus piececillos regordetes.

Jamesie y yo nos besamos; hundí la nariz en la curva de su cuello y aspiré el aroma a jabón y talco para bebé.

—Buenas noches, cariño —le susurré y se lo regresé a la señora Burton a regañadientes.

Cerré la puerta y volví a sentarme frente a George.

—Bueno, ¿en qué íbamos?

—¿Tienes un hijo? —Parecía sorprendido.

—Sí, Gene Markey y yo lo adoptamos durante nuestro matrimonio. Tenía ocho meses cuando llegó con nosotros, en octubre de 1939.

—¿Y ahora estás divorciada?

—Él es todo para mí. —Hice una pausa mientras consideraba si podía confiarle a George mi secreto y el de Jamesie. Decidí hacerlo, pero solo en parte. Le conté la historia de Jamesie—. No tiene a nadie más, ¿ves? Es un refugiado europeo.

—Ah. —El rostro de George se suavizó cuando creyó haber entendido—. Ahora todo empieza a cobrar sentido: un niño refugiado, el *Benares*, los torpedos.

Asentí para hacer creer a George que la adopción de Jamesie y el *Benares* eran lo que motivaba mi ímpetu inventivo. Pero Jamesie solo era una de las muchas víctimas del Tercer Reich que me sentía compelida a salvar. Sabía que al haber escapado de Austria sin expresar mis sospechas —y sin llevar a nadie conmigo— había contraído la obligación de salvar a muchos, muchos más.

Capítulo 38

19 de octubre de 1940
Los Ángeles, California

El trabajo me cambió el cuerpo y la mente. Ya no me sentía escindida.

—Hedy, ¿algún día limpiarás todo esto? —me gritó George desde la entrada del estudio, donde los vestigios de nuestras últimas reuniones permanecían regados por el piso. Nos habíamos vuelto muy cercanos y bromeábamos; me parecía casi como si fuéramos hermanos. Era un cambio muy agradable respecto del trato que por lo general recibía de otros hombres, ya fuera los de mayor edad, que me prodigaban atenciones no solicitadas en un intento desesperado por cortejarme, o de los directores, quienes me daban órdenes y me consideraban poco más que un objeto inanimado que aparecía en sus películas.

George sabía que podía gritar los domingos por la tarde; era entonces cuando la señora Burton llevaba a Jamesie a pasear al parque y este no dormía la siesta en casa. Mi nueva película, *Las chicas de Ziegfeld*, demandaba mucho de mi tiempo, lo que hacía que solo tuviera los fines de semana para trabajar con George. Anteriormente nos encontrábamos entre semana, porque yo prefería pasar sábados y domingos con Jamesie, aprovechando que no tenía que estar en el set. George decía que no le importaba siempre que su esposa y su hijo estuvieran de vacaciones en la costa este del país visitando a sus familiares, pero aun así sentía que estaba invadiendo su privacidad.

—Mudémonos al patio por hoy. El clima está espectacular —grité desde la cocina, donde estaba preparando café. Ingeríamos enormes cantidades de esta bebida con el fin de estimular nuestras discusiones, en las que nos alentábamos el uno al otro para hallar un mecanismo mediante el cual el submarino y el torpedo pudieran sincronizar sus frecuencias variables. Solía preparar el café yo misma, pues no creía que nadie pudiera hacerlo con el estilo austriaco, el cual prefería por encima del deslavado estilo americano.

Puesto que nos encontrábamos en California, aquella tarde de octubre era, por supuesto, cálida, pero se sentía una leve brisa junto con el calor que emanaba del implacable sol. Ese toque de frío me recordó las tardes frescas y coloridas del otoño vienés, y de pronto sentí nostalgia de Döbling y extrañé a papá. Pensar en él me hizo soltar una lágrima y me pregunté si estaría orgulloso del trabajo que estaba haciendo ahora. A fin de cuentas, habían sido todas esas tardes de domingo en las que me explicó con paciencia el funcionamiento técnico del mundo lo que me dio las bases y la confianza para emprender mi proyecto con George. Esas horas me habían formado de maneras que apenas comenzaba a entender. Una cosa sabía de cierto: papá habría estado orgulloso de los esfuerzos que había hecho para trasladar a mamá de la bombardeada Londres a la seguridad de Canadá.

Me enjugué una lágrima, tomé la charola con el café y salí al patio. George ya había colocado en el pizarrón una tabla en la que habíamos esbozado la estructura básica de nuestro invento. Nos había tomado varias reuniones, pero por fin habíamos delimitado tres objetivos relacionados y comenzado a buscar soluciones para ellos. Los anotamos así: *a)* construir torpedos de radiocontrol para incrementar su precisión, *b)* crear un sistema de radioseñales entre el avión, submarino o barco, y el torpedo, y *c)* diseñar un mecanismo capaz de sincronizar el salto entre frecuencias de radio en las comunicaciones para evitar que el enemigo interfiriera la señal.

Serví sendas tazas de café para George y para mí. Lo bebíamos lentamente y mirábamos el pizarrón al amparo de una sombrilla, al tiempo que escuchábamos el viento que agitaba las hojas de una higuera, un roble y un sicomoro cercanos. Era un sonido apacible, metálico.

—Parece que *Las chicas de Ziegfeld* está pasándote factura —opinó George.

Miré mis pantalones de lino arrugados y me arreglé el cabello mal trenzado. Estuve a punto de responder que mis elecciones de vestuario eran un reflejo de lo cómoda que me sentía con George, quien debía tomarlas como un cumplido —cosa que era cierta—. Pero sabía que los extenuantes días de filmación del musical sobre tres actrices principiantes, junto a Judy Garland, Lana Turner, Tony Martin y Jimmy Stewart, quizás habían dejado una huella evidente en mis ojos rojos y ojeras profundas. Jimmy era un hombre muy querido y amable, pero la tensión que había entre Lana, Judy y yo era enorme: peleábamos por tener más tiempo a cuadro y los parlamentos más importantes. Sin embargo, no lamentaba el costo, ya que ese ligero y etéreo musical daba algo de levedad a mi currículum actoral. Además, podía convivir con mi querido amigo Adrian durante las horas que le tomaba preparar mis vestuarios, confecciones increíbles que incluían fantásticos tocados de pavo real. No podía predecir cómo sería recibida la película, pero sin duda agradecía su tono ligero.

—Quizás así es como me veo en realidad, debajo de todos los adornos. Tal vez esta es la persona que muestro a un pequeño grupo de elegidos —respondí como si bromeara, pero hablaba en serio. Me había perdido por tanto tiempo en las imágenes que los demás se habían formado de mí que sentía alivio con George: como no me exigía ningún tipo de artificio, me hacía sentir libre de dejar con toda tranquilidad mis otras pieles, pese a que la necesidad de mantener cierta reserva seguía afligiéndome. Al haber sido bendecida anteriormente con la oportunidad de transformarme, me preguntaba si ameritaba otro cambio.

—Me siento honrado —dijo George, y sabía que hablaba en serio—. Pero nadie me creería si lo dijera. Cosa que no haré.

Me reí; sabía que era sincero. Sin muchas ganas me levanté de mi cómoda silla y me paré junto al pizarrón. Habíamos avanzado mucho con nuestros primeros dos objetivos, pero sabía que teníamos que abordar el tercero, de lo contrario no iríamos muy lejos.

—¿Estás listo para la siguiente etapa? —le pregunté.

—Eso espero —respondió, mientras se frotaba las manos, como si estuviera calentándolas antes de ponerse a trabajar.

Pasé la página del rotafolio donde habíamos apuntado nuestra lluvia de ideas para el mecanismo que permitiría el salto simultáneo de una frecuencia a otra tanto del transmisor como del receptor. George y yo a veces lo llamábamos con un nombre alemán, *Frequenzsprungverfahren*, pues los padres alemanes inmigrantes de George le habían inculcado ese idioma en su juventud.

En ese momento nuestro plan se había desarrollado así: después de que el barco o el submarino lanzaran el torpedo, un avión sobrevolaría y enviaría correcciones a la trayectoria; a su vez, el barco o el submarino las transmitirían al torpedo, y entre cada breve señal, la frecuencia cambiaría de manera manual en intervalos de un minuto. Aunque la idea de alternar frecuencias para evitar la detección y la interferencia era original en sí misma —un golpe de inspiración que tuve mientras George y yo tocábamos a dúo—, queríamos un sistema más avanzado, que no dependiera del cambio manual de frecuencias operado por soldados. Los humanos cometían errores, y la cadencia, tan fácil de perder, era crítica.

Pero ¿cómo sería ese sistema? ¿Qué mecanismo sería capaz de realizar esa tarea? Le habíamos dado muchísimas vueltas a esa pregunta, y la tabla lo reflejaba. Necesitábamos empezar de cero, así que cambié a una página nueva y escribí nuestro objetivo: «Un aparato sincronizado alternador de frecuencias de radio».

Con mi taza de café en la mano comencé a dar vueltas por el patio, cavilando qué tipo de aparato sería capaz de transmitir información sobre secuencias de radiofrecuencias y al mismo tiempo hacer que esas frecuencias cambiaran. Cuando terminé el café, encendí un cigarro y seguí caminando. No encontré la inspiración en el fondo de la taza ni en los hilos de humo del cigarro; al mirar a George, vi que él tampoco había hallado destellos de creatividad ahí. Quizá nos habíamos impuesto una tarea imposible. Después de todo, si las mentes más brillantes, con una formación científica en toda regla, no habían podido resolver el problema, ¿qué me hacía pensar que una actriz y un músico sin preparación formal lograrían solucionarlo? Me sentía una tonta.

Volví a nuestro dueto. En aquel momento me había sentido muy segura de que George y yo éramos los compañeros perfectos para el proyecto, no obstante que nuestra preparación para ello fuera poco ortodoxa, por decir lo menos. No solo porque el dueto me había dado la idea de la sincronía, sino porque creía que la peculiar inteligencia de George y su experiencia construyendo máquinas —aunque fueran musicales— le vendrían bien a nuestra empresa.

Me detuve un momento. Una idea se estaba gestando, se insinuaba en el borde de mi conciencia, pero aún no tenía forma. ¿Y las máquinas de George? ¿Los rollos de las pianolas que había utilizado para crear la sincronía en *Ballet mécanique*? Tenían perforaciones que funcionaban como señales para que el piano cambiara de tecla. Vistos desde una perspectiva un poco distinta, ¿esos rollos —o un aparato semejante— podrían ser un medio para transmitir instrucciones sincronizadas sobre los cambios en las frecuencias de radio entre un barco o submarino y un torpedo?

Tomé un plumón rojo de la mesa y caminé hacia el pizarrón. En grandes letras mayúsculas escribí sobre la hoja casi vacía: «ROLLO DE PAPEL».

George me miró.

—¿Qué quieres decir con eso? Por favor, no me digas que estás hablando de asuntos sanitarios.

Estaba tan emocionada por las posibilidades que entrañaba la idea que ni siquiera me molesté por el comentario de George. Me reí.

—No, tonto. Estoy pensando en el rollo de papel de las pianolas. ¿No podríamos crear un mecanismo parecido para el barco o submarino y el torpedo? Tendría agujeros, como el rollo de la pianola, con las instrucciones para la secuencia de cambios en la frecuencia de radio. Uno operaría como transmisor y otro como receptor.

—¡Dios, claro que sí! ¿Por qué no se me ocurrió antes? Podríamos utilizar rollos de papel para cada uno, como los de la pianola, y los huecos serían la clave para los cambios de frecuencia —intervino George.

—Pero, ¿cómo lograríamos que la señal de radio cambiara?

Me quitó el plumón rojo de la mano y comenzó a trazar un diseño en la hoja.

—Mira, Hedy. —Señaló su boceto—. Conforme el rollo de papel perforado girara sobre un cabezal de control, podría poner en marcha un mecanismo que activara interruptores específicos conectados a un oscilador, lo que produciría una señal de radio.

—Así eliminaríamos la necesidad de que haya personas cambiando la señal.

—En efecto.

—Eso permitiría que la señal saltara por todo el espectro, no solo en un intervalo limitado, con lo que la interferencia sería prácticamente imposible.

—Tal como esperabas que sucediera.

—Un código inquebrantable —murmuré, casi como si repitiera un mantra. O una oración.

Lo habíamos logrado. Habíamos creado un aparato que minutos antes dudaba que fuéramos capaces de concebir. Me sentí entusiasmada y orgullosa de una manera que no había experimentado jamás durante mi carrera como actriz. Sin pensarlo abracé a George, quien me abrazó también. Lo miré hacia abajo, porque era unos centímetros más pequeño que yo, y le sonreí. En lugar de devolverme la sonrisa, estiró el cuello y me besó en los labios.

Lo empujé, furiosa. No por la libertad que se había tomado, sino por el quiebre que significaba para nuestra amistad.

—¿Cómo pudiste?

Su rostro estaba enrojecido; se llevó una mano a la boca.

—¿Qué he hecho? Oh, Hedy, por favor perdóname.

—George, estoy acostumbrada a que los hombres me traten como acabas de hacerlo, como si fuera un objeto destinado a satisfacer sus deseos; pero esperaba más de ti. Una amistad y una colaboración como la nuestra es algo que nunca había vivido, y es más importante para mí que cualquier amorío. ¿Me entiendes?

El rubor en sus mejillas se fue atenuando hasta volverse rosa y asintió.

—Lo entiendo. ¿Podrás perdonarme?

Había perdonado peores agresiones contra mi cuerpo, pero pocas personas habían causado tanto daño a mi mente y espíritu. En el rostro de George, sin embargo, podía ver genuino arrepentimiento. Lo reconocí porque veía a diario esa misma contrición reflejada en el espejo. ¿Cómo podía negarle la exoneración que buscaba para mí misma? ¿Acaso el ímpetu de todo ese esfuerzo no provenía de la búsqueda de perdón?

—Claro, George —dije de manera solemne. Luego le di un empujón con el fin de aligerar la tensión—. Pero no te atrevas a repetirlo.

Capítulo 39

26 de octubre de 1940
Los Ángeles, California

—¿Qué dice esa otra anotación? —preguntó George entrecerrando los ojos y señalando la frase que estaba junto a la palabra «rollo»—. Apuesto a que no aprendiste ortografía ni caligrafía en tu lujosa escuela suiza.

Me reí. Las deficiencias de mi educación de élite solían ser motivo de bromas entre George y yo, en especial al compararlas con la gran cantidad de conocimiento técnico y científico que había aprendido de manera autodidacta. De alguna manera, con George, esos temas no hacían que me pusiera a la defensiva, como me sucedía con otros hombres. O con mamá.

Tras unos días de interacciones poco naturales y forzadas, volví a sentirme cómoda con George como con el hermano que a menudo imaginé pero nunca tuve. Entendía que su acto había sido un impulso, un comportamiento arraigado entre los hombres en nuestra sociedad. Y ya lo había perdonado.

—Sabes perfectamente bien que dice «control remoto Philco» —le respondí.

Bajo la frase «Principio de control remoto Philco» había escrito las palabras: «novedoso aparato de dirección de torpedo». La idea, inspirada por el lanzamiento del sistema de radio Philco, que permitía a los consumidores cambiar de canales de radio de manera remota, se refería a nuestro diseño básico del mecanismo responsable de recibir las señales de radio y convertirlas en instrucciones de orientación para el torpedo; nuestra idea, sin embargo, era original. Había comenzado como un fragmento en el que debimos trabajar con miras a crear un concepto final y detallado. Sonreímos al confirmar que esa parte de la idea era algo manejable. El boceto estaba transformándose en una realidad viable. Pronto, pensamos, estaríamos en posibilidad de enviarlo al Consejo Nacional de Inventores, el primer paso en el proceso de la aprobación militar de cualquier nueva tecnología. Esperábamos que la Marina terminara adoptándolo.

La puerta, que había dejado abierta para que circulara el aire, se azotó.

—Señora Burton —grité—. ¿Podría por favor traerme a Jamesie para verlo antes de su siesta? —Se me antojaba hacerle cosquillas a mi hijo en su suave pancita; el contacto físico con su piel tersa me ayudaba a sentirme menos culpable por pasar tanto tiempo lejos de él.

Sonaron unos pasos en el piso de mármol, pero no aparecieron ni la señora Burton ni Jamesie. Quizá la nana no me había escuchado.

—¿Señora Burton? —volví a gritar.

Los pasos se hicieron más cercanos, pero no fueron la señora Burton ni Jamesie quienes aparecieron en la puerta del patio, sino una mujer pequeña y bella a su manera, con cabello oscuro y pómulos altos y eslavos. ¿Quién era y qué estaba haciendo en mi casa?

Empecé a gritar que había una intrusa cuando George dijo:

—Borski, ¿qué haces aquí?

Borski era la esposa de George. Creía que ella y su hijo estaban de vacaciones con la familia de George en la costa este. Eso era lo que George me había explicado en nuestra primera reunión y no había dicho nada sobre su vuelta, aunque de cuando en cuando contaba alguna anécdota graciosa que Borski le había relatado por carta.

Solo entonces me di cuenta de que el agradable aspecto de la recién llegada escondía una furia que encendía su interior.

—¿Que qué hago *yo* aquí? ¿Qué haces *tú* el sábado por la mañana en la casa de una estrella de cine cuando tu esposa y tu hijo acaban de llegar después de pasar dos meses en la costa este ayudando a tus padres a lidiar con la muerte de *tu* hermana? Tenía que ver por mí misma esta infidelidad —le gritó a George.

George intentó balbucear lo que pretendía ser una respuesta enfadada, pero le hice una seña con la mano para que se detuviera. Entendía a esa mujer. *Yo había sido* esa mujer. Una explicación apresurada de su esposo no era lo que ella necesitaba en ese momento.

Avancé hacia la señora Antheil y estiré los brazos para tomarle las manos. Se alejó en un principio, pero después cedió.

—Señora Antheil, le aseguro que nada indecente sucede entre su esposo y yo.

No quise explicarle que consideraba a George como un hermano, sin importar lo que había ocurrido hacía una semana. Tampoco que en el tiempo que George y yo llevábamos colaborando me había divorciado de Gene Markey y salido con el actor John Howard, el dandi Jock Whitney y el empresario Howard Hughes, quien me prestó a dos de sus químicos y un laboratorio para trabajar en mis inventos no militares, como los cubos solubles que transformaban el agua en una soda parecida a la Coca-Cola. Jamás se me había ocurrido pensar en George con intenciones románticas, como lo hacía con otros hombres, aunque en muchos sentidos él era más importante que cualquiera de los hombres con los que había salido. Gracias a Fritz, Gene y todos los que siguieron, aprendí que perderme a mí misma en un hombre no me escudaba de mi ser ni de mi culpa. Yo tenía que salvarme a mí misma, y George era mi colega en esa redención.

Así que continué:

—Su esposo y yo estamos trabajando en un proyecto que, esperamos, contribuirá a los esfuerzos para poner fin a la guerra. Por improbable que pueda parecerle, George y yo estamos diseñando un nuevo sistema de torpedos.

Por un momento la señora Antheil me miró con la boca entreabierta y después soltó una risa histérica. Con un acento aún más marcado que el mío, dijo:

—¿Cree que voy a creerme esa tontería, señorita Lamarr? Por favor, no soy estúpida. Mi esposo es músico, no científico, y usted es... —dudó y luego dejó salir la furia justificada que había estado conteniendo—, usted no es nada más que una cara bonita.

Sus palabras me enfadaron porque justificaban el miedo latente de que el Consejo Nacional de Inventores y la Marina rechazaran nuestro invento en virtud de que *yo* había ayudado a crearlo. En lugar de responder a gritos, sin embargo, mantuve la voz apacible y el tono tranquilo. No podía permitir que nada ni nadie amenazara mi sociedad con George. ¿Qué pasaría si le prohibía trabajar conmigo? No podía tolerar la posibilidad de que, estando tan cerca del éxito, no pudiéramos terminar.

—Precisamente busqué a su esposo por ser músico. Su sinfonía *Ballet mécanique* se basa en máquinas que se comunican entre sí de manera sincronizada. Fue esa idea lo que me inspiró para crear el sistema de torpedos. ¿Me permite mostrarle nuestro trabajo?

La llevé por el patio y hacia el estudio, junto a nuestras tablas, notas, modelos, cálculos matemáticos y libros sobre física, sistemas de torpedos y frecuencias de radio. Mantenía los brazos cruzados y el ceño fruncido. No había mirado siquiera a su esposo mientras realizábamos el proceso de descarga de pruebas, pero sus ojos inteligentes y serios tomaban nota de todos los detalles de nuestras labores.

Su rostro por fin se suavizó cuando le dije:

—Le pido disculpas por haberle quitado a su esposo durante el fin de semana. Le prometo que el tiempo será sacrosanto de ahora en adelante. Como cualquier otro proyecto, este hará ganar dinero a su familia. Y tanto usted como su hijo son bienvenidos cada vez que George venga a mi casa. Su hijo y el mío pueden jugar en la alberca.

—¿Tiene un hijo? —me preguntó con sorpresa.

—Sí, de dieciocho meses.

—Muchas gracias, señorita Lamarr —respondió sin mucho entusiasmo.

—Por favor, llámame Hedy. Tú también vienes de Europa. ¿De Hungría, tal vez?

Asintió.

—Yo vengo de Austria. La guerra ha transformado a tantos antiguos amigos en enemigos. Por favor, no dejemos que el esfuerzo por acabar con la guerra nos impida ser amigas.

—De acuerdo —respondió vacilante.

La tomé de la mano y la llevé a una sección del estudio donde habíamos construido un boceto de nuestro sistema con cerillos.

—Ven, déjame enseñarte la manera en que tu esposo y yo ayudaremos a ganar la guerra.

Capítulo 40

4 de septiembre de 1941
Los Ángeles, California

Con la mirada fija en el espejo, contemplaba cómo Susie transformaba mi cara cuando la puerta del camerino se abrió de golpe. George entró a toda prisa, con un papel en la mano.

—Hedy —gritó—. No lo vas a creer.

Susie saltó por la interrupción. Acababa de subirme el cierre del atrevido y estilizado vestido que usaría en mi nueva película, *H. Cenizas de amor,* en una escena que mostraba el primer encuentro entre mi personaje y su posible interés amoroso, interpretado por Robert Young. La filmación apenas había comenzado, y la cinta me emocionaba más que ninguna otra desde *Argel.*

Al mirar el rostro enrojecido y jadeante de George, quien jamás había visitado el set de ninguna de mis películas, Susie dio por hecho que se trataba de un intruso, aunque no parecía amenazante, dadas su baja estatura y falta de fuerza, claro.

—¿Solicito la ayuda de seguridad, señorita Lamarr?

—No, no, Susie; te agradezco el ofrecimiento. El señor George Antheil —hice una pausa y lo miré con la ceja arqueada— es un buen amigo cuya euforia a veces lo lleva a olvidar las necesarias formalidades.

—Si usted lo dice, señorita —dijo Susie, vacilante.

—Sí —le respondí—. ¿Te importaría averiguar a qué hora me necesitan en el set en lo que yo atiendo al señor Antheil? No me gustaría hacer esperar al señor Vidor.

Tenía una gran deuda con King Vidor, el director de mi nueva película y de *Camarada X*. Tras una interrupción involuntaria en el trabajo —debida a una pulmonía mía y a la avaricia del señor Mayer, que se resistía a prestarme a otro estudio—, Vidor me pidió que interpretara el papel de Marvin Myles, una ejecutiva de publicidad, en *Cenizas de amor,* su filme más reciente. El señor Mayer se opuso al principio, pero luché para obtener ese singular papel que Vidor había solicitado a petición mía. En lugar de aparecer como una estatua exótica, bella o gélida, me ofrecía la oportunidad de interpretar un personaje definido no por su apariencia sino por su intelecto y ambición. De alguna manera, él pudo ver en mi interior y comprendió que esa era la mujer en la que en secreto y fuera de cámara me había convertido, y me animó a personificar cabalmente ese papel.

Susie miró con suspicacia a George, pero me hizo caso.

—Sí, señorita, voy a preguntar —dijo, y cerró la puerta tras de sí.

—George, ¿no podías esperar hasta la tarde? —pregunté, irritada—. Esta película es muy importante para mí.

George y yo teníamos planes de reunirnos en mi casa después de la cena, para desagrado de John Howard, con quien me había vuelto a contentar luego de haber salido con otros hombres. Aunque John entendía la naturaleza profesional y platónica de mi relación con George Antheil, de alguna manera percibía que yo me sentía más viva con George, algo que no me sucedía con él, y odiaba que lo marginara, aun cuando le había explicado que estábamos trabajando en otra invención militar. Esta vez se trataba de una munición antiaérea que explotaba de forma automática y sin necesidad de impactar al avión; bastaba con que se acercara a él. Creo que, en cierto sentido, John no me creía, pero al final lo convencí de que su encono era infundado y mezquino. Si no hubiera cambiado de parecer, eso no habría afectado mi reunión; más bien habría hecho que lo cambiara a él. No iba a permitir que nada se interpusiera en ese trabajo.

George y yo habíamos desplazado la atención de los torpedos porque seguíamos esperando noticias de nuestra propuesta. En diciembre habíamos entregado una descripción general del sistema de torpedos al Consejo Nacional de Inventores, según lo habíamos planeado. Desde un inicio esperábamos que el consejo se mostrara favorable a nosotros no solo porque teníamos fe en nuestro invento, sino porque nuestro trabajo y el del consejo tenían un espíritu similar. Si nuestro sistema había sido inspirado por la terrible tragedia del *Benares,* el consejo se había creado durante la Primera Guerra Mundial, cuando al barco de pasajeros RMS *Lusitania* lo había hundido un ataque de torpedos mientras navegaba por el Atlántico de Nueva York a Liverpool. Sin embargo, habían pasado meses desde que entregamos nuestra propuesta. Aunque manteníamos una actitud positiva y solicitamos una patente en junio, a sugerencia de Lawrence Langner, uno de los miembros del consejo —quien se reunió con nosotros para expresar su apoyo a nuestra propuesta y ponernos en contacto con el profesor Samuel McKeown, de Caltech, y con Lyon & Lyon, abogados especializados en propiedad intelectual, para que nos ayudaran con el proceso—, empezábamos a perder la esperanza.

El recrudecimiento de la guerra en todos los frentes nos hizo sentir aún más desesperanzados. A diario leíamos noticias horribles. Hitler se había expandido hacia el este y al sur, hacia Grecia; los combates en África se habían incrementado, incluso en áreas para las que Fritz había vendido armas a Mussolini; continuaban los bombardeos sobre Inglaterra, Escocia, Irlanda y Gales; los nazis habían instalado el gobierno de Vichy en Francia, y habían aumentado las ofensivas de los submarinos alemanes en el Atlántico. No había nada en los periódicos, sin embargo, sobre la creciente brutalidad contra los judíos ni sobre los empeños para aislarlos en guetos y en campos de concentración; esas historias las conocíamos gracias a nuestra red de informantes europeos. Aunque Estados Unidos no se había incorporado a la refriega, nos sentíamos como si estuviéramos bajo asedio, y yo deseaba que nuestro sistema de torpedos estuviera funcionando cuando llegara nuestra inevitable declaración de guerra.

La única luz entre todas esas noticias terribles era el traslado de mamá de Canadá a Estados Unidos. Desde hacía meses había intentado sin éxito derribar las barreras estadounidenses que impedían la admisión de refugiados en tiempos de guerra. El hecho de que mamá residiera de manera temporal en la relativa seguridad de Canadá hacía difícil sostener la necesidad de mudarla, aun cuando no representara ningún «peso económico» para Estados Unidos, uno de los obstáculos que muchos inmigrantes no podían salvar. No obstante, después de consultar a muchos abogados y de presionar al señor Mayer para que me ayudara, había recibido información extraoficial según la cual su admisión al país era inminente.

—No, no podía esperar, Hedy. Hemos esperado meses para recibir respuesta, y ahora por fin aquí está.

Salté de mi silla.

—¿Es la decisión del consejo?

—¿Qué más va a ser? —Sostenía el documento cerca del pecho, con una sonrisa críptica en los labios.

Me lancé sobre él, pero dio un paso atrás y retiró el papel.

—Permíteme leerte los fragmentos más importantes —dijo, en tono burlón.

—Rápido, por favor. Tengo que irme al set pronto y no puedo demorarme más.

—La carta está dirigida a la Marina de Estados Unidos, pero nos han enviado copia del documento, y el Consejo Nacional de Inventores nos mandó otra copia mimeografiada. Podremos repasar cada palabra más tarde; déjame saltarme a la frase más importante. —Hizo una pausa y me miró, incapaz de esconder su sonrisa infantil en su rostro siempre juvenil—. Ajá, aquí está. «Después de pasar por dos fases de revisión en el consejo, y luego de estudiar la propuesta a detalle, el Consejo Nacional de Inventores recomienda que la Marina de Estados Unidos considere la propuesta de la señora Hedwig Kiesler Markey y el señor George Antheil para uso militar».

Con toda intención decidí utilizar un nombre distinto al de Hedy Lamarr. Me preocupaba que mi condición de celebridad influyera negativamente en la decisión del consejo.

Grité de gusto, y antes de poder bombardear a George con preguntas, él añadió:

—Lo mejor de todo, Hedy, es que la persona que hace la recomendación es ni más ni menos que Charles Kettering.

—¿Charles Kettering? —El nombre hizo que me temblaran las rodillas. Era un famoso inventor y el presidente del Consejo Nacional de Inventores. Incluso había aparecido en la portada de la revista *Time* hacía algunos años.

—Él mismo. Cree que nuestra invención tiene el potencial suficiente para recomendarla a la Marina.

¿Podría decir lo que estaba pensando? ¿Sería ambicioso de mi parte sentirme tan esperanzada?

—Y si Kettering cree que tiene tanto potencial, ¿cómo podría negarse la Marina? —dije.

Los grandes ojos azules de George, tan infantiles en apariencia, brillaron.

—Es justamente lo que he estado pensando.

—Ahora solo tenemos que esperar noticias de la Marina.

—Sí, el juego de la paciencia continúa.

—Sin duda será solo una formalidad —especulé.

—Esperemos, Hedy.

Nos sonreímos, felices, y me recorrió una ola de euforia por haber recibido el primer reconocimiento de mi valía más allá de mi apariencia. Tenía ganas de celebrar, pero sabía que en el set de *Cenizas de amor* me requerirían pronto. Aun así, la ocasión era muy importante y no podía pasar inadvertida. Serví un par de copas de brandi y brindamos por nuestra invención.

Al crear un invento que combatiría al Tercer Reich, ¿podría expiar mis pecados? Si salvaba la vida de los afectados por la guerra naval, ¿inclinaría la balanza de la justicia en favor de aquellos que había dejado en Austria? ¿Y sería posible que en ese proceso se me reconociera como una persona distinta de Hedy, la cara bonita?

«No», me regañé, y azoté mi copa de brandi sobre la mesa con tanta fuerza que asusté a George. Estaba enfadada conmigo misma. ¿Cómo me atrevía a esperar una recompensa por haber realizado una penitencia necesaria? Con que el invento acortara la guerra sería suficiente.

Capítulo 41

7 de diciembre de 1941
Los Ángeles, California

A pesar de que era domingo, todo el elenco y el equipo de *La vida es así* se encontraba en el set. Ya nos habíamos acostumbrado a trabajar la semana entera en esa adaptación de la novela de John Steinbeck. Nuestro director, Victor Fleming, se exigía más a sí mismo que a su equipo, así que nunca nos quejábamos, sin importar cuántos planes de fin de semana tuve que cancelar a mi nuevo enamorado, el alto actor de Montana, George Montgomery. Sin embargo, lo que más odiaba era perder una noche con mi otro George, mi romántico George, cuya capacidad para hacerme reír me hacía acercarme a él en tiempos que eran más bien lúgubres.

Después de organizarme con la señora Burton para que cuidara a Jamesie en su día de descanso, regresé al set cuando el sol quemaba desde lo alto en Hollywood Hills. En silencio, Susie me ayudaba a ponerme mi sencillo atuendo. *La vida es así* se enfocaba en la vida de una familia de hispanos en California, y mi personaje, Dolores Ramírez, trabajaba en una empacadora. La escena de ese día pedía un uniforme de fábrica y, a diferencia de mis otros roles, mínimo maquillaje. Disfrutaba de la libertad de movimiento que me daba ese vestuario.

Apuré el último trago del cargado café estilo austriaco que me había preparado en mi camerino y caminé por el pasillo hacia el enorme estudio en el que habían recreado un paisaje rural de tres hectáreas, con todo y animales de granja. Mis tacones hicieron eco por el edificio vacío; esperaba escuchar los sonidos usuales del equipo y los técnicos conforme me acercaba, pero lo que oí fue un grito que me heló la sangre.

Corrí hacia el set, suponiendo que alguien se había lastimado, algo frecuente en la industria del cine. En *El mago de Oz*, otra película dirigida por Fleming, una actriz sufrió fuertes quemaduras cuando una trampilla tardó en abrirse y quedó expuesta a llamas y humo. Sin embargo, cuando llegué, lo que descubrí fue una catástrofe de otro tipo. Mientras una mujer lloraba, el resto del elenco y el equipo estaba paralizado. Escuchaban un reporte de radio pavoroso.

Corrí hacia mis coestrellas, Spencer Tracy y John Garfield, inmóviles como todos los demás.

—¿Qué está pasando? —pregunté a John, que me parecía más amigable que Spencer, con quien había trabajado en *Esta mujer es mía*. Ni siquiera la experiencia de haber filmado dos películas juntos había hecho que fuera más cálido conmigo. O al menos eso era lo que yo sentía.

Antes de que John pudiera responder, Spencer me miró con desdén y se llevó un dedo a los labios.

—Shhhh —resopló.

John, el enamorado de mi personaje Dolores, se acercó a mí y me susurró al oído:

—Están bombardeando Pearl Harbor.

Sus palabras me confundieron. ¿Qué era Pearl Harbor? Iba a hacerle más preguntas cuando la voz profunda del periodista regresó a la radio y resonó por todo el set.

—Esto es kgu en Honolulú, Hawái. Me encuentro en el techo del edificio de la Advertiser Publishing Company. Esta mañana hemos tenido una perspectiva distante de una breve batalla en Pearl Harbor y del intenso bombardeo de ese puerto por aviones enemigos, sin duda japoneses. La ciudad de Honolulú también fue atacada y hay daños importantes. La batalla ha durado ya unas tres horas. Una de las bombas cayó a unos quince metros de la torre de la kgu. Esto no es broma; es la guerra real. Se ha advertido a la población de Honolulú que permanezca en casa y espere el resultado del Ejército y la Marina. Ha habido combates feroces por aire y por mar. Los tiroteos intensos parecen ser... Uno, dos, tres, cuatro. Un momento. Interrumpiremos aquí. No podemos calcular cuánto daño ha habido, pero se trata de un ataque muy grave. La Marina y el Ejército parecen tener el aire y el mar bajo control.

Pese a lo que había dicho el reportero, no podía dejar de pensar que se trataba de una broma. Las amenazas provenientes de Europa habían sido tema de discusión desde hacía tiempo. Todos habían seguido con atención los reportajes de la campaña de bombardeo sobre Londres y habían especulado sobre cómo responder si nuestras costas fueran atacadas de esa manera. Pero ¿Japón? Los periódicos y los políticos no habían mencionado nada sobre un ataque de Asia; tampoco mis amigos europeos, que sabían mucho más acerca de la guerra de lo que los periódicos o la radio informaban.

Miré hacia todos lados. Mis compañeros actores, el equipo y el director estaban todos tan sorprendidos e incrédulos como yo. Nos quedamos quietos mientras seguían dando los horribles detalles, y de manera inconsciente tomé la mano de John para tranquilizarme. Más de trescientos bombarderos y aviones japoneses habían atacado la base naval de Oahu. Incontables barcos de la flota del Pacífico habían resultado dañados, en particular el USS *Arizona*. El número de muertos no podía estimarse aún. Sabíamos que era solo cuestión de horas para que Estados Unidos declarara la guerra.

Cuando el reportero repitió las mismas noticias por la radio, los actores y el equipo comenzaron a platicar y yo me retiré hacia un rincón oscuro del set, detrás de la fachada de una granja, y me solté a llorar. Entendía mejor que nadie la naturaleza oscura de los enemigos que Estados Unidos enfrentaría. Para las personas que me rodeaban, esas fuerzas no tenían rostro ni voz. Pero yo había mirado a los ojos a los líderes de nuestros enemigos y había escuchado sus voces, y sabía del terror que querían esparcir por todo el mundo.

Capítulo 42

30 de enero de 1942
Los Ángeles, California

Caminaba de un lado a otro sobre el piso de mármol de la entrada de Hedgegrow Farm esperando a George Antheil, no a Montgomery, quien por el momento aún figuraba en mi vida. Temprano ese día me había enviado una nota urgente al set de MGM, donde ensayaba mis escenas con mi coestrella William Powell para *Encrucijada*, mi nueva película, de cine *noir*, y habíamos acordado reunirnos en mi casa por la tarde. Mientras vagaba, guion en mano, intentaba memorizar mis diálogos, aunque en realidad no podía dejar de pensar en la noticia que traería George.

En las siete semanas transcurridas desde que la máquina de guerra estadounidense había comenzado a girar no solo contra Japón, sino también contra Europa, mi inquietud crecía con cada día que pasaba. El país se preparaba para enviar soldados al este y al oeste, al mismo suelo europeo del que yo había huido y a través del océano por el que había cruzado. Llegaban numerosos informes oficiales acerca de aviones derribados y botes hundidos, junto con historias que contaban mis amigos europeos sobre torpedos estadounidenses que fallaban al atacar barcos japoneses, ya fuera porque se habían hundido o por haber detonado antes de tiempo. Sin duda, pensé, la Marina adoptaría nuestro sistema para remediar ese problema. Sin duda el Ejército no permitiría que el enemigo avanzara, toda vez que George y yo le habíamos ofrecido una opción tan efectiva.

La ansiedad llegó a su punto más alto cuando los rumores sobre un plan nazi llamado Endlösung —cuyo objetivo consistía en aniquilar a todos los judíos de Europa, estrategia del Tercer Reich que había estado temiendo— empezaron a circular por los pasillos de los estudios de Hollywood hasta llegar a oídos de mis amigos europeos. Nos reuníamos en bares oscuros y cafeterías para hablar de los rumores que habíamos escuchado; al contar las inconcebibles historias de los guetos judíos, carretas y campos de concentración, de pronto nos resultaba insoportable el brillante surrealismo de Hollywood. Parecía que éramos los únicos que padecíamos esas pesadillas. O quizá, de todos los que se enteraban de esos rumores, éramos los únicos que creíamos que esas pesadillas podían convertirse en realidad.

Imágenes de los pobres judíos austriacos habitaban mi conciencia. Muchos de ellos eran como yo. Sin embargo, de cara a la invasión nazi, ellos no habían logrado remover la huella de su herencia, sin importar con cuánto vigor teutón se hubieran restregado. ¿Dónde estaban esas personas ahora? Si no habían logrado huir de Viena, como mamá, ¿se hallaban en los guetos o en los campos de concentración? ¿O en un lugar peor? ¿Yo podía haber hecho algo?

Confiaba en que la visita de George trajera una invitación a la acción. Durante meses habíamos esperado noticias de la Marina con relación a nuestro sistema de torpedos. Y aguardar sentada en los sets de filmación —con el vestuario, las joyas y la culpa encima— ya no era opción.

Sonó el timbre; a pesar de estar atenta y esperando a que sonara, brinqué. Mi ama de casa, Blanche, caminó hacia el vestíbulo para abrir la puerta, pero le dije que se detuviera. No necesitaba ceremonias para recibir a George y tampoco podía esperar esos minutos dedicados a los saludos de rigor antes de conocer sus noticias.

Lo abordé antes de que se quitara el sombrero y la gabardina.

—¿Cuál es la noticia?

—Dame un momento, por favor. Te contaré todo en un instante. —Se quitó el sombrero y le sacudió las gotas de lluvia.

Al principio respeté su petición, pero no pude evitar plantearle una pregunta relacionada:

—¿Has escuchado los reportes acerca de fallas en los torpedos de la Marina?

—Sí —respondió, sacando un brazo de su gabardina.

—Eso va a animar a la Marina a adoptar nuestro sistema, ¿no te parece? Quiero decir, si sus torpedos están fallando tanto…

—¿Ya llegó tu madre? —preguntó, mientras colgaba su gabardina en el perchero.

¿Por qué cambiaba el tema?

Era cierto que George había escuchado mis preocupaciones sobre la situación de mamá desde hacía meses. Él había vivido de cerca el infierno por el que pasé para sacarla de Londres y llevarla a Canadá. Y ahora estaba muy familiarizado con mis esfuerzos de cabildeo dentro del estudio para lograr traerla a Estados Unidos. Él más que nadie merecía una puesta al día.

—Ahora mismo está a bordo de un tren con dirección a California. Le tomará tres días llegar. La espero el 2 de febrero.

—Debe ser un alivio —dijo George siguiéndome hacia el estudio en el que había colocado una nueva hoja en el pizarrón, pensando en un nuevo proyecto.

—Sí —respondí, pero la verdad era que tenía sentimientos encontrados. Me había esforzado mucho por traer a mi madre a California, pero ahora que estaba por llegar a mi casa, me sentía incierta. ¿Cómo sería tener a mamá, tan difícil siempre, como una parte habitual de mi nuevo mundo? ¿Las emotivas confesiones que me había hecho en una de sus cartas —esto es, que su reserva y su negatividad obedecían a su deseo de oponer un contrapeso a la indulgencia de papá— mejorarían nuestra relación? ¿Podría creer en el amor que decía sentir por mí? Decidí enfocarme en lo positivo.

Tendría a mi madre conmigo, segura y con vida, cuando tantos de nuestros amigos, vecinos y familiares vieneses habían caído en manos nazis.

—¿Dónde vivirá? ¿Contigo y con Jamesie?

Sin responderle, escruté a mi amigo y colega. Mi camarada. ¿Por qué no me comunicaba las noticias urgentes? ¿Por qué tenía tanta curiosidad acerca de mi madre, de quien anteriormente apenas había hablado? Jamás había estado tan evasivo; por el contrario, me había visto obligada a contener su impulsividad.

La respuesta llegó de pronto, pero no pude soportar escucharla de labios de George. En cambio, comencé a caminar por el piso de madera blanca del estudio, mirando hacia el cielo cada tanto mientras contestaba las insistentes preguntas de mi amigo sobre mamá. La lluvia había dejado de caer y el cielo se había iluminado; por momentos, la sombra de una nube sumía en la oscuridad el verde brillante de mi jardín, y me invadía una sensación de pesadumbre.

—La Marina nos rechazó. —Por fin me animé a decirlo, porque sabía que él no hallaba la manera de darme la terrible noticia.

George admitió la verdad con un suspiro:

—Así es.

Sin decir palabra —no podía hablar del rechazo— caminé hacia el mueble y serví un par de vasos largos de whiskey. Le hice un gesto para que se sentara a mi lado, y nos quedamos en mis sillones de piel color chocolate. Esa vez, sin embargo, no estábamos emocionados formulando ideas sobre nuestros inventos. Bebíamos en silencio.

—¿Cuáles fueron sus razones? —pregunté al fin. Casi no tenía ganas de saber.

—Bueno, tenías razón sobre los torpedos de la Marina. Según los rumores que escuché, sesenta por ciento de los que disparan no dan en el blanco. Es terrible. —Desvió su atención un momento, tomó un trago del líquido ambarino y continuó—: Pero esas fallas no tuvieron el efecto que supusiste. Como tú, había pensado que la frustración de la Marina la llevaría a aceptar nuestra propuesta. Sin embargo, decidió enfocarse en hacer que sus anticuados torpedos funcionen, no en desarrollar un sistema completamente nuevo, con un complicado método de dirección.

—¿A pesar de que nuestro sistema es superior? —No podía creerlo.

—A pesar de eso. —Hizo una pausa, como si le doliera darme más explicaciones—. Es obvio que la Marina no puede admitir en público las fallas de sus torpedos, así que, según mis fuentes, la razón que dan para rechazar nuestra propuesta es que nuestro sistema es demasiado pesado.

—¿Qué? No tiene sentido, George.

—Lo sé. Dicen que nuestro invento es demasiado grande para utilizarlo en un torpedo promedio.

—¿Qué? —No daba crédito a lo que George acababa de decir—. De todas las razones posibles para rechazarnos, esa es la más ridícula. Nuestros mecanismos caben dentro de un reloj. Lo dejamos perfectamente claro en los documentos que entregamos al Consejo Nacional de Inventores y a la Marina.

—Lo sé, y el consejo aprobó nuestros diseños. Honestamente, Hedy, me pregunto si leyeron la propuesta completa. Creo que vieron la relación de algunos aspectos de nuestro sistema con las pianolas, y a partir de ahí hicieron una extrapolación absurda que usaron como excusa en lugar de admitir la verdad: que desde hace décadas no han dedicado los recursos suficientes a la investigación de torpedos y, como resultado, la Marina tiene un sistema arcaico e ineficaz que además es demasiado caro para cambiarlo por completo.

George sonaba derrotado, pero mi ira apenas comenzaba a encenderse. Volteé a verlo y grité:

—¡¿Cómo pueden rechazar un invento que no solo es capaz de dirigir con precisión toda una flota de torpedos hacia su destino, sino que además es invulnerable a las interferencias del enemigo, y preferir un sistema anticuado que nunca ha funcionado?!

—No lo sé —dijo George entristecido; en su voz no había ni ganas de pelear ni enfado. ¿Quién era ese George?

Intenté oponer resistencia a esa conformidad; quise averiguar cuáles eran sus límites.

—Deberíamos escribir a la Marina y al Consejo Nacional de Inventores; explicarles que malinterpretaron nuestra propuesta. Debemos informarles qué tan pequeños pueden llegar a ser nuestros mecanismos.

—No creo que valga la pena, Hedy. Dudo que vayan a cambiar de parecer.

¿Por qué de pronto era tan complaciente? Quizá la larga espera había desgastado al compositor, o más bien al inventor, siempre optimista.

Me levanté de mi sillón de piel y dije, en voz aún más alta:

—Iremos a Washington, D. C., para explicar nuestro invento en persona. —Eché mano de todo mi poder, como si estuviera sobre el escenario, y dije—: George, si hay algo que he aprendido, bien o mal, es esto: Hedy Lamarr, la actriz, no la inventora que tienes enfrente, puede hacer que la gente cambie de opinión.

Capítulo 43

20 de abril de 1942
Washington, D. C.

La guerra parecía más real en Washington, D. C. Desde la ventanilla de nuestro auto rentado vi tropas reunidas para realizar ejercicios de entrenamiento, banderas en todos los edificios y fuerzas de seguridad en el exterior de los edificios de gobierno más importantes. Una energía y un orgullo palpables alentaban a los ciudadanos y me motivaban en esa guerra contra el Tercer Reich.

El auto se detuvo y George y yo nos bajamos en el Nuevo Edificio de Guerra, como se le conocía, en la esquina de la Calle 21 y la avenida Virginia Noroeste. Subimos las imponentes escaleras del edificio de arenisca donde se hallaban las oficinas de las secciones del Departamento de Guerra, incluida la Marina. Un oficial militar nos permitió pasar por las puertas giratorias de latón, y caminamos junto a dos guardias sorprendidos que vigilaban quiénes entraban y salían del inmueble, entre multitudes de hombres y mujeres del Ejército y la Marina. Me reconocieron y nos llevaron al frente de la fila, junto a un mural de quince metros que, según nos dijeron, se llamaba *Defensa de las libertades estadounidenses*.

—Tenemos cita a la una en punto —le dije a la recepcionista, después de atravesar una serie de puertas. La cita era con un alto funcionario naval; nos la había conseguido la «fuente» de George, un amigo suyo en el gobierno que nos mantenía informados del estatus de nuestra propuesta.

La joven con uniforme militar, que parecía lucir la versión rubia del «*look* Lamarr», se me quedó mirando. Tartamudeó:

—Eres… Eres Hedy… Hedy. —Con la boca abierta, se quedó muda.

—Lamarr —dije con una sonrisa amable—. Sí, soy Hedy Lamarr, y este es el señor George Antheil. Y tenemos cita.

Se puso de pie.

—Sí, señorita Lamarr, mil disculpas. Por favor, permítame llevarlos a la oficina del coronel Smith.

Nos condujo por una serie de pasillos; de cuando en cuando volteaba a vernos, como si no pudiera creer que estaba junto a una estrella de cine. Nos adentramos cada vez más en el laberinto de las operaciones navales hasta que llegamos a una enorme oficina que ocupaba toda una esquina del edificio. Antes de que la mujer pudiera tocar la puerta, un hombre salió de un rincón y nos saludó.

—Bullitt —dijo George, con la mano estirada.

Los hombres se saludaron y se dieron unas palmadas en la espalda. Concluí que él debía ser la «fuente» de George. William C. Bullitt era un alto funcionario del Departamento de Estado, pero se desempeñaba como periodista y diplomático cuando George y su esposa lo conocieron en París en 1925. Aunque Bullitt no estaba en buenos términos con el presidente Roosevelt por su aversión pública hacia el subsecretario de Estado, Sumner Welles, uno de los favoritos de Roosevelt, seguía estando lo suficientemente cerca de los pasillos del poder para darnos a George y a mí información fidedigna. Había conseguido que nos recibieran y se ofreció a acompañarnos.

Cuando los hombres terminaron de saludarse, voltearon a verme. George me presentó con su amigo, quien me tendió la mano.

—Llámame Bullitt. Así que tú eres la famosa Hedy Lamarr —dijo con una especie de sorpresa, aunque supuse que me esperaba—. Cuando George me dijo que estaba trabajando en un invento contigo, pensé que bromeaba.

No me gustaba el tono de ese hombre, a pesar de que era un buen amigo de George.

—¿Porque te parecía inconcebible que una mujer pudiera trabajar en un invento militar?

Bullitt abrió mucho los ojos.

—Claro que no. Porque no podía imaginar que una bella estrella de cine quisiera trabajar con este tipo —dijo, y como jugando dio un golpe en el brazo a George. Los dos se rieron. Quizás había juzgado mal a Bullitt. La ansiedad que me producía esa reunión me tenía con los nervios de punta.

Bullitt giró hacia la puerta y nos dijo por encima del hombro:

—¿Están listos, amigos?

—Lo más que podríamos estarlo.

Estiré la mano, tomé la suya y le di un apretón. Me sentía más nerviosa que antes de subir a cualquier escenario o set de filmación, pues esta vez no estaba actuando.

Bullitt sostuvo la puerta abierta para que pasáramos; entramos en una amplia oficina donde nos esperaban dos hombres uniformados y un civil. Bullitt los presentó como el coronel L. B. Lent, ingeniero en jefe del Consejo Nacional de Inventores; el coronel Smith, asistente del jefe de abastecimiento de la Marina, y el señor Robson, cuyo título no se mencionó.

Después de intercambiar algunas banalidades, me puse de pie frente a esos hombres, satisfecha por haber decidido utilizar mi traje sastre azul marino más conservador. Con toda la autoridad que fui capaz de reunir, comencé:

—Buenas tardes, señores. Gracias por tomarse el tiempo de recibirnos, en particular en vista de las exigencias de la guerra. El señor Antheil y yo entendemos que en un principio decidieron rechazar la propuesta de integrar nuestro sistema de torpedos en su plan naval general porque les preocupaba su tamaño. Hoy queremos quitarles unos minutos de su tiempo para explicarles exactamente cuán pequeño es nuestro sistema. Queremos iniciar con la descripción que hicimos de él en nuestra solicitud de patente, que en este momento se encuentra en evaluación en la Oficina de Patentes de Estados Unidos.

Los hombres se miraron con sorpresa. ¿Nadie les había informado que habíamos solicitado una patente por adelantado, al margen de su negativa? ¿O esas miradas de sorpresa eran un engaño? Continué con el discurso que habíamos preparado, exhibí los diagramas del sistema de torpedos y los modelos que demostraban su reducido tamaño. George tomó la palabra en el momento acordado y terminamos nuestra presentación enfatizando la precisión de nuestro sistema y diciéndoles que estábamos listos para escuchar sus preguntas.

El señor Robson se aclaró la garganta.

—Ha sido una presentación muy informativa, señor Antheil y señorita Lamarr. Creo que hablo por todos cuando digo que nos impresiona mucho su sistema de torpedos, en particular su tamaño. Sin duda no se trata de la bestia que pensábamos que sería; su invención es original y fascinante. —George y yo nos miramos, esperanzados. El señor Robson continuó—: Sin embargo, tenemos que mantener nuestra decisión de rechazar la adopción de su sistema. Hemos decidido continuar con nuestro sistema de torpedos, con algunas actualizaciones y modificaciones, claro está.

No entendía. George me lanzó una mirada de confusión.

—¿Les puedo preguntar por qué? —dije, tratando de mantener la ecuanimidad—. Ya hemos respondido a su preocupación por el tamaño de nuestro invento.

—En efecto, usted y el señor Antheil lo hicieron. —Los hombres se miraron de nuevo; el señor Robson vaciló antes de continuar—: Señorita Lamarr, ¿me permite hablar con franqueza?

Asentí.

—Soy un gran admirador de su trabajo, y en nombre de quienes estamos aquí le digo que apreciamos el enorme esfuerzo que tanto usted como el señor Antheil realizaron. Pero mi consejo es que… se limite a hacer películas. Sirven para elevar la moral de la gente. Pero si está tan convencida y decidida a contribuir a la causa, creemos que nos sería mucho más útil ayudándonos a vender bonos de guerra que construyendo torpedos. En lugar de enfocarse en las armas, ¿por qué no nos apoya recaudando fondos para que podamos ganar la guerra contra los japoneses y los alemanes?

A pesar de saber que el sexismo permeaba cada rincón de mi mundo, no podía creer lo que acababa de oír. Esos hombres estaban rechazando un sistema que permitiría que un avión o un barco dirigiera toda una flota de torpedos contra los navíos rivales con perfecta precisión, sin que el enemigo fuera capaz de interferir las señales de radio. ¿Cómo era posible que el Ejército permitiera que sus soldados y marinos perdieran en el mar —asesinados en masa— porque no eran capaces de utilizar un sistema diseñado por una mujer?

Mi voz sonaba tranquila, pero sin duda estaba lejos de sentirme así. Estaba hecha una furia.

—Déjenme ver si lo entendí bien. ¿Están rechazando nuestro invento, que permitiría que sus flotas no tuvieran rival en el combate marítimo, solo porque soy mujer? Si eso es lo que hace falta, puedo hacer las dos cosas, ¿saben? Vender bonos y ayudarlos con sus torpedos.

—Esa no es la única razón por la que decidimos desechar su propuesta, señorita Lamarr. Pero, ya que lo menciona, debo admitir que sería difícil para nosotros hacer que nuestros soldados y marinos aceptaran un sistema de armas creado por una mujer. Y ni siquiera vamos a intentarlo —afirmó el señor Robson.

No podía moverme. No podía hablar. Sus palabras me dejaron paralizada, en una inmovilidad silenciosa. George y yo habíamos llegado muy lejos para terminar siendo rechazados por el prejuicio llano. Al ver mi expresión, George intervino, en un intento desesperado por detener la hemorragia de la herida y defender los méritos de mi «quizá poco femenina ocupación de inventora», amén de elogiar mis habilidades y mi intelecto al haber creado un sistema de torpedos infranqueable. Pero la herida era fatal.

George continuó dando batalla, argumentando en favor de la superioridad de nuestro sistema y la irrelevancia del género de su creador. Yo me hundí en la silla. Sus brazos parecían ser el único solaz disponible para mí en ese momento.

Toda la ira que daba tumbos en mi interior se evaporó y dejó una cáscara bella pero vacía. Quizás esa cáscara era todo lo que el mundo quería de mí. Y quizás el mundo jamás me permitiría expiar mi culpa.

Capítulo 44

4 de septiembre de 1942
Filadelfia, Pensilvania

Escuché el rumor del público detrás del telón de terciopelo escarlata. El color y la textura me recordaban el telón del Theater an der Wien, tanto que por un momento me sentí transportada a Viena, a mi debut triunfal en el escenario como Elizabeth, la icónica emperatriz bávara. Qué lejos se antojaba eso, y qué inocente me parecía esa joven. Increíble pensar que en algún momento estuve libre de esa culpa que ahora se hallaba completamente entrelazada con las fibras de mi ser.

Me pregunté cómo sería medida mi culpa. ¿Cómo se haría la contabilidad de las vidas que pude haber salvado? ¿La balanza se inclinaría a mi favor gracias a los esfuerzos que realicé con mi invento, a pesar de que los militares lo obstaculizaron? La Marina no cambió de parecer ni siquiera cuando la Oficina de Patentes de Estados Unidos acogió nuestra solicitud y otorgó a nuestra creación el número de patente 2 292 387, decisión que por lo menos podría haber hecho que nuestro diseño fuera más viable. ¿Serían indulgentes con mi sentencia considerando las contribuciones que realizaba para detener a los nazis de la única manera que ahora me quedaba, a saber, vendiendo bonos de guerra en vez de construir torpedos, como lo había sugerido sin mucha amabilidad el señor Robson? Le había tomado la palabra aunque no estaba segura de que me lo hubiera dicho en serio.

271

Las notas de los violines y los metales destacaban entre el murmullo del público, que poco a poco se redujo a un silencio respetuoso después del final del acto anterior. El barítono anfitrión anunció el siguiente acto del evento dedicado a los patrocinadores de la Academia de Música de Filadelfia, y me preparé para interpretar mi papel. Porque sin duda se trataba de una interpretación.

Se alzó el telón y reveló una confección arquitectónica que mezclaba dorado, cristal y escarlata, y me evocaba el decorado vienés de mi juventud. ¿Qué tan heridos estarían, me pregunté, el paisaje vienés y su gente? ¿Quedaría alguno de mis vecinos de la infancia en las encantadoras casas de las calles de Döbling, incluida la Peter-Jordan-Strasse, la calle de mi familia? ¿O ya los habrían enviado a todos al este de Polonia, a los campos? Se me escapó una lágrima que me recorrió la mejilla, pero parpadeé para aclarar mi mirada.

Volví al presente y escuché cómo la audiencia suspiraba al ver la ofrenda brillante que le presentaba. Con mi vestido de lentejuelas bermellón diseñado para capturar cada una de las facetas de la luz sobre el escenario, permanecí inmóvil y permití que el público absorbiera mi apariencia. Solo entonces caminé lentamente hacia ellos con las manos extendidas, preparándolos para el donativo que buscaba. Porque yo era tanto una oferta como una invitación.

—¡Bienvenidos al Espectáculo de la Victoria de Estados Unidos! —anuncié con mi mejor acento estadounidense, pues sabía que mi entonación teutona no sería bien recibida ese día. Levanté la mano con la ya famosa V de la victoria y el público me imitó.

El teatro retumbaba con los aplausos.

—Me llamo Hedy Lamarr y soy una cazafortunas del Tío Sam. Estoy aquí para ayudar a ganar la guerra. Tengo entendido que ustedes han venido a ver cómo es esta mujer Lamarr —dije en tono cómico, y me puse una mano en la cadera. Era mi mejor imitación de la animada Susie. Como estaba planeado, el público soltó una carcajada. Y luego, con voz una octava más grave, hablé en serio—:

Necesitamos tener un propósito común. El aspecto de Hedy Lamarr es mucho menos importante que lo que Hirohito y Hitler están haciendo. Cada vez que meten la mano en sus bolsillos están diciéndoles a esos dos despreciables hombres que los estadounidenses van para allá. Terminemos con esta guerra pronto. No piensen en lo que los demás hacen. ¡Compren bonos!

Volvieron a escucharse los aplausos, que amenazaban con dejar sordos a todos, y mientras esperaba que acabaran, pensé en los días por venir, colmados de eventos como ese, en los que pronunciaría una versión del mismo discurso. Habría desfiles y presentaciones e incluso comidas con empresarios y líderes, a quienes se pedía invertir un mínimo de cinco mil dólares en bonos para asistir. ¿Cuántos millones podría recaudar para la causa aliada?

Me puse la mano en la frente, a modo de visera, miré a la audiencia y pregunté:

—¿Tenemos algún miembro de las fuerzas armadas en el público esta noche?

Los organizadores de la gira habían dado a un grupo de oficiales de la Armada y la Marina boletos para asistir, y habían incluido a un marinero muy especial. Este había solicitado el papel y habíamos practicado esa rutina. Los militares, sentados todos al frente, gritaron y levantaron las manos.

—¿Vamos a ganar la guerra, muchachos?

Esa vez, todo el público gritó, aunque parecía que los militares lo hacían con más fuerza. Entonces, como habíamos practicado, el marinero gritó:

—¿Y qué le parece un beso antes de que partamos a la guerra?

Fingí que la pregunta me sorprendía, dejé la boca abierta y miré hacia él.

—¿Me pediste un beso?

—Sí, señora.

Volteé hacia el público.

—¿Creen que debo darle un beso a ese valiente marino?

El público soltó un rotundo: «¡Sí!».

—Todos esos buenos ciudadanos creen que debo concederte ese deseo, marino. Así que ven para acá.

El joven, vestido con su uniforme de gala perfectamente planchado, con gorro y corbata, corrió hacia el escenario. Parecía animado y osado, hasta que puso un pie en el enorme escenario. Ahí su expresión cambió de pronto; parecía cohibido. Jamás había estado ante un público de miles de personas. Esa era la primera vez que pisaba un escenario, y la primera vez que interpretaba ese papel, aunque en verdad era un marino a punto de partir a la guerra. Lo esperaban su barco, el Pacífico y las flotas enemigas.

Para calmar sus nervios, lo recibí con un apretón de manos muy afectuoso y lo animé a que se presentara; dijo llamarse Eddie Rhodes. Luego concentré mi atención en el público.

—Voy a hacer un trato con ustedes. Le daré a Eddie Rhodes, este valiente soldado, un gran beso, si prometen donar ahora mismo por lo menos quinientos mil dólares. Tenemos a las chicas con los formatos al final del pasillo; están listas para registrar sus nombres y sus donativos.

Las chicas, que vestían imitaciones de uniformes militares, repartieron los documentos en los largos pasillos de la Academia de Música mientras Eddie y yo esperábamos en el escenario. Los nervios de Eddie parecían haber desaparecido, y platicamos animados durante varios minutos sobre su familia, en lo que la orquesta entonaba tonadas patrióticas. Pero entonces, cuando Eddie me describió su emoción por haber sido enviado a un barco destinado al Pacífico, el estómago me dio un vuelco. Deseaba que la Marina hubiera aceptado nuestro sistema de torpedos. Si lo hubiera hecho, ese pobre joven tendría muchas más posibilidades de sobrevivir. Volteé la cabeza para que no viera que mis ojos se llenaban de lágrimas.

Las jóvenes terminaron su labor y se formaron junto al escenario.

—¿Reunimos la cantidad? —le grité al director de la gira, quien estaba apurado sumando las promesas de donativos. Lo vi discutir con el anfitrión, pero nadie me respondió. ¿No habíamos alcanzado nuestra meta de quinientos mil dólares? ¿Habría pedido demasiado? Habíamos discutido mucho sobre la cifra exacta que solicitaríamos a los patrocinadores, y me sentía muy presionada para llegar a esa cantidad. Tabulé cada dólar como si cada uno me acercara a ese inalcanzable estado de redención.

Eddie y yo nos mirábamos mientras esperábamos, cada vez más ansiosos. Por fin, el anfitrión subió las escaleras que llevaban al escenario. Cuando llegó a nuestro lado, pregunté frente al micrófono:

—¿Este marino se ganó su beso?

—Bueno, señorita Lamarr, le tengo noticias. Solicitamos una cantidad enorme a nuestro público esta noche. Quinientos mil dólares, como sabe, es una verdadera fortuna.

—Sin duda lo es —respondí con ligereza, como si no me estuviera preparando para recibir las inevitables malas noticias.

—Y esta noche no llegamos a los quinientos mil dólares —continuó, para desilusión del público, que chiflaba.

—Oh, lo lamento mucho —le dije a Eddie. Se le veía abatido.

—Oh, no se aflija, señorita Lamarr. Y, Eddie, tampoco te sientas mal. Porque esta noche juntamos… ¡dos millones doscientos cincuenta mil dólares! —El anfitrión terminó gritando porque el público, emocionado, hizo todo un escándalo.

Estaba estupefacta. Ninguna campaña de recaudación de fondos había juntado más de quinientos mil dólares, mucho menos dos millones. Solo en las comidas con tarifas de donativos enormes, dirigidas a los grandes donadores, se esperaban cantidades similares. No en el espectáculo típico para vender bonos de guerra.

—¡Beso! ¡Beso! —gritaba el público, trayéndome de vuelta al presente—. ¡Beso! ¡Beso!

Giré hacia Eddie. Se había ganado ese beso, y también el público. Mientras me preparaba para dárselo, los reflectores me cegaron y me llevaron de vuelta a aquella crucial función inaugural en el Theater an der Wien. El tiempo dio un salto y se dobló sobre sí mismo; me regresó a la noche en que todo cambió. La noche que me puso en el camino en el que ahora estaba, lleno de una culpa sobrecogedora, de la búsqueda de redención y de gozos inesperados.

«¿Cuántas máscaras he portado en este camino?», me pregunté, incapaz de detener las lágrimas que ya caían por mi rostro. Las lágrimas que Eddie Rhodes, el director de la gira y quizás el público habrían pensado que eran de gusto por el éxito descomunal de la recaudación. ¿Alguna vez me había quitado completamente la fachada y expuesto mi piel desnuda al mundo desde la muerte de papá? Lo más cerca que había estado fue durante el tiempo que colaboré con George en un trabajo que se consideraba poco femenino y al que no había vuelto desde el rechazo de la Marina, aun a pesar de los ruegos de George. No podía exponerme así otra vez. Por lo demás, había experimentado muchos renacimientos, y en cada uno de ellos creé un nuevo personaje, solo para volver una y otra vez a mi apariencia original. Incluso esa noche. En especial esa noche.

¿Había terminado por convertirme en quien los demás pensaban que era? Para todos, yo era Hedy Lamarr, una cara bonita y un cuerpo torneado. Nunca había sido Hedy Kiesler, una judía aspirante a inventora, curiosa reparadora de objetos. Jamás el ser que en verdad era por debajo de los muchos personajes que interpreté tanto en la pantalla como fuera de ella.

¿O yo había utilizado la percepción del mundo como si fuera un disfraz, una especie de cortina de humo para distraerlos mientras conseguía lo que quería? Después de todo, ¿no había encarnado el personaje al que me habían relegado y lo había convertido en un arma contra el Tercer Reich, no solo a través del instrumento de destrucción que pretendía crear? Me pregunté si importaba siquiera lo que los demás pensaban de mí, cuando había conseguido

vengarme de los opresores europeos al conseguir el financiamien-
to para los aliados y, quizá con él, la redención que tanto había
buscado.

Siempre había estado sola bajo mi máscara, era siempre la única mujer.

Nota de la autora

Diario tenemos una parte de la historia de las mujeres en nuestras manos. No lo digo de manera metafórica, sino literal. Cada día, casi todos nosotros interactuamos con una parte de la historia creada —de manera indirecta— por Hedy Lamarr.

¿A qué parte de la historia me refiero? A una de la que el periodo y el enfoque de mi novela no me permitían ocuparme. Se trata del teléfono celular. ¿Cómo pudo un invento patentado por una deslumbrante estrella de cine en 1942 convertirse en la base de la tecnología de los teléfonos celulares, uno de los aparatos que han transformado nuestro mundo?

Como sabrán ahora, *La única mujer* explora la singular y a veces increíble vida de la mujer conocida como Hedy Lamarr, estrella de cine. Si logré hacer bien mi trabajo, el libro también revelará aspectos de su vida que han sido mucho menos analizados y entendidos: su juventud como mujer judía en una Austria muy católica; su extraordinario y por momentos alarmante matrimonio con el fabricante y vendedor de armas Friedrich «Fritz» Mandl, del cual salió huyendo, y, quizá el aspecto más importante de todos, el tiempo que pasó creando los inventos con los que esperaba ayudar a los aliados a derrotar a los nazis en la Segunda Guerra Mundial. Fue durante ese último periodo, quizás olvidado hasta este momento, cuando la mujer conocida como la austriaca Hedwig Kiesler (junto con el compositor George Antheil) inventó un sistema mediante el cual las señales radiotransmitidas de un barco o avión a un torpedo podían cambiar constantemente de frecuencia, lo que hacía que esas señales fueran impenetrables y por lo mismo mejoraba la precisión de los torpedos. Ese fue el aporte de Hedy a la tecnología de amplio espectro.

Después de presentar su invento a la Marina y de padecer la desilusión de ver que rechazaban su diseño a pesar de las deficiencias del sistema de torpedos en uso, Hedy dio por hecho que se decretaba la muerte de su sistema de comunicación secreta. Es interesante, sin embargo, que el Ejército designó como ultrasecreta la patente 2 292 387, y en la década de 1950 la otorgó a un contratista para que creara una boya sonar capaz de detectar submarinos bajo el agua y transmitir la información a un avión utilizando la idea de Hedy del salto de frecuencia imposible de interferir. Más adelante, el Ejército y algunos organismos privados comenzaron a realizar sus propias interpretaciones de la tecnología de amplio espectro —sin recompensar a Hedy, pues la patente había expirado—, y hoy en día algunos elementos de su idea del salto de frecuencias pueden observarse en los aparatos inalámbricos que utilizamos a diario. La participación de Hedy en esos descubrimientos permaneció oculta hasta la década de 1990, cuando por fin recibió algunos premios por su invento, reconocimiento que ella consideró más importante que el éxito que obtuvo con sus películas.

Así que, cuando utilizamos nuestros celulares —cosa que prácticamente todo el mundo hace a diario—, estamos interactuando directamente con un invento científico construido en parte gracias a la invención de Hedy Lamarr. Es un recuerdo tangible de su vida, más allá de las películas que la hicieron famosa. Y quién sabe si el teléfono celular, como lo conocemos ahora, habría existido sin su contribución.

Pero creo que Hedy, su historia y su creación, pueden tener una importancia simbólica mucho mayor. El hecho de que su contribución a ese aparato que cambió la historia del mundo haya permanecido en el olvido —o ignorada— durante décadas refleja la marginación constante de los aportes de las mujeres, problema que es al mismo tiempo histórico y moderno. Sin importar si el trabajo de Hedy en la tecnología de amplio espectro fue ignorado con toda intención u olvidado de forma inconsciente, parece ser que tal omisión responde a una idea equivocada no solo de sus habilidades, sino de la capacidad de todas las mujeres. En parte, tal idea tiene su origen en los papeles tan limitados que se les permite ocupar, lo que ha llevado a que muchos tengan una comprensión muy estrecha del pasado. A menos que comencemos a entender a las mujeres de la historia con un enfoque más amplio y más inclusivo —y que reescribamos su narrativa—, seguiremos viendo el pasado de una manera mucho más restrictiva, y nos arriesgaremos a trasladar esas perspectivas al presente.

Quizás si la sociedad en la que vivió Hedy no la hubiera considerado como una criatura de deslumbrante belleza, sino como un ser humano de mente ágil, capaz de hacer importantes contribuciones, habría comprendido que su vida interior era mucho más interesante y fructífera que su exterior. Entonces, su invento habría sido aceptado por la Marina cuando lo presentó, y quién sabe qué impacto habría tenido en la guerra. Si la gente hubiera estado dispuesta a ver más allá de «la única mujer» para encarar a la persona que yacía debajo de ella, se habría enterado de que era una mujer destinada a la grandeza, no solo en la pantalla de cine.

Agradecimientos

La oportunidad de dar a conocer el increíble legado de Hedy Lamarr, tanto el histórico como el moderno, fue posible gracias al apoyo, el estímulo y el trabajo de muchísimas personas. Debo comenzar, como siempre, agradeciendo a mi extraordinaria agente, Laura Dail, cuyos sabios consejos son fuente constante de inspiración y guía. El maravilloso equipo de Sourcebooks merece mi infinito agradecimiento. Sin el apoyo de mi brillante editora, Shana Drehs, la fenomenal Dominique Raccah y las fantásticas Valerie Pierce, Heidi Weiland, Hether Moore, Liz Kelsch, Kaitlyn Kennedy, Heather Hall, Stephanie Graham, Margaret Coffee, Beth Oleniczak, Tiffany Schultz, Adrienne Krogh, Will Riley, Danielle McNaughton, Katherine McGovern, Lizzie Lewandowski y Travis Hasenour, esta historia jamás habría visto la luz. También estoy muy agradecida con los libreros, bibliotecarios y lectores que me han apoyado a mí y a mi trabajo.

Mi familia y amigos fueron cruciales para la creación de este libro, en particular mi equipo Sewickley, Illana Raia, Kelly Close y Ponny Conomos Jahn. Además, sin el amor de mis chicos, Jim, Jack y Ben, nada de esto sería posible. Estoy en deuda con ellos por *todo*.